Bled

Projet Voltaire

Pour tous vos écrits (rapport de stage, lettre de motivation, dossier de candidature...)

Les 100 fautes à ne plus faire !

Aurore PONSONNET
Formatrice en orthographe
Orthophoniste

Avec le concours de **Christelle Martin-Lacroux**, docteur es sciences de gestion, qui a fourni les informations issues de ses travaux sur l'évaluation des compétences orthographiques au cours du processus de sélection (thèse soutenue en 2015 : *L'évaluation des compétences orthographiques au cours du processus de sélection : perceptions des recruteurs et réactions des candidats*).

hachette

Saviez-vous qu'une faute sur un dossier, un CV... divise par trois vos chances de passer cette première étape de sélection ?

Retrouvez en vidéo les 30 fautes les plus courantes illustrées et corrigées, accompagnées d'astuces et d'exemples, signalées dans l'ouvrage par un QR code

Vous verrez qu'expliquées simplement, les choses semblent tout de suite beaucoup moins compliquées !

VIDÉO 1
Accord du participe passé avec l'auxiliaire « être »

VIDÉO 2
Avec l'auxiliaire « avoir », le participe passé ne s'accorde jamais avec le sujet

VIDÉO 3
Accord du participe passé avec l'auxiliaire « avoir » selon la place du COD ou suivi d'un infinitif

VIDÉO 4
Les noms qui se terminent par « -é »

VIDÉO 5
« Je veux », « je peux », « je vaux »

VIDÉO 6
Dans quels cas écrit-on « ces » ?

VIDÉO 7
« La plupart » est suivi du pluriel

VIDÉO 8
Dans quels cas écrit-on « prêt » ?

VIDÉO 9
Dans quels cas écrit-on « -cueil » ?

VIDÉO 10
Accord de « ci-joint » ou « ci-annexé »

Conception graphique :
Couverture : Stéphanie Benoit
Intérieur : Médiamax et GRAPH'in-folio

Illustrations : Alain Boyer
Mise en pages : GRAPH'in-folio
Édition : SM

ISBN : 978-2-01-719676-1

Retrouvez toutes nos vidéos sur notre chaîne YouTube « BLED ».

VIDÉO 11
« Parmi », sans s

VIDÉO 12
Où sont les doubles consonnes dans « appeler » ?

VIDÉO 13
« -onnel » avec deux n et « -onal » avec un n

VIDÉO 14
Quand faut-il mettre un s à « vingt » ?

VIDÉO 15
Quand faut-il mettre un s à « cent » ?

VIDÉO 16
Jamais de s à « mille »

VIDÉO 17
« 1,5 kilomètre », sans s

VIDÉO 18
« M. » ou « Mr » ?

VIDÉO 19
« J'ai été » ou « je suis allé » ?

VIDÉO 20
« Après qu'il a »

VIDÉO 21
les quatre~~s~~ missions

VIDÉO 22
il les apporte~~s~~

VIDÉO 23
qui me permettron~~s~~

VIDÉO 24
malgré ~~que~~

VIDÉO 25
une demi~~e~~-journée

VIDÉO 26
leur~~s~~ apporter

VIDÉO 27
j'attend

VIDÉO 28
je les ai contacté

VIDÉO 29
cet~~te~~ emploi

VIDÉO 30
je conclu~~e~~rai

PRÉFACE

Orthographier, étymologiquement, cela signifie « mettre la langue au carré » en respectant une norme, nécessairement arbitraire (le mot « chien » n'aboie pas). Or le propre de la norme est de faire disparaître la langue, ou à tout le moins de la faire provisoirement oublier, en donnant accès au sens sans que les interlocuteurs hésitent ou trébuchent sur la bizarrerie d'une forme, l'étrangeté d'un mot ou l'exotisme d'un accent. En proposant au locuteur ou au scripteur un code, si complexe soit-il, elle vise à faciliter la communication, car si chacun s'accorde sur la façon de dire ou d'écrire, les mots peuvent s'effacer devant les choses qu'ils désignent. C'est pourquoi le respect de l'orthographe a une efficacité et en même temps une importante fonction sociale : il signale l'appartenance à une communauté.

Les recruteurs ont raison d'y être attentifs, mais ils doivent porter à la question une « attention intelligente », en distinguant les fautes lexicales (la forme des mots a beaucoup changé au cours des siècles, et continuera sans doute de changer) et les fautes grammaticales, qui touchent à la structure même de la langue. Les premières sont sans gravité ; pour ma part, je suis sans pitié pour les secondes : confondre l'infinitif des verbes en -er et leur participe passé (comme on le voit hélas de plus en plus souvent dans de nombreux écrits, et pas seulement sur les réseaux sociaux) traduit un trouble dans l'appréhension du temps.

Xavier North
Ancien délégué général à la langue française et aux langues de France
Inspecteur général des Affaires culturelles,
Ministère de la Culture et de la Communication

AVANT-PROPOS

Cet ouvrage est l'occasion d'unir les forces du Bled à celles du Projet Voltaire au service de l'expression écrite dans l'entreprise. Je ne vous ferai pas l'offense de vous présenter le Bled, illustre marque associée à l'excellence en matière d'expression écrite française. Le Projet Voltaire est un service en ligne (ou une application mobile) de remise à niveau en orthographe, utilisé par des milliers d'établissements et adopté par des millions d'utilisateurs. Son succès vient du fait qu'il s'adapte de manière chirurgicale à chacun et qu'il ne s'adresse pas à des personnes qui aiment l'orthographe. Un certificat de niveau a été mis en place : le Certificat Voltaire®. C'est un examen qui se déroule dans un centre d'examen agréé. Il dure trois heures, se passe sur papier, sous surveillance et avec vérification d'identité. Il donne lieu à un score qui peut être affiché sur son CV.

Nous y voilà, le CV, l'entreprise... Pour comprendre les enjeux, il convient d'exposer quelques chiffres. Aujourd'hui, 82 % des recruteurs sont sensibles à l'orthographe des candidats. Une faute sur un CV divise par trois vos chances de passer cette première étape de sélection. Ainsi, 60 % des CV sont rejetés à cause de fautes. En particulier, 81 % des entreprises considèrent l'absence de maîtrise de l'orthographe comme un point bloquant pour le recrutement d'un cadre.

Pourquoi une telle préoccupation des entreprises pour l'orthographe ? Parmi les salariés, 31 % passent un quart de leur journée à écrire, et 70 % écrivent des documents tous les jours. Les salariés écrivent en moyenne 33 courriels par jour. Enfin, 70 % des employeurs considèrent que le niveau des étudiants en compétences orthographiques, lexicales et grammaticales est moyen, voire faible. En résumé, nous n'avons jamais autant écrit qu'aujourd'hui dans le monde de l'entreprise, et le niveau baisse. L'exposition est maximale !

Cet ouvrage se veut pragmatique. Il recense les fautes que l'on rencontre à regret dans des communications professionnelles courantes. Ces fautes, les entreprises aimeraient les voir disparaître ; les recruteurs aimeraient se les voir épargner. L'ouvrage propose un chapitre consacré à chacune de ces fautes avec à chaque fois une explication simple de la règle et des exercices d'application. L'objectif est de vous aider à ne plus commettre ces fautes. Vous verrez qu'expliquées simplement, les choses semblent tout de suite beaucoup moins compliquées. C'est là le talent de l'auteure, Aurore Ponsonnet. Elle est orthophoniste, formatrice en orthographe, formatrice pour orthophonistes, membre du comité d'experts du Projet Voltaire, auteure pour le module Les Fondamentaux du Projet Voltaire... En un mot, son métier est de rendre limpide tout ce qui nous semblait obscur et anxiogène depuis l'école.

Pour que la boucle soit bouclée, cet ouvrage propose un sujet d'annales du Certificat Voltaire, complet et livré avec la grille corrigée. Le sujet compte 195 phrases dans lesquelles trois mots sont soulignés. Une grille vierge vous permet de spécifier pour chaque phrase si le premier mot, le deuxième ou le troisième comportent une faute. Vous avez bien lu « comportent », car il peut y avoir plusieurs fautes dans la phrase, tout comme il peut ne pas y en avoir. Ces annales vous permettent de mesurer avec précision ce qui vous attend si vous souhaitez passer l'examen. Là encore, on s'aperçoit qu'au-delà des fantasmes, avoir 500 voire 700 au certificat n'est pas hors de portée.

L'ouvrage que vous avez entre les mains associe les forces du Bled et du Projet Voltaire avec la spécialiste Aurore Ponsonnet. Il est l'outil papier efficace pour coller au mieux aux exigences des entreprises et, de fait, aux exigences de notre langue.

Pascal Hostachy
Responsable Projet Voltaire

Projet Voltaire

SOMMAIRE

FICHES ET EXERCICES

GRAPHIES COMPLEXES

ACCORD DÉTERMINANT-NOM

ORTHOGRAPHE LEXICALE

ACCORD NOM-ADJECTIF

HOMOPHONES

CONJUGAISON/ACCORDS

SUJET D'ANNALES DU CERTIFICAT VOLTAIRE AVEC SA GRILLE CORRIGÉE

FICHES ET EXERCICES

1 DE VOUS APPEL~~L~~ER

VIDÉO 12

Si cela vous convient, je me permettrai de vous appel~~l~~er la semaine prochaine.
appeler

Elle l'appelle. Elle va l'appeler.

RÈGLE

• Le « E » devant un **groupe de deux consonnes** se prononce [è].

Exemples : *be**ll**e, adre**ss**e, assie**tt**e, ancie**nn**e, e**sp**ace, ce**rt**es, il appe**ll**e, il je**tt**e.*

• Dans certains verbes (*appeler, atteler, feuilleter, jeter*), en fonction du temps et de la personne, on peut trouver « **L** » ou « **LL** ». Il faut donc se fier à la prononciation.

• Si vous prononcez le « E » [è], il convient de mettre « **LL** ».

Exemples : *ils appe**ll**ent, j'atte**ll**e, tu je**tt**es, elles feuille**tt**ent, elle reje**tt**e.*

• Si vous prononcez le « E » [eu] ou [e], il convient de mettre « **L** ».

Exemples : *nous ache**t**ons, vous appe**l**ez, elles ont appe**l**é, elle a je**t**é, nous avons feuille**t**é.*

Seule exception

Le verbe « interpeller » qui s'écrit avec « **LL** » dans tous les cas.

Exemples : *il a interpe**ll**é, nous interpe**ll**ons, vous interpe**ll**iez.*

⚠ **Rectifications orthographiques de 1990 :** Il est désormais autorisé d'écrire « interpeler » avec un « **l** » et d'employer le « **è** » pour tous les verbes en -**eler** et en -**eter**, sauf pour les verbes « appeler » et « jeter » et leurs composés.

EXEMPLES

• Nous vous **rappelons** qu'il est interdit de fumer dans cette chambre.

• Il **jettera** un œil à ton livre, je te le promets, nous ne **rejetons** pas ton projet.

Cf. fiche 89

EXERCICES

QUIZ

1. Dans lequel de ces trois mots le « e » en gras se prononce « è » ?

○ A. jetez ○ B. jettes ○ C. jeté

2. Dans lequel de ces trois mots le « e » en gras se prononce « e » ?

○ A. appelle ○ B. appellera ○ C. appelé

3. Parmi ces trois mots, lequel est incorrect ?

○ A. appellé ○ B. interpellé ○ C. jettera

4. Parmi ces trois mots, lequel est correct ?

○ A. appellions ○ B. appellons ○ C. appellerons

Conjuguez les verbes entre parenthèses.

1. Madame, nous ***(appeler – passé composé)*** votre secrétariat pour fixer un rendez-vous.
2. Monsieur Chantrin vous ***(rappeler – futur)*** dans la matinée.
3. De nombreux locataires ***(rejeter – imparfait)*** cette idée avant qu'elle soit adoptée.
4. Julie ***(acheter – futur)*** une maison près de la mer pour sa famille.
5. Mes parents ***(feuilleter – passé composé)*** des magazines dans la salle d'attente.
6. Je voudrais bien que la police ***(interpeller – subjonctif présent)*** le suspect.
7. Je vous ***(rappeler – présent)*** les règles du jeu avant la partie.
8. Sophie ***(jeter – passé composé)*** son dévolu sur cette jolie chemise en soie.
9. Les grands artistes ***(ciseler – présent)*** leur style pour être remarqués.
10. Mélanie et moi leur ***(rappeler – présent)*** qu'il est interdit de fumer dans ce lieu.

Repérez les erreurs éventuelles dans les phrases suivantes.

1. Charlotte a appelé ses amis pour son déménagement.
2. Ils ont été rejettés à cause de cette proposition.
3. Quelques étudiants ont feuilletté le manuel avant de se lancer.
4. Cette jeune recrue nous a rappelé le règlement intérieur.
5. Nous vous appelerons quand le travail sera achevé.
6. Personne ne souhaite qu'il jette ses ordures sur le trottoir.
7. Vous vous êtes attelés à la tâche et le résultat est impressionnant !
8. Les élèves de la classe épelent chaque mot de la phrase au professeur.
9. Béatrice a rappellé à Jeanne qu'elle était invitée à sa fête.
10. Vous interpellez le maire au sujet des nouveaux riverains et du bruit qu'ils font.

CORRIGÉS P. 206

2 EN VOUS REMERÇIANT

En vous remerçiant d'avance, je vous prie d'agréer, Madame, Monsieur, mes respectueuses salutations.
remerciant

RÈGLE

Le « C » et la cédille

• Devant les consonnes et les voyelles **a**, **o**, **u**, le « **C** » se prononce [k].

Exemples : *clou, crabe, carafe, côté, cure.*

• Devant les voyelles **e**, **i**, **y**, le « **C** » se prononce [s].

Exemples : *cela, cigare, cycliste.*

Un « **C** » avec une **cédille** (« **ç** ») se prononce [s], on ne l'utilise que devant **a**, **o**, **u**.
Exemples : *nous lançons, le glaçage, un reçu.*

EXEMPLES

- Je n'ai pas **reçu** votre courrier à ce jour.
- J'ai appelé le service **commercial** de cette entreprise.
- En **lançant** cette balle, il ne savait pas où elle atterrirait.
- Elle lui a offert un **tricycle** pour son anniversaire.
- Ils ont installé une **balançoire** dans leur jardin.
- Nous avons **lancé** une grande campagne de **publicité**.

EXERCICES

QUIZ

1. Parmi ces trois mots, lequel comporte une erreur ?

○ A. balançe ○ B. balançoire ○ C. nous balancions

2. Parmi ces trois mots, lequel comporte une erreur ?

○ A. façon ○ B. aperçevoir ○ C. incitation

3. Parmi ces trois mots imaginaires, lequel comporte une erreur ?

○ A. amarçé ○ B. valouçon ○ C. lorçan

Repérez les erreurs éventuelles dans les phrases suivantes.

1. La facade de l'immeuble a été repeinte en 2006.
2. Il a remercié ses amis pour leurs gentilles attentions.
3. Sa femme est française, elle vit en Bourgogne.
4. Nous avons fait installer un escalier en colimacon pour accéder à la cave.
5. L'agence commerçiale est exceptionnellement fermée pour cause de travaux.
6. Nous avons reçu votre candidature, et nous vous reçevrons le mois prochain.
7. Par cette chaleur, on met des glaçons dans toutes les boissons.
8. Croyez-vous qu'il va s'apercevoir que la carrosserie de sa voiture a été légèrement endommagée ?
9. Alors qu'ils avancaient sous la pluie, un véhicule les a frôlés, mais heureusement, ils n'ont rien.
10. Les commerçants de ce village ont organisé une fête pour réunir les habitants.

Complétez par « c » ou « ç ».

la per_eption	un lima_on	ils aper_oivent
nous devan_ons	il relan_ait	un aper_u
invin_ible	un mor_eau	_i-dessous
le gla_age	un gar_on	un _intre
un remer_iement	un ber_eau	un pin_eau
éman_ipé	un Ni_ois	vous avan_iez

CORRIGÉS P. 206

3 AU CLIENTS

Très dynamique, indépendant et créatif, je peux apporter des solutions commerciales au clients.
aux

Il parle <u>au</u> client.

Il parle <u>aux</u> clients.

RÈGLE

• « Au » est un article contracté. C'est l'équivalent de « à + le ».

Exemple : *Il va **à la** gare, tandis que je vais **au** cirque (= **à + le** cirque).*

• L'article est un mot qui précède le nom et qui précise son genre (féminin ou masculin) et son nombre (singulier ou pluriel). L'article est donc accordé avec le nom qui le suit.

« **Au** » est toujours suivi d'un nom au singulier (= à + le).
« **Aux** » est toujours suivi d'un nom au pluriel (= à + les).

Exemples :
– *Il parle **au** chef de gare (**le** chef de gare).*
– *Il parle **aux** parents de Lucie (**les** parents de Lucie).*

EXEMPLES

• Nous avons donné du temps **aux** salariés.
• **Au** mois de juin, tu pourras demander une augmentation.
• Nous pensons **aux** dégâts causés par l'incendie de ce hangar.

EXERCICES

QUIZ

1. Parmi ces trois noms, lequel est seulement au pluriel ?

- ○ A. souris
- ○ B. relais
- ○ C. délais

2. Parmi ces trois noms, lequel peut être précédé de « au » ?

- ○ A. lampes
- ○ B. parc
- ○ C. chocolats

3. Parmi ces trois noms, lequel est seulement au pluriel ?

- ○ A. gaz
- ○ B. bisous
- ○ C. prix

4. Parmi ces trois noms, lequel peut être précédé seulement de « aux » ?

- ○ A. parcours
- ○ B. cheveux
- ○ C. devis

Reliez les deux parties de phrases.

1. Nous avons vendu notre maison **au**	• courant de cette affaire.
2. Vous pensez souvent **aux**	• mois de juin.
3. Vous devriez goûter les macarons **au**	• rumeurs qui circulent sur elle.
4. Il faudrait éviter de trop réfléchir **au**	• deux chocolats.
5. Depuis un an, nous ne parlons plus **aux**	• fils aîné des Lambert.
6. La semaine prochaine, je pars **aux**	• café, ils sont délicieux.
7. Il va probablement déménager **au**	• filles de votre sœur.
8. Je suis certain qu'il ne croit pas **aux**	• États-Unis avec Hélène.
9. Ce pâtissier nous a promis un dessert **aux**	• voisins du dessus.
10. Je ne pensais pas que tout le monde serait **au**	• départ de votre amie.

Choisissez « au » ou « aux » en fonction du nom entre parenthèses.

1. Nous avons préparé une tarte ___ ***(pommes)*** pour ce soir.
2. Vous avez donné le choix ___ ***(candidat)*** pour l'épreuve d'histoire.
3. Il est difficile de croire ___ ***(père Noël)*** quand on a des frères plus âgés.
4. Ce magazine s'adresse ___ ***(amateurs)*** d'équitation.
5. Il faut continuer à marcher jusqu'___ ***(prochain rond-point)*** et tourner à droite.
6. Que passent-ils ___ ***(cinéma)*** de ton quartier cette semaine ?
7. Il est passé ___ ***(restaurant)*** pour te voir, tu n'y étais pas.
8. Les enfants nous ont offert un séjour ___ ***(Canaries)*** pour notre anniversaire.
9. Quand pense-t-elle rapporter ce plat ___ ***(voisins)*** ?
10. Nous pouvons passer te chercher ___ ***(retour)*** du ski.

CORRIGÉS P. 207

4

~~ÇA~~ QUALITÉ

Votre établissement étant réputé pour ~~ça~~ sa qualité d'enseignement, j'aimerais tout particulièrement y étudier.

ASTUCE

Quand on peut le remplacer par « la sienne », le mot s'écrit SA.

RÈGLE

Le mot « **sa** » est un déterminant possessif. Le déterminant est un mot qui précède le nom et qui précise son genre (féminin ou masculin) et son nombre (singulier ou pluriel). Le déterminant possessif indique la **possession**.

Exemples : *son emploi (le sien), sa voiture (la sienne), ses partitions (les siennes), ses projets (les siens).*

⚠ Le mot « **ça** » est un pronom démonstratif, il est l'équivalent de « **cela** ».

Exemples :

– *Je veux bien que tu viennes,* ***ça*** *(= cela) m'arrange.*
– *Est-ce que* ***ça*** *(= cela/ceci) te convient si je viens plus tôt ce soir ?*

Liste des déterminants possessifs

Mon, ton, son, ma, ta, **sa**, mes, tes, ses, notre, votre, leur, nos, vos, leurs.

EXEMPLES

- Nous recherchons **sa** compagnie, car il est très agréable.
- Pierre nous a envoyé **sa** lettre de démission hier.
- Quelle est **sa** qualité principale ?

Cf. fiche 14

EXERCICES

QUIZ

1. Parmi ces trois mots, lequel est un déterminant ?

○ A. son ○ B. cela ○ C. ceux

2. Parmi ces trois mots, lequel n'est pas un déterminant possessif ?

○ A. ces ○ B. son ○ C. ses

3. Parmi ces trois mots, lequel peut précéder le nom « compagnie » ?

○ A. sa ○ B. ça ○ C. cet

4. Quelle est la nature des trois mots suivants ? 1. ***sien*****, 2.** ***ceci*****, 3.** ***ses***

○ A. pronom démonstratif ○ B. pronom possessif ○ C. déterminant possessif

Reliez les trois parties de phrases.

1. Nous attendons impatiemment	• sa	• étrange qu'il ne te reconnaisse pas ?
2. Il faudrait absolument que	• sa	• venue ce soir.
3. Je ne suis pas sûre de comprendre	• ça	• apparaisse sur le tableau ?
4. Pourrais-tu me dire si	• sa	• permission avant demain.
5. Jeanne ne vous a-t-elle pas envoyé	• ça	• ne me dérange pas du tout.
6. Quand tu l'as vu, n'as-tu pas trouvé	• sa	• façon de penser.
7. S'il le souhaite, il pourra apporter	• ça	• mère compte venir demain ?
8. Combien de fois faut-il que	• sa	• boîte à outils pour monter le meuble.
9. Vous ne pourrez pas lui demander	• ça	• lui convienne.
10. Bertrand peut ranger ses affaires ici,	• ça	• la semaine dernière ?

Repérez les erreurs éventuelles dans ces phrases.

1. Notre fille a obtenu sa première étoile l'année dernière.
2. Quelle que soit ça décision, nous nous tenons prêts à l'aider.
3. J'espère que ça ne vous dérange pas que Paul apporte sa guitare.
4. Ça mère a été hospitalisée cette nuit, mais ce matin, elle va très bien.
5. Vous ne pensez pas que sa présence à la réunion soit gênante, au contraire.
6. Est-il étonnant que sa ne fonctionne pas comme ils le souhaitent ?
7. Cet ouvrier a travaillé toute sa vie dans cette usine.
8. Nous te préviendrons jeudi, si sa te convient, de notre heure d'arrivée.
9. Chaque personne a trouvé ça place dans la salle, nous pouvons commencer.
10. Ça m'a fait plaisir que tu me téléphones pour prendre des nouvelles de Julien.

CORRIGÉS P. 207

5 DEUX CENT~~S~~ HUIT EMPLOYÉS

VIDÉO 14 VIDÉO 15 VIDÉO 16

Votre entreprise compte actuellement deux cent~~s~~ huit employés dans le secteur marketing.
cent

RÈGLE

Le mot « cent » est un adjectif numéral. L'adjectif numéral est un mot qui précède le nom et qui précise son nombre. Les adjectifs numéraux sont en général **invariables** (*quatre, huit, cinq, mille* ne prennent jamais de S).

Seules exceptions
Les adjectifs numéraux « **vingt** » et « **cent** » sont des cas particuliers. Ils prennent la marque du pluriel quand ils sont multipliés et qu'ils ne sont pas suivis d'un autre adjectif numéral.

Exemples : *trois **cents** ans, quatre-**vingts** euros (« vingt » et « cent » au pluriel), mais : deux **cent** trois, quatre-**vingt**-dix (sans S, car ils sont suivis d'adjectifs numéraux : « trois » et « dix »).*

⚠ **Les rectifications orthographiques de 1990** permettent de lier par des traits d'union les adjectifs numéraux formant un nombre complexe, inférieur ou supérieur à cent.

Exemple : *cent-trente-deux.*

EXEMPLES

- Nous commandons cinq **cents** bouteilles d'eau pour l'hôtel.
- Julie a trouvé quatre-**vingts** erreurs dans ce texte.
- Ce vase coûte trois **cent** <u>vingt</u> euros.
- Les cinq **cent** <u>treize</u> paires de chaussures ont été livrées ce matin.

Cf. fiche 12

EXERCICES

QUIZ

1. Parmi ces trois mots, lequel est un nom ?

○ A. mille ○ B. cent ○ C. centaine

2. Parmi ces trois mots, lequel est un adjectif ?

○ A. vingtaine ○ B. millier ○ C. trois

3. Parmi ces trois nombres, lequel comporte une erreur ?

○ A. trois cent personnes

○ B. cinq cent trois euros

○ C. deux cents dossiers

Repérez les erreurs éventuelles dans les phrases suivantes.

1. Mille deux cent personnes ont manifesté devant la préfecture ce matin.
2. Il a invité cent vingts clients à cet événement, il espère qu'ils viendront.
3. Huit cent cinquante enfants sont acceptés dans cette école chaque année.
4. Quatre-vingts femmes ont été choisies pour représenter la France.
5. Les cents familles accueillies par des bénévoles ont trouvé un logement.
6. Il faut ajouter ensuite deux cents cinquante grammes de farine et remuer énergiquement.
7. Nous avons fourni quatre-vingts-dix catalogues aux clients.
8. Mille quatre-vingts ballons gonflables seront installés dans la salle des fêtes.
9. Alors que les vingts candidats se préparaient à passer devant le jury, l'alarme s'est déclenchée.
10. Ses vingt cousins germains sont venus à son mariage, il était étonné.

Écrivez en toutes lettres les nombres suivants.

1. 452
2. 1 300
3. 528
4. 180
5. 89
6. 96
7. 6 512
8. 285
9. 680
10. 45 100

CORRIGÉS P. 208

6 ~~C~~ES ÉQUIPES À LUI

VIDÉO 6

Votre banque recrute des téléconseillers pour qu'ils rejoignent ~~c~~es équipes.
ses

ASTUCE

Quand on peut le remplacer par « les siens » ou « les siennes », le mot s'écrit SES.

RÈGLE

Le mot « ses » est un déterminant possessif. Le déterminant est un mot qui précède le nom et qui précise son genre (féminin ou masculin) et son nombre (singulier ou pluriel). Le déterminant possessif indique la **possession**.

Déterminants	On peut remplacer par
mon, ma, mes + NOM	le mien, la mienne, les miens, les miennes
ton, ta, tes + NOM	le tien, la tienne, les tiens, les tiennes
son, sa, ses + NOM	le sien, la sienne, les siens, les siennes
notre, nos + NOM	le nôtre, la nôtre, les nôtres
votre, vos + NOM	le vôtre, la vôtre, les vôtres
leur, leurs + NOM	le leur, la leur, les leurs

⚠ « **Ces** » est un déterminant démonstratif. Les déterminants démonstratifs servent à désigner une chose ou une personne dans le temps (*cet été*) et dans l'espace (*cette porte*). Ils commencent tous par la lettre C.

Exemple : *Je ne sais pas à qui sont **ces** dossiers sur ce bureau.*

EXEMPLES

- Nous avons retrouvé **ses** lunettes, il les avait perdues la semaine dernière.
- À en croire **ses** amis, Sophie est très généreuse.

Cf. fiches 4, 7, 14

EXERCICES

QUIZ

1. Parmi ces trois mots, lequel est un déterminant possessif ?

○ A. siens ○ B. son ○ C. ces

2. Parmi ces trois mots, lequel n'est pas un déterminant possessif ?

○ A. nôtre ○ B. ses ○ C. sa

3. Parmi ces trois mots, lequel est un déterminant ?

○ A. tienne ○ B. mes ○ C. cela

Repérez les déterminants possessifs dans les phrases suivantes.

1. Si notre entreprise est florissante, la vôtre, en revanche, est en difficulté.
2. Ces affiches sont restées là toute la nuit, nous ne savons pas qui les a laissées là.
3. Nous ne connaissons pas ses enfants, il ne connaît pas les nôtres non plus.
4. Pourra-t-il s'assurer que ces clients ont bien reçu leur colis ?
5. Nous ne leur accorderons pas ce prêt, ils n'ont pas déclaré leurs revenus à temps.
6. Les élèves ont tous regagné leur salle de classe en silence.
7. Quelles que soient ses raisons, il ne devait pas abandonner son équipe.
8. Si ces changements sont effectués, nous sommes persuadés que notre projet aboutira.
9. Tous ces immeubles neufs sont destinés à la location et non à l'achat.
10. Il ne reviendra malheureusement pas sur sa décision de quitter son poste.

Repérez les erreurs éventuelles dans les phrases suivantes.

1. Quelles que soient ces convictions, il doit les garder pour lui et ne pas tenter d'influencer les autres membres de l'association.
2. S'il ne trouve pas à qui sont ces camions, il va devoir appeler la fourrière.
3. Ses personnes demandent si l'apéritif sera servi dans la grande salle.
4. Marie n'a pas vu ces enfants cet été, ils lui manquent.
5. Je ne comprends pas ses livres-là, je ne maîtrise pas suffisamment cette langue.
6. Ses amis sont venus le féliciter pour les recherches qu'il a effectuées.
7. Jérôme a cherché longuement dans ces tiroirs, impossible de remettre la main sur ses papiers.
8. Avez-vous vu passer ces tracteurs dans Paris ? Les agriculteurs manifestent leur mécontentement aujourd'hui.
9. Ses résultats ne sont pas suffisants pour intégrer la grande école qu'il visait.
10. Chacun prend ces dispositions pour arriver à l'heure à la réunion.

CORRIGÉS P. 208

7 CET~~TE~~ EMPLOI

VIDÉO 6 VIDÉO 29

Vivement intéressé par cet~~te~~ (cet) emploi, je dispose des compétences requises pour mener à bien les missions y afférentes.

« Cette étoile est jeune. »

« J'adore cet acteur. »

RÈGLE

Le mot « **cet** » est un déterminant démonstratif. Le déterminant est un mot qui précède le nom et qui précise son **genre** (féminin ou masculin) et son **nombre** (singulier ou pluriel). Le déterminant démonstratif sert à désigner une chose ou une personne dans le temps (*ce soir*) et dans l'espace (*cette fleur-là*).
« Cet » précède un nom masculin qui commence par une voyelle ou par un « h » muet (*immeuble, hôtel*).

Exemples :

– ***Cet*** *homme a été embauché le mois dernier.*
– *On lui a fourni* ***cet*** *ordinateur.*

⚠ « **Cette** » est un déterminant qui précède un nom féminin singulier.

Exemple : ***Cette*** *année, nous avons investi dans l'immobilier.*

Liste des déterminants démonstratifs

Ce (masculin singulier), **cet** (masculin singulier), cette (féminin singulier), ces (pluriel).

EXEMPLES

- Je n'ai pas pris de vacances **cet** été.
- Nous réservons une chambre dans **cet** hôtel de charme.
- **Cet** étrange bâtiment a été construit au début du siècle.

Cf. fiches 6, 13

EXERCICES

QUIZ

1. Parmi ces trois noms, lequel est masculin ?

○ A. apprentie ○ B. élan ○ C. idole

2. Parmi ces trois noms, lequel peut être précédé de « cet » ?

○ A. gare ○ B. école ○ C. ourlet

3. Parmi ces trois mots, lequel est un déterminant démonstratif ?

○ A. ces ○ B. ceci ○ C. ceux

4. Parmi ces trois mots, lequel n'est pas un déterminant ?

○ A. quelques ○ B. chacun ○ C. certains

Reliez les trois parties de phrases.

1. Il faudrait que nous investissions dans	• cette	• affaire de main de maître.
2. Vous avez rapporté du Japon	• cet	• énorme pain au lait pour le concours.
3. Nous aurions dû éviter d'emprunter	• cet	• excellent ouvrage à Juliette !
4. Laetitia et moi aimerions nous rendre à	• cet	• étage quand nous rentrerons.
5. Les Lemarchand ont pris leur retraite	• cette	• statuette très fine.
6. Quelle bonne idée tu as eue d'offrir	• cette	• œuvre très déconcertante.
7. Le boulanger a presque terminé	• cet	• immeuble délabré pour le rénover.
8. L'avocat des Morin a mené	• cette	• année, à 65 ans.
9. De nombreux visiteurs ont trouvé	• cet	• important vernissage.
10. Les ouvriers auront sûrement achevé	• cette	• autoroute, nous serions déjà arrivés.

Repérez les erreurs éventuelles dans les phrases suivantes.

1. Cet automne, nous irons en Alsace, cette région est magnifique à cette saison !
2. Mme Louvet a oublié cet étole lors de sa visite au château.
3. Plusieurs de mes amis ont installé cet application sur leur téléphone.
4. Cet apprenti coiffeur a fait brûler les cheveux de cet enseignant.
5. Nous avons donné notre démission à la suite de cet événement.
6. Je voudrais bien que cette épisode ne se termine pas aussi mal que le précédent.
7. Aurez-vous suffisamment de bûches pour cet hiver ?
8. Les enfants de mon collègue iront visiter cette immeuble original à Barcelone.
9. Quel avenir peut avoir cette entreprise si son dirigeant est malhonnête ?
10. Si cet aigle est bien dressé, il pourra atterrir sur cet esplanade sans difficulté.

CORRIGÉS P. 209

8 CHAQUE CHALLENGE~~X~~

Attentif, disponible et à l'écoute, je m'investis pleinement et avec créativité dans chaque challenge~~x~~ confié.
challenge

RÈGLE

• « Chaque » est un **déterminant** indéfini. Le déterminant est un mot qui précède le nom et qui précise son genre (féminin ou masculin) et son nombre (singulier ou pluriel).

⚠ « **Chaque** » est toujours suivi d'un nom au **singulier**.

• « Chacun/chacune » est le **pronom** indéfini (remplaçant du nom ou du groupe nominal) correspondant à « chaque ». Il est aussi **singulier**.

Exemples :

– *Chaque animal a ses particularités.*
– *Chacun est libre de s'exprimer dans cette assemblée.*

EXEMPLES

• Chaque **personne** peut se présenter à ce concours.
• Il s'investit pleinement dans chaque **mission** confiée.
• Chacune **apporte** sa contribution comme elle le peut.

EXERCICES

QUIZ

1. Parmi ces trois mots, lequel est un déterminant ?

○ A. chacun ○ B. chaque ○ C. chacune

2. Parmi ces trois mots, lequel pourrait être suivi d'un nom au pluriel ?

○ A. beaucoup de ○ B. chaque ○ C. aucun

3. Parmi ces trois groupes nominaux, lequel comporte une erreur ?

○ A. peu de sucre ○ B. chaque détails ○ C. beaucoup de chance

Repérez les déterminants dans les phrases suivantes.

1. Chacun aura pu constater les efforts faits pour conserver notre patrimoine.
2. Quelqu'un a-t-il vu notre plateau ? Nous l'apportons à chaque soirée.
3. Chaque nuit, leur voisin nourrit les chats du quartier.
4. Le critique de cinéma n'a vu aucun film intéressant ces dernières semaines.
5. Il faudrait que chacune d'entre vous signe le registre en partant.
6. Je ne prends aucun risque en t'emmenant voir cette pièce, tu aimes chaque spectacle que je choisis.
7. Comme chaque été, notre école de commerce accueille des étudiants étrangers.
8. Toute personne souhaitant apporter son aide à l'association peut nous contacter.
9. Chaque élève doit rendre son rapport de stage avant le 30 juin.
10. Chacune de ses interventions est un succès, il est très convaincant.

Repérez les erreurs éventuelles dans les phrases suivantes.

1. Une entreprise allemande a créé un insecticide pour traiter chaque tournesols.
2. Chacun étaient occupés à poursuivre les braqueurs de la banque qui s'étaient enfuis.
3. Chaque révélation de la presse a convaincu l'opinion publique de sa culpabilité.
4. Chacun des travailleurs n'ont pas le droit de grève et les syndicats indépendants sont interdits dans ce pays.
5. Bien qu'il rencontre encore de nombreuses difficultés chaque jours, il est heureux d'avoir surmonté ses complexes.
6. Ils offrent des montagnes de fleurs à notre maîtresse chaque année.
7. Chacune d'entre elles aiment ce film très original et très juste.
8. Chaque participant donne son avis sur les nouveaux produits.
9. Chaque nouveau robot installé en usine pourraient créer « deux ou trois emplois supplémentaires », d'après la fédération.
10. Chaque cliché vaudra à son auteur un prix et sera exposé pendant trois mois.

CORRIGÉS P. 209

9 LEURS ADRESSE

leur
Ne possédant pas leurs adresse, je vous demande de transmettre tous mes remerciements pour cet échange.

RÈGLE

« Leur » est un déterminant **possessif**. Le déterminant est un mot qui précède le nom et qui précise son genre (féminin ou masculin) et son nombre (singulier ou pluriel). Les déterminants possessifs sont les **déterminants** qui indiquent l'appartenance.

Exemples : ***mon*** *classeur,* ***notre*** *entreprise,* ***ses*** *parents.*

⚠ Le mot « **leur** » signifie qu'il y a **plusieurs possesseurs**, mais pas forcément plusieurs objets/choses possédés.

	Un objet	Plusieurs objets
Plusieurs possesseurs	leur *(ex. : leur immeuble)*	leurs *(ex. : leurs arbres)*
On peut remplacer par	le/la leur	les leurs

EXEMPLES

- Nous avons reçu **leur** courrier ce matin.
- **Leurs** chats s'appellent Pito et Malo.
- Je crois que **leur** propriété est surveillée.

Cf. fiche 14

EXERCICES

QUIZ

1. Parmi ces trois mots en gras, lequel est un déterminant ?

○ A. Je **leur** parle. ○ B. **Leurs** amis sont là. ○ C. Nous **leur** téléphonons.

2. Parmi ces trois noms, lequel pourrait être précédé du déterminant « leur » ?

○ A. amis ○ B. carte ○ C. journaux

3. Parmi ces trois mots, lequel pourrait être précédé du déterminant « leurs » ?

○ A. intérêts ○ B. vitesse ○ C. enfant

Repérez les déterminants possessifs dans les phrases suivantes.

1. Mes parents sont en vacances à l'étranger, je leur ai écrit une longue lettre.
2. Mon fils lave son visage et ses mains dans l'eau fraîche de la rivière.
3. Nous ne leur avons pas téléphoné depuis un an, leur mère nous l'a reproché.
4. Mes chiens se dressent sur leurs pattes et aboient quand j'arrive.
5. Vous avez apporté leurs journaux préférés pour que leurs journées passent plus vite.
6. Tu distribues tous tes bonbons à tes camarades de classe.
7. L'hôtesse place les voyageurs et leur propose une boisson chaude.
8. Son ami nous a donné de ses nouvelles, il travaille en Afrique depuis deux ans.
9. Leur avocat leur donne des conseils pour le procès qui approche.
10. Nous leur offrons un verre de vin pour l'apéritif.

Repérez les erreurs éventuelles dans les phrases suivantes.

1. Ils ont monté leur pièce de théâtre, nous l'avons adorée.
2. Je remplace leurs nourrice momentanément.
3. Ils savent exprimer leur gratitude.
4. Leurs bons résultats ont été remarqués et salués.
5. Il leur manque quelques points pour avoir leurs bac.
6. Jean vous envoie leur dossier, il semble très solide.
7. Les agents ont apporté leurs proposition.
8. Ils vont échanger leurs numéros de téléphone.
9. Ils ont invité leur filles pour les fêtes de fin d'année.
10. Nous n'avons jamais reçu leurs lettre de démission.

CORRIGÉS P. 210

10 TOUS LES LUNDI

Je suis disponible tous les lundi pour effectuer ce remplacement.
lundis

L'AVIS D'UN RECRUTEUR

« Je n'ai pas constaté une telle erreur dans le cadre de ma vie professionnelle. Je pense qu'il s'agit là d'une des rares fautes que je suis prêt à tolérer car elle ne comporte pas d'erreur de sens. »

Philippe de Lamarzelle, Directeur général

RÈGLE

Le nom des jours de la semaine et des mois de l'année sont des noms communs, donc ils ne débutent pas par une majuscule et peuvent prendre la marque du pluriel (S).

Exemples : *tous les lundis, quelques décembres ensoleillés.*

⚠ Dans certains cas, le jour n'est pas au pluriel, car il n'y a pas plusieurs jours identiques.

Exemple : *les mardi et vendredi de chaque semaine (un seul mardi et un seul vendredi par semaine).*

À noter

Placés après les noms des jours, les noms « matin » et « soir » ne prennent pas la marque du pluriel, car « les lundis soir » signifient « les lundis au soir », « les dimanches matin » signifient « les dimanches au matin ». Le pluriel est néanmoins toléré depuis plusieurs années.

EXEMPLES

- Tous les **mardis** soir, je vais à mon cours de théâtre.
- Si j'avais plus de temps, j'irais tous les **dimanches** au parc pour courir.
- Nous nous retrouverons tous les lundi et mardi de chaque semaine paire.

EXERCICES

QUIZ

1. Parmi ces trois mots, lequel est invariable ?

○ A. aujourd'hui ○ B. lundi ○ C. décembre

2. Parmi ces trois formules, laquelle est incorrecte ?

○ A. les lendemains ○ B. les jeudis ○ C. les lundi

3. Parmi ces trois formules, laquelle est correcte ?

○ A. les mercredis soir ○ B. les mercredi soir ○ C. le mercredi soirs

Repérez les noms communs dans les phrases suivantes.

1. En hiver, nous quittons très souvent Paris.
2. Chaque jeudi, il sort de chez lui et va se promener en forêt.
3. Tous les lundis, elle va chanter.
4. Tous les étés sont chauds dans cette région.
5. Les lundis d'octobre, nous préparerons le concert.
6. Vous vous inscrivez donc pour les cours du vendredi ?
7. Tous les mercredis, je garde les enfants.
8. Les enfants iront à la piscine tous les mardis à partir du 16 septembre.
9. Il adore le vendredi !
10. Je ne serai malheureusement pas là dimanche prochain.

Repérez les erreurs éventuelles dans les phrases suivantes.

1. Les membres de cette association se réunissent tous les jeudi soir.
2. Nous avons rendez-vous avec nos employeurs chaque mercredis.
3. Tous les lundi et mardi de chaque semaine, je m'entraîne dans cette salle.
4. Je ne serai plus présente le Lundi soir à la chorale.
5. Malgré la pluie, vous avez maintenu les concerts prévus lundi 2 décembre.
6. Vous allez pouvoir venir tous les samedis à partir de maintenant.
7. Votre collègue prend un cours d'espagnol tous les mardis matins.
8. Les enfants ont attendu qu'il y ait de la place au cours de théâtre du vendredi.
9. En janvier, nous connaîtrons les résultats du sondage et nous pourrons prendre une décision.
10. Mes parents vont tous les dimanche au restaurant avec leurs amis.

CORRIGÉS P. 210

11 MES QUALITÉS D'ORGANISATION~~S~~

VIDÉO 17

Ceux qui ont eu l'occasion de travailler avec moi soulignent souvent mon dynamisme, mon sens de l'accueil et mes qualités d'organisation~~s~~.
organisation

Des sachets de thé — Des sachets de thés

RÈGLE

- Le nom peut être complété par un **complément du nom** (un groupe de mots introduit par une préposition (*à, de, en, sur...*) qui ajoute une information au nom).

Exemples : *la machine* ***à coudre****, la fille* ***de Jacques****, la vie* ***en rose****, la maison* ***sur pilotis****.*

- Le nom qui appartient au complément du nom peut être **au singulier** ou **au pluriel**.

⚠ Le nom se met au **pluriel** (on ajoute un « S » ou un « X » à la fin du nom) quand il y a **plusieurs éléments de la même chose**.

Exemples : *un bouquet de fleur****s****, une paire de botte****s****.*

- Si le nom représente un ensemble, une chose indénombrable, il est au singulier.

Exemple : *des problèmes de comptabilité (plusieurs problèmes, mais la comptabilité).*

EXEMPLES

- Les cartons de **livres** ont été livrés ce matin. *(plusieurs livres)*
- Nous avons commis quelques erreurs de **calcul**. *(le calcul)*
- Vous avez offert un bouquet de **tulipes** rouges à Mme Langlois. *(plusieurs tulipes)*
- Il a rapporté trois bouteilles d'**huile**. *(de l'huile)*
- Il a construit un grand château de **cartes**. *(plusieurs cartes)*
- Les associés ont des points de **vue** différents sur l'évolution du marché. *(la vue)*

EXERCICES

QUIZ

1. Parmi ces trois groupes de mots soulignés, lequel est un complément du nom ?

○ A. Il part à Paris. ○ B. J'ai un fer à cheval. ○ C. Il parle à Michel.

2. Parmi ces trois noms en gras, lequel pourrait être au singulier ?

○ A. un paquet de **biscuits** ○ B. un ensemble de **fruits** ○ C. un tas de **farines**

3. Parmi ces trois groupes nominaux, lequel comporte une erreur ?

○ A. une paire de **gants** ○ B. des erreurs de **conjugaisons**
○ C. une boîte de **haricots**

4. Parmi ces trois groupes de mots soulignés, lequel est un complément du nom ?

○ A. Je rêve de partir. ○ B. Tu viens de Bordeaux.
○ C. La valise de ma sœur est là.

Repérez les compléments du nom dans les phrases suivantes.

1. Les coureurs de fond se sont lancés, ils arriveront dans trois heures environ.
2. Mme Chambon a commandé trois grands plateaux de fruits de mer.
3. Il arrive que nous soyons obligés d'ouvrir son carnet d'adresses.
4. Chacun pourra apprécier la collection de trains à vapeur dans ce musée.
5. Vous avez commis quelques fautes de frappe qui ne sont pas trop gênantes.
6. Il adore les jeux de logique, il fait même partie d'un club !
7. Cette voiture est équipée d'un moteur à explosion.
8. Les livres de philosophie sont passionnants, nous en achetons régulièrement.
9. Pouvez-vous réparer mes pantalons en lin ?
10. Laurent a souhaité recruter des hommes de talent pour ce poste à responsabilités.

Repérez les erreurs éventuelles dans les phrases suivantes.

1. Nous devons régler les factures d'électricités et de gaz cette semaine.
2. M. Dubonnet a rendu les devoirs de mathématiques aux élèves.
3. Souvent, dans cette région, on trouve des carreaux de faïences dans les maisons.
4. Chaque personne présente a eu des problèmes de voisinages.
5. Vos erreurs de calcul nous ont bien retardés.
6. Quand j'étais plus jeune, je jouais souvent à différents jeux de sociétés.
7. La réserve de cartouches a été complètement inondée, tout est perdu.
8. Valérie n'a pas oublié sa paire de lunettes de soleil pour faire du ski.
9. Qui a rempli le poêle à charbons hier soir ?
10. Les sacs de courses en tissu sont bien pratiques et écologiques.

CORRIGÉS P. 211

12 LES QUATRES MISSIONS

VIDÉO 21

J'ai bien noté les quatres missions principales du poste de documentaliste.
quatre

RÈGLE

Le mot « quatre » est un adjectif numéral. L'adjectif numéral est un mot qui précède le nom et qui précise son nombre. Les adjectifs numéraux sont **invariables**.

Exemples : *les **mille** personnes, les **huit** années d'études, ces **cinq** idées, mes **quatre** sœurs.*

Seules exceptions

Les adjectifs numéraux « **vingt** » et « **cent** » sont des cas particuliers. Ils prennent la marque du pluriel quand ils sont multipliés et qu'ils ne sont pas suivis d'un autre adjectif numéral.

Exemples : *trois **cents** étoiles, quatre-**vingts** bougies.*

⚠ **Les rectifications orthographiques de 1990** permettent de lier par des traits d'union les adjectifs numéraux formant un nombre complexe, inférieur ou supérieur à cent.

Exemple : *cent-trente-deux.*

EXEMPLES

- Nous avons reçu les **trois mille** euros qu'il nous devait.
- Vous apporterez les **quatre** cartons dans la réserve.
- Les **huit** personnes convoquées sont venues passer l'entretien.
- Sébastien a trouvé ces **trente** euros dans la rue hier.
- Ces **cinquante** villes ont été classées.

Cf. fiche 5

EXERCICES

QUIZ

1. Parmi ces trois adjectifs numéraux, lequel est invariable ?

○ A. mille ○ B. cent ○ C. douzaine

2. Parmi ces trois mots, lequel est un adjectif ?

○ A. million ○ B. huit ○ C. millier

3. Parmi ces trois nombres, lequel comporte une erreur ?

○ A. cent quatres ○ B. huit ○ C. vingt-six

Repérez les erreurs éventuelles dans les phrases suivantes.

1. Deux mille personnes se sont présentées à l'entrée du magasin.
2. Les photos des soixantes plus beaux monuments du monde sont dans cet album.
3. Il a choisi les douze finalistes du concours de pétanque.
4. Tu as pensé à commander les milles bouteilles d'eau pour l'école ?
5. J'ai dépensé nos trente euros au casino.
6. Ces sept clients privilégiés ont été accueillis par le responsable de l'agence.
7. Je vais mettre les quarantes bougies sur son gâteau d'anniversaire.
8. Nous avons vendu cent neufs draps de soie à l'hôtel du Centre.
9. Il nous faut l'accord de vos quatres associés pour conclure l'affaire.
10. Mes cinq frères sont arrivés hier pour l'occasion.

Écrivez en toutes lettres les nombres suivants.

1. 228
2. 130
3. 35
4. 17
5. 44
6. 59
7. 23
8. 66
9. 78
10. 72

CORRIGÉS P. 211

13 ~~SE~~ CE DOMAINE

VIDÉO 6

J'ai d'ailleurs effectué des stages dans ~~se~~ ce domaine afin de mieux le connaître.

L'AVIS D'UN RECRUTEUR

« Une des fautes à ne pas commettre. Si cette erreur pourrait passer inaperçue lors d'une lecture rapide d'un courrier électronique, celle-ci est rédhibitoire dans un courrier postal ou une lettre de motivation. Cela dénote un faible niveau d'orthographe, voire de langage. En entreprise, je la corrige systématiquement auprès de mon équipe. »

Philippe de Lamarzelle, Directeur général

ASTUCE

Si l'on peut ajouter l'adverbe « là » après le nom, le mot s'écrit CE.

Exemple : ***Ce** jour-là.*

RÈGLE

Le mot « ce » est un déterminant démonstratif. Le déterminant est un mot qui précède le nom et qui précise son genre (féminin ou masculin) et son nombre (singulier ou pluriel). Les déterminants démonstratifs servent à montrer, désigner une chose ou une personne dans le temps et dans l'espace. Ils commencent tous par la lettre « C ».

Exemples :

- ***Ce** sac est posé dans l'entrée.*
- ***Ce** soir, nous le rapporterons à son propriétaire.*

⚠ « **Se** » est un pronom, il remplace un nom. Il se trouve toujours devant un verbe.

Exemple : *Les filles **se** souviennent de Marc, elles **se** sont téléphoné hier pour en parler.*

Liste des déterminants démonstratifs

Ce, cet, cette, ces.

EXEMPLES

- Je n'ai pas envoyé le dossier à **ce** jour.
- Nous offrirons **ce** voyage à nos meilleurs clients.
- **Ce** garagiste a effectué les réparations de ma voiture.

Cf. fiches 6, 7, 34

EXERCICES

QUIZ

1. Parmi ces trois mots, lequel est un déterminant démonstratif ?

○ A. ces ○ B. ceci ○ C. ses

2. Parmi ces trois mots, lequel n'est pas un déterminant démonstratif ?

○ A. ces ○ B. se ○ C. ce

3. Parmi ces trois mots, lequel est un déterminant ?

○ A. ceux ○ B. se ○ C. ce

Repérez les déterminants démonstratifs dans les phrases suivantes.

1. Ce jeune chef d'entreprise a embauché dix personnes l'année dernière.
2. Nous avons pensé qu'ils ne se verraient pas ce soir.
3. Vous reconnaissez cet acteur ? Il a interprété le rôle de Cyrano de Bergerac.
4. Il faudrait que les personnes qui se sont inscrites confirment leur présence rapidement.
5. Ils se sont vu refuser ce prêt : ils ne sont pas solvables.
6. Tous ses amis se sont réunis à l'occasion de sa promotion.
7. Qui est ce personnage sur cette image ?
8. Si ce que tu dis est avéré, nous aurons des difficultés de financement.
9. Manon a cru bon d'apporter ce dessert, or nous sommes tous au régime.
10. Ce sont mes dossiers, je ne pense pas qu'ils veuillent les reprendre.

Repérez les erreurs éventuelles dans les phrases suivantes.

1. J'apprécie beaucoup ce tableau, il est vraiment intéressant.
2. Que ce passe-t-il ce matin ? Nous ne retrouvons pas notre courrier.
3. Ce parcours n'est pas si facile, apparemment, tu te perds à chaque fois.
4. Il ne se souvient plus de son mot de passe, il va devoir appeler le service technique.
5. Il faut absolument retrouver se livre, Claude m'en a dit beaucoup de bien.
6. Se carton a été déposé dans le hall de l'immeuble, nous ne savons pas qui l'a commandé.
7. Les enfants aiment se baigner, je leur ai donné des cours de natation.
8. Mes collègues ce déguisent pour la journée familiale de l'entreprise.
9. Pensez-vous que ce chien a été dressé ? Je ne voudrais pas prendre de risque.
10. Clara trouve se parfum très raffiné, elle n'aime pas en porter d'autres.

CORRIGÉS P. 211

14 SON~~T~~ SECTEUR

Votre entreprise est leader dans son~~t~~ secteur avec des services reconnus par de nombreux professionnels. son

LE SAVIEZ-VOUS ?

31 % des salariés consacrent au moins un quart de leur journée de travail à la rédaction. (DARES, 2005)

ASTUCE

Le déterminant possessif SON peut être remplacé par « le sien » ou « la sienne ».

RÈGLE

Le mot « son » est un déterminant possessif. Le déterminant est un mot qui précède le nom et qui précise son genre (féminin ou masculin) et son nombre (singulier ou pluriel). Le déterminant possessif indique la **possession**.

Exemples : *son chat (le sien), sa voiture (la sienne), ses affaires (les siennes), ses enfants (les siens).*

⚠ « **Sont** » est le verbe « être » à la troisième personne du pluriel.

Exemple : *Les clients **sont** satisfaits, ils se **sont** rendus à la réunion.*

Liste des déterminants possessifs

Mon, ton, **son**, ma, ta, sa, mes, tes, ses, notre, votre, leur, nos, vos, leurs.

EXEMPLES

- Nous lui avons demandé **son** aide pour le projet.
- Vous avez toute **son** attention, profitez-en.
- Quel est **son** point de vue sur la question ?
- **Son** amie est arrivée hier, elle est très sympathique.

Cf. fiches 6, 16

EXERCICES

QUIZ

1. Parmi ces trois mots, lequel est un déterminant possessif ?

○ A. ces ○ B. son ○ C. sont

2. Parmi ces trois mots, lequel n'est pas un déterminant possessif ?

○ A. siens ○ B. ses ○ C. sa

3. Parmi ces trois mots, lequel est un déterminant ?

○ A. tienne ○ B. mes ○ C. sont

Repérez les déterminants possessifs dans les phrases suivantes.

1. Si son contrat est renouvelé, nous serons amenés à nous revoir souvent.
2. Ses enfants se sont retrouvés sur la plage une heure après son départ.
3. Je pense qu'ils sont arrivés à bon port, or nous n'avons pas reçu leur appel.
4. Peut-être sont-elles étonnées par le changement de direction ?
5. Son œuvre a fait l'objet de deux actes de vandalisme en trois mois.
6. Quel que soit son choix, nous devrons le soutenir tout au long de ses études.
7. Si ce ne sont pas vos bottes, à qui sont-elles ?
8. Je voudrais que notre série soit diffusée sur une grande chaîne.
9. Tous ses bijoux précieux sont dans un coffre à la banque.
10. Émilie a fait ses preuves en chant, elle peut aussi jouer dans cette pièce.

Repérez les erreurs éventuelles dans les phrases suivantes.

1. Je crois que son rêve est de faire le tour du monde.
2. Les ouvriers qui son les plus qualifiés trouveront du travail facilement.
3. Alexis suit toujours son frère dans ses déplacements.
4. J'ai su que sont médecin lui avait conseillé de faire une cure.
5. Le jardinier doit arroser les plantes de sont jardin.
6. Les voisins sont harcelés tous les jours par les avocats de M. Chambert.
7. Myriam met son ensemble bleu pour la soirée de bienfaisance.
8. Des représentants son passés chez moi pour me présenter cet aspirateur.
9. Élodie enfile son manteau pour sortir, il se met à faire froid.
10. Où son rangées les assiettes de notre grand-mère ?

CORRIGÉS P. 212

15 TOU~~X~~ MES REMERCIEMENTS

Je vous demande de transmettre tou~~x~~ mes remerciements pour cet échange à votre responsable.
tous

L'AVIS D'UN RECRUTEUR

« Cette erreur apparaît régulièrement dans les courriels. Il m'est arrivé de la rencontrer chez des personnes très lettrées. Le mode écriture-réécriture qui amène à revenir en arrière lors de la rédaction d'un message peut entraîner ce type de faute. Vigilance et relecture sont de rigueur. Isolée, cette erreur retiendra moins mon attention que dans un océan de fautes. »

Philippe de Lamarzelle, Directeur général

RÈGLE

• Le mot « tout » appartient à plusieurs catégories grammaticales. Quand il est déterminant indéfini (c'est-à-dire qu'il précède un nom), il varie en genre et en nombre en fonction du nom qu'il détermine.

	Masculin	Féminin
Singulier	tout *(ex. : tout homme)*	toute *(ex. : toute femme)*
Pluriel	tous *(ex. : tous les jours)*	toutes *(ex. : toutes les heures)*

• « Tout », suivi d'un article ou d'un nom collectif, signifie « dans son entier ».

Exemples :

– ***Tout*** *Paris est en liesse suite au match.*
– ***Tout*** *le monde chante.*

⚠ L'orthographe « **touts** » existe, mais quand il s'agit du nom commun « un tout, des touts ». Définition (*Larousse*) : Ensemble, objet divisible pris dans son entier.

EXEMPLES

• **Tout** achat de matériel doit être validé par la direction.
• Nous avons pris **toutes** ces photos en Italie.
• **Tous** les matins, il arrose les fleurs de la cour.
• Mes confrères ont apporté **toute** l'aide nécessaire à la réalisation de ce projet.

EXERCICES

QUIZ

1. Parmi ces trois mots en gras, lequel est un déterminant ?

- ○ A. Je veux **tout**.
- ○ B. **Tout** est là.
- ○ C. **Tout** appel sera facturé.

2. Parmi ces trois groupes de mots, lequel contient une erreur ?

- ○ A. tout mes amis
- ○ B. toutes les issues
- ○ C. tout mon entourage

3. Parmi ces trois groupes de mots, lequel pourrait être précédé du déterminant « tout » ?

- ○ A. le temps
- ○ B. élans de solidarité
- ○ C. ses amis

Repérez les déterminants dans les phrases suivantes.

1. Si tout se passe comme prévu, le voyage sera une réussite !
2. Notre fille nous rend visite toutes les semaines et nous apporte son linge sale.
3. Si tu l'appelles, peux-tu lui demander de venir récupérer tout son matériel ?
4. Tout homme doit respecter ses engagements pour que les projets fonctionnent.
5. Vous avez refusé toute tentative de changement depuis un an.
6. Tout ce que tu dis est intéressant et mérite d'être publié dans notre revue.
7. Tous les jours, nous nous retrouvons dans ce café pour organiser notre séjour.
8. Il a travaillé toute une année sur ce prototype, il compte le présenter samedi.
9. Quelques commentaires sur le film ont été postés sur la page de l'événement.
10. Nous ne leur demandons pas d'y passer tout leur temps.

Repérez les erreurs éventuelles dans les phrases suivantes.

1. Ils ont monté tout le chapiteau sur un terrain inondable.
2. Ils ont décidé de remplacer tout les lampadaires de cette rue.
3. Elle passe toute ses journées sur les réseaux sociaux !
4. Tout semble calme, nous pouvons nous reposer.
5. Ils ont tous pris du poids en dix ans.
6. Je ne comprends pas tous ce que tu me dis.
7. Tout mes amis ont organisé un spectacle pour mon anniversaire.
8. Ils vont échanger tout leurs bijoux contre des meubles anciens.
9. Tous nous ont conviés à regarder leurs œuvres exposées ici pour un mois.
10. Elles n'ont pas conscience de tous ce que tu as fait pour elles.

CORRIGÉS P. 212

16 VÔTRE DISPOSITION

Je me tiens à vôtre disposition pour toutes informations complémentaires.
votre

« Il est mignon, votre chien. » « Oui, et le vôtre, où est-il ? »

RÈGLE

Les mots « votre » et « notre » (sans accent circonflexe) sont des **déterminants** possessifs. Le déterminant est un mot qui précède le nom et qui précise son genre (féminin ou masculin) et son nombre (singulier ou pluriel). Le déterminant possessif indique la **possession**.

⚠ « **Vôtre(s)** » et « **nôtre(s)** » sont des **pronoms** possessifs, ils ne précèdent pas les noms, ils les **remplacent**. Ils peuvent aussi être adjectifs (attributs) ou noms.

Exemples :

– *Vos dossiers sont complets, les* ***nôtres*** *(= nos dossiers) demandent à être enrichis.*
– *Mon courrier est parti ce matin, et le* ***vôtre*** *(= votre courrier), quand est-il parti ?*
– *Vous pourriez y mettre du* ***vôtre****.*

		Déterminant	Pronom
Singulier	à nous	notre + nom *(ex. : notre fille)*	le/la nôtre
	à vous	votre + nom *(ex. : votre voiture)*	le/la vôtre
Pluriel	à nous	nos + nom *(ex. : nos amis)*	les nôtres
	à vous	vos + nom *(ex. : vos salariés)*	les vôtres

Liste des déterminants possessifs

Mon, ton, son, ma, ta, sa, mes, tes, ses, **notre**, **votre**, leur, nos, vos, leurs.

EXEMPLES

- Nous pensons que **votre** projet est le meilleur des trois.
- Savez-vous que **notre** responsable est trilingue ?

Cf. fiches 6, 9, 14

EXERCICES

QUIZ

1. Parmi ces trois mots, lequel est un déterminant possessif ?

◯ A. siens ◯ B. son ◯ C. ces

2. Parmi ces trois mots, lequel est un pronom possessif ?

◯ A. nôtre ◯ B. ses ◯ C. sa

3. Parmi ces trois mots, lequel peut se mettre devant le nom « jardin » ?

◯ A. notre ◯ B. nôtre ◯ C. nos

Repérez les déterminants possessifs dans les phrases suivantes.

1. Notre élève a réussi toutes les épreuves du bac, le vôtre aussi.
2. Si son uniforme n'est pas repassé, il ne va pas pouvoir assurer le service.
3. Nous avons rencontré son père, le nôtre a souhaité attendre.
4. Arthur comprend très bien notre démarche, il nous soutient.
5. Leur film sort en octobre, nous irons le voir le jour de sa sortie.
6. Les étudiants reçoivent leur convocation par courrier, Léa n'a pas reçu la sienne pour l'instant.
7. Quelles que soient ses idées, les autres ne l'écouteront pas.
8. Si ces intempéries continuent, nous devrons annuler notre voyage au Mali.
9. Quelques personnes ont postulé, mais sa candidature est la plus sérieuse de toutes.
10. Ses amis se sont réjouis de son succès, les nôtres l'ont jalousé.

Repérez les erreurs éventuelles dans les phrases suivantes.

1. Quelle est votre opinion sur ce conflit ?
2. Nôtre parti est très engagé sur les questions d'environnement.
3. Cette idée est très originale, est-ce la votre ?
4. Si notre réfrigérateur est en panne, pourrons-nous mettre quelques denrées dans le vôtre ?
5. Avez-vous emmené votre sac de couchage pour les vacances ?
6. Nôtre chat est très intelligent et intuitif, il nous attend toujours devant la porte du garage.
7. Sandrine a lu votre ouvrage, elle l'a trouvé passionnant.
8. Votre ordinateur est bien plus performant et rapide que le notre.
9. Chaque jour, notre facteur discute avec la voisine en lui apportant son courrier.
10. Si vôtre fille est motivée, je peux lui proposer un stage dans notre service.

CORRIGÉS P. 212

17 VOTRE ACC~~EU~~IL

VIDÉO 9

Je tenais à vous remercier pour votre acc~~eu~~il lors de notre entretien.
accueil

RÈGLE

- Le « **ILL-** » (« aill », « eill », « euill », « ouill », « œill ») est suivi d'une voyelle, on le retrouve notamment dans les noms féminins et les verbes.

Exemples : *une merveille, une feuille, il se réveille, il travaille, les embouteillages.*

- On retrouve la graphie « **IL** » (« ail », « eil », « euil », « ouil », « œil ») dans des noms et des adjectifs masculins.

Exemples : *le travail, l'écureuil, le fenouil, l'œil, l'orteil.*

⚠ Dans les graphies « **cueil** » et « **gueil** », le « e » et le « u » s'inversent pour que l'on prononce [k] et [g].

Exemples : *cueillir, accueil, orgueil.*

EXEMPLES

- Nous avons été très bien **accueillis** par les propriétaires du château.
- Cet homme est très **orgueilleux**, il n'accepte aucune remarque.
- J'ai trouvé ce **recueil** de poésie chez un bouquiniste.

EXERCICES

QUIZ

1. Parmi ces trois noms, lequel comporte une erreur ?

○ A. orgeuil ○ B. recueil ○ C. accueillir

2. Parmi ces trois noms, lequel comporte une erreur ?

○ A. trouvaille ○ B. portaille ○ C. entaille

3. Parmi ces trois mots, lequel est un verbe ?

○ A. trouvaille ○ B. travaille ○ C. corbeille

4. Parmi ces trois mots, lequel est un nom ?

○ A. merveille ○ B. réveille ○ C. accueille

Repérez les erreurs éventuelles dans les phrases suivantes.

1. Le maire est émerveillé par les dessins des enfants collés au mur.
2. Quelques personnes attendent impatiemment qu'on les accueille.
3. L'émaille de ses dents a été très endommagé par une mauvaise alimentation.
4. J'ai inscrit les enfants à l'atelier d'éveille musical, ils adorent y aller !
5. Nous avons signé un bail de neuf ans, nous sommes rassurés.
6. Nous avons croisé un chevreuil dans le bois qui jouxte le village.
7. Benjamin vous conseil de négocier votre taux d'emprunt en allant voir d'autres banques.
8. J'ai attendu longuement à l'accueille, personne n'est venu me chercher.
9. Le boulanger ravitail les membres de l'association quotidiennement.
10. Nous avons retrouvé notre vélo recouvert de rouille, personne ne l'avait mis à l'abri.

Complétez par -ille/-il/-euil/-euille/-eil/-eille/-aille/-ail/-ueil/-ueille.

Le trava____ ; l'écureu____ ; un fauteu____ ; le seu____ de la porte ; on fou____ ; l'appare____ ; je trava____ ; l'éventa____ ; un rec____ de poésie ; l'éma____ des dents ; une merve____ ; un portefe____ ; il se réve____ ; j'ai somme____ .

CORRIGÉS P. 213

18 EN VOUS COMMUNIXANT

J'espère qu'en vous communixant ces documents, je pourrai mieux vous renseigner.
communiquant

En fabriquant cette cage, il s'est planté un clou dans le doigt.

RÈGLE

Le **participe présent** est une forme verbale construite à partir du radical du verbe auquel on ajoute « **ant** ». Il est **invariable**.

Exemples : *chantant, dormant, courant, pratiquant, fabriquant, fatiguant, rangeant...*

Utilisations

- Il peut être suivi d'un complément ou d'un adverbe.

Exemple : *Les personnes **voyageant** dans ces pays prennent de gros risques.*

- Il peut être employé avec une négation.

Exemple : *Ne **supportant** plus ce travail, elle a décidé de démissionner.*

- Il peut s'agir de deux actions simultanées.

Exemple : *Il parle en **mangeant**.*

⚠ De nombreux noms ou adjectifs (variables en genre et en nombre) sont issus d'un verbe au **participe présent**, mais l'orthographe est parfois différente.

Exemples : *convaincant, communicant, adhérent, fatigant, précédent, fabricant.*

EXEMPLES

- En **adhérant** à cette association, vous pourrez venir en aide aux réfugiés.
- En **naviguant** sur ces mers hostiles, ils se sont endurcis.
- Mon avis **différant** souvent du sien, nous n'avons pas pu continuer à collaborer.

Cf. fiche 22

EXERCICES

QUIZ

1. Parmi ces trois mots, lequel est un participe présent ?

○ A. nageant ○ B. fatigant ○ C. convaincant

2. Parmi ces trois mots, lequel est un adjectif ?

○ A. élégant ○ B. adhérant ○ C. précédant

Trouvez l'adjectif ou le nom correspondant au participe présent.

Participe présent	Adjectif/Nom
adhérant	
intriguant	
communiquant	
convainquant	
choquant	
craquant	
piquant	
provoquant	

Repérez les erreurs éventuelles dans les phrases suivantes.

1. Est-ce bien Céline qui a rencontré les adhérants ?
2. Ce professeur a aidé différents élèves à obtenir le certificat.
3. Les retraités adhérent à cette association vont y trouver de l'intérêt.
4. Vous avez réussi à transformer la pièce en vous fatigant beaucoup.
5. Nous avons appris énormément au contact de ces grands communiquants.
6. Son précédent film a été vu par peu de personnes.
7. Ce jeune homme a eu une attitude provoquante.
8. Ces deux frères sont très différants, mais ils s'entendent bien.
9. Ils permettent également de former les pilotes, le personnel naviguant commercial, et le personnel en aéroport.
10. Le train, en bifurquant sur cette voie, a provoqué un accident.

CORRIGÉS P. 213

19 TOUS ENSEMBLES

Nous trouverons tous ensembles une solution lors de la prochaine réunion.
tous ensemble

LE SAVIEZ-VOUS ?

Dans le secteur des activités financières, 57 % des salariés sont de forts rédacteurs (c'est-à-dire rédigeant au moins le quart de leur journée de travail), et si l'on raisonne en termes de fonction, ce chiffre s'élève à 54 % pour des fonctions telles que la R & D et la gestion comptabilité.
(Moatty & Rouard, 2010)

RÈGLE

• Le mot « ensemble » est un **adverbe**. Les adverbes sont associés **à un verbe** ou **à un adjectif** et ils sont **invariables**.

Exemples :
– *Nous arriverons* ***ensemble*** *par le train.*
– *Ce sont des personnes* ***haut*** *placées.*
– *Mes amis parlent* ***fort****.*

• Même lorsqu'il est employé comme un **adjectif**, l'adverbe reste invariable.

Exemples :
– *Vous êtes* ***ensemble*** *depuis trois ans.*
– *Quand on voit les associés* ***ensemble****, on se sent exclu.*

• Le mot « ensemble » est aussi un **nom**, qui prend la marque du pluriel, s'il y a plusieurs ensembles.

Exemple : *Elles se sont acheté plusieurs* ***ensembles*** *dans cette boutique.*

EXEMPLES

• Nous passerons deux journées **ensemble** pour préparer la fête.
• Mes voisins vivent **ensemble** dans ce petit espace.
• Ses amis sont **ensemble** depuis trente ans.

Cf. fiche 25

EXERCICES

QUIZ

1. Parmi ces trois mots, lequel est un adverbe ?

○ A. rapide ○ B. abonnement ○ C. vite

2. Parmi ces trois mots, lequel est un nom ?

○ A. évidemment ○ B. abaissement ○ C. gentiment

3. Parmi ces trois mots, lequel est invariable ?

○ A. élément ○ B. debout ○ C. virement

Cochez la case correspondante.

Mot	Adjectif/Nom	Adverbe
Elles arrivent **ensemble**.		
J'ai acheté un **ensemble**.		
Elles parlent **fort**.		
Cet athlète est **fort**.		
Tu chantes **juste**.		
Cette femme est sévère, mais **juste**.		
Il est **haut** placé.		
Le mur est **haut** de deux mètres.		
Nous sommes à l'**arrière** du train.		
Le feu **arrière** est cassé.		

Repérez les erreurs éventuelles dans les phrases suivantes.

1. Les filles, pour ne pas perturber la séance, se sont assises derrières.
2. Ses amis habitent trop loin pour qu'on les rencontre.
3. Les élèves se sont mis debouts pour accueillir le nouveau proviseur.
4. Vous avez trouvé ces ouvrages très biens, très complets.
5. Nous avons lu tout haut le passage préféré de ton livre.
6. Nous les aidons pour qu'ils touchent au plus justes leur cible et qu'ils développent leur activité.
7. Ils ne sont plus ensembles depuis trois mois, il lui manque.
8. Nous avons trouvé quelques jolis ensembles dans ce magasin.
9. Les enfants chantent trop forts, nous ne pouvons plus discuter.
10. Mes voisins ont coupé court à la conversation assez rapidement.

CORRIGÉS P. 214

20 J'AI ~~É~~XERCÉ

J'ai ~~é~~xercé en tant que téléconseillère pendant quatre ans dans cette entreprise.
exercé

RÈGLE

Avant un **groupe de deux consonnes** ou la lettre « **X** », on ne trouve **pas de « -e- » avec accent.**
Exemples : *essence, examen, exercice, renne, lunettes, personnel.*

⚠ « **-CH-** », « **-PH-** », « **-SH-** » et « **-TH-** » ne comptent pas comme deux consonnes.
Exemples : *péché, pêcheur, éléphant, déshabillé, éphémère, méthane.*

Exception à cette règle
Quand la deuxième consonne est « **-r-** » ou « **-l-** », le « **-e-** » qui précède est accentué.
Exemples : *écrire, étroit, pétrir, éclairer.*

La plupart du temps, le « **E** » se prononce [é] ou [è] selon le mot.
Quelques exceptions : *ressentir, ressembler, ressurgir.*

EXEMPLES

- Je ne travaille plus dans ce service depuis trois ans.
- Il a réussi son **examen** et a **exercé** en tant que médecin dans son village.
- Nous avons **effacé** l'adresse personnelle de Bertrand.

EXERCICES

QUIZ

1. Parmi ces trois mots, lequel comporte une erreur ?

○ A. texte ○ B. véxé ○ C. rectifie

2. Parmi ces trois mots, auquel manque-t-il un accent ?

○ A. eclairage ○ B. hermétique ○ C. espérance

3. Dans lequel de ces trois mots le « e » en gras se prononce-t-il [é] ?

○ A. cesser ○ B. ressortir ○ C. ressembler

Repérez les erreurs éventuelles (d'accent) dans les phrases suivantes.

1. Elle a eclaté de rire tellement fort qu'il en a eu honte pendant trois jours.
2. Ils ont demandé aux touristes de s'éloigner du volcan qui est entré en éruption dans la matinée.
3. Quelques spéctateurs se sont engouffrés dans le théâtre déjà bondé.
4. L'adresse de ce coiffeur est connue de tous les acteurs de la série.
5. Ce plongeur a été térrorisé par l'approche d'un requin.
6. Nous pensions avant de l'embaucher qu'il avait de l'éxpérience dans ce domaine.
7. Les échafaudages ont été déplacés hier, les travaux vont commencer demain.
8. L'exigence de ce poste n'est un secret pour personne.
9. Il s'est éxcusé longuement pour son comportement lors de la soirée.
10. L'inspècteur est entré dans la cuisine et a vérifié les installations.

Placez tous les accents manquants sur les mots suivants.

1. ecrouler
2. interesser
3. vestiaire
4. antenne
5. ouvertement
6. decrire
7. executer
8. ebruiter
9. une fresque
10. une indienne
11. ecrasement
12. certitude
13. messager
14. examiner
15. personnage
16. eblouissement
17. exercer
18. excitation
19. amertume
20. description
21. eclater

CORRIGÉS P. 214

21

LES EXIGE~~A~~NCES

Je connais les exige~~a~~nces et les capacités requises pour exercer les fonctions de ce métier. exigences

L'AVIS D'UN RECRUTEUR

« La "faute" est sans gravité – elle est purement lexicale, et peut être imputée à une erreur d'inattention (analogie avec "exigeant"). »

Xavier North, Inspecteur général des Affaires culturelles au ministère de la Culture et de la Communication

RÈGLE

Certains mots se prononcent de la même façon, mais ont une orthographe différente.

Orthographe « -geance »	Orthographe « -gence »
allégeance	agence
désobligeance	divergence
engeance	émergence
intransigeance	exigence
obligeance	intelligence
vengeance	négligence
	urgence

EXEMPLES

- Il faut rappeler Mme Thomas de toute **urgence**.
- Quelles sont vos **exigences** en matière de salaire ?

EXERCICES

QUIZ

1. Parmi ces trois mots, lequel n'est pas un adjectif ?

○ A. négligeant ○ B. exigeant ○ C. affligeant

2. Lequel de ces trois mots est un adjectif ?

○ A. engageant ○ B. épongeant ○ C. hébergeant

3. Parmi ces trois mots, lequel est mal orthographié ?

○ A. intransigence ○ B. négligent ○ C. vengeance

Trouvez des mots de la même famille.

Exemple : ***agencer*** → *une agence*

Adjectif/Verbe	Nom commun féminin
désobliger	
émerger	
transiger	
intelligent	
négliger	
obliger	
urgent	
venger	

Remplissez la grille suivante à l'aide des définitions.

❶ Dédommagement moral de l'offensé par punition de l'offenseur.

❷ Action d'exiger, ce qui est exigé.

❸ Disposèrent en combinant, en organisant un ensemble.

❹ Qui a la faculté de connaître et de comprendre.

❺ Nécessité d'agir vite.

❻ Se dit d'un pays qui sort du sous-développement, dont l'économie prend une importance internationale.

❼ Qui aime rendre service.

CORRIGÉS P. 215

22

UN FABRI~~QU~~ANT

J'ai effectué un stage auprès d'un fabri~~q~~ant de matériel informatique.
fabricant

Un fabricant de jouets

RÈGLE

• De nombreux noms ou adjectifs sont issus d'un verbe au **participe présent**, mais l'orthographe est souvent différente.

Exemples : *« Il est* ***convaincant*** *» avec un «* ***c*** *». « Ne* ***convainquant*** *personne, il s'est tu » avec «* ***qu*** *».*

C'est aussi le cas de : *fabricant/fabriquant, communicant/communiquant, suffocant/suffoquant.*

• Le participe présent est invariable, on le forme à partir du **radical** du verbe auquel on ajoute « **ant** ».

Exemple : *En fabriquant ce meuble, il s'est blessé.*

• L'adjectif et le nom s'accordent (en genre et en nombre).

Exemple : *Les fabricants de meubles sont nombreux dans cette région.*

EXEMPLES

- Cette femme est une grande **communicante**.
- La chaleur dans cette région à cette période est **suffocante**.
- Les enfants de Sophie sont très **provocants**.
- Il y a de nombreux postes **vacants** dans leur entreprise.

Cf. fiche 18

EXERCICES

QUIZ

1. Lequel de ces trois mots est un participe présent ?

○ A. communiquant ○ B. fabricant ○ C. vacant

2. Lequel de ces trois mots est un adjectif et un participe présent ?

○ A. fatiguant ○ B. choquant ○ C. convaincant

3. Parmi ces trois mots, lequel est mal orthographié ?

○ A. un communiquant ○ B. en suffoquant ○ C. en fabriquant

Trouvez des mots de la même famille.

Exemple : ***choquer*** → *choquant*

Verbe	Nom/Adjectif
communiquer	
convaincre	
craquer	
fabriquer	
manquer	
piquer	
pratiquer	
provoquer	
vaquer	

Repérez les erreurs éventuelles dans les phrases suivantes.

1. Cet homme est un excellent communiquant.
2. Le poste est resté vaquant depuis le départ de la comptable.
3. C'est en pratiquant le judo qu'il a trouvé un véritable équilibre.
4. Les fabriquants de chaussures de luxe sont tous installés dans cette région.
5. Ce praticant de canyoning s'est retrouvé bloqué près d'une cascade.
6. En fabriquant de petits objets avec leurs enfants, les parents leur transmettent l'idée que les déchets peuvent avoir une autre vie.
7. Dans cette œuvre, l'homme est toujours présent, vaquant à ses occupations quotidiennes.
8. Le texte de cet auteur était vraiment très provoquant, il a été hué.
9. Il faudrait qu'ils évoluent en fixant les priorités et en communiquant de manière claire.
10. J'ai trouvé cet homme politique très convainquant, je vais lire son programme.

CORRIGÉS P. 216

23 MALGRÉ ~~QUE~~

VIDÉO 24

Bien que
Malgré ~~que~~ nous soyons en contact depuis longtemps, c'est la première fois que je passe un entretien.

Malgré la pluie, elle est sortie !

Bien qu'il pleuve, elle est sortie.

RÈGLE

• Le mot « **malgré** » (sans « S ») est une préposition, il signifie « contre la volonté de quelqu'un, en dépit de son opposition » ou « en dépit de quelque chose ».

– Il peut précéder un nom.

Exemple : *malgré la peur.*

– Il peut précéder aussi un pronom.

Exemples : *malgré soi, malgré cela.*

• La forme « **malgré que** » + un sujet et un verbe est **incorrecte**. On ne dit pas : « Malgré qu'il fasse froid », mais « malgré le froid ».

• En revanche, on utilise la conjonction « **bien que** » suivie d'un verbe au subjonctif.

Exemple : ***Bien qu****'il pleuve, nous allons nous promener en forêt.*

EXEMPLES

• Je ne suis pas venue le voir, **malgré** son insistance.
• **Bien qu**'il ait insisté, je ne suis pas venue ce soir.
• Nous n'avons pas trouvé la clé. **Malgré** cela, nous avons passé une bonne soirée !
• **Malgré** son manque de courtoisie, nous l'avons trouvé charmant.

EXERCICES

QUIZ

1. Parmi ces trois mots, lequel est une préposition ?

○ A. malgré ○ B. bien que ○ C. alors que

2. Parmi ces trois formules, laquelle est incorrecte ?

○ A. Malgré le bruit ○ B. malgré qu'il pleuve ○ C. bien qu'il pleuve

Trouvez les synonymes des prépositions suivantes.

	• n'en déplaise à
	• en dépit de
malgré cela •	• grâce à
	• bien que
	• attendu que
malgré lui •	• au mépris de
	• nonobstant
malgré tout •	• à contrecœur
	• pourtant
	• quand même

Transformez les phrases suivantes selon le modèle.

Exemple : ***Malgré la pluie**, il est sorti.* → *Bien qu'il pleuve, il est sorti.*

1. **Bien que nous soyons en retard**, nous avons vu le film en entier. → Malgré…
2. **Malgré son insistance**, nous ne l'avons pas laissé entrer. → Bien qu'il…
3. **Bien qu'ils nous aient appelés**, nous ne sommes pas rassurés. → Malgré…
4. **Malgré les disputes**, ils sont restés soudés. → Bien qu'ils…
5. **Bien que nous ayons été critiquées**, nous avons tenu bon. → Malgré…
6. **Malgré l'alerte météo**, il a souhaité prendre son bateau. → Bien que l'alerte météo…
7. Nous lirons ce livre, **bien que vous nous ayez conseillé** de ne pas le faire. → Malgré…
8. **Malgré son hoquet**, cet enfant a chanté sa chanson jusqu'au bout. → Bien qu'il…
9. **Bien que vous ne connaissiez pas cette région**, vous nous avez guidés. → Malgré…
10. **Malgré notre souhait d'annuler la réunion**, elle a eu lieu. → Bien que nous…

CORRIGÉS P. 216

24 M~~R~~ DURAND

VIDÉO 18

J'ai été reçu par M~~r~~ Durand la semaine dernière et je voudrais avoir son avis sur mon projet. M.

RÈGLE

Les abréviations courantes pour les titres de civilité en français sont les suivantes :

Monsieur	M.
Messieurs	MM.
Madame	Mme
Mesdames	Mmes
Mademoiselle	Mlle
Mesdemoiselles	Mlles

⚠ « **Mr** » est l'abréviation de « *Mister* » en anglais et « **Mrs** », celle de « *Mistress* » (Madame).

EXEMPLES

- Nous avons accueilli **Mme** Grandet au 5e étage.
- **Mlle** Hubert a appelé ce matin, elle voulait prendre rendez-vous avec vous.
- Nous attendons **M.** Bradier, il doit arriver d'ici peu.

EXERCICES

Tableau des abréviations en français

	Abréviation
Madame	Mme ou Mme
Mesdames	Mmes ou Mmes
Mademoiselle	Mlle ou Mlle
Mesdemoiselles	Mlles ou Mlles
Monsieur	M.
Messieurs	MM.
Veuve	Vve ou Vve
Docteur	D^{r} ou Dr
Professeur	P^{r} ou Pr
Maître	M^{e} ou Me
Monseigneur	Mgr ou Mgr

Correspondances français/anglais

	Abréviation en anglais
Madame	Mrs [Misiz] (vient de « *Mistress* »)
Monsieur	Mr
Mademoiselle	Miss
	Ms [Miz] (pour les femmes refusant de donner leur statut)

À noter : quand on s'adresse à une personne par écrit, on met ordinairement une majuscule à Monsieur, Madame, Mademoiselle, Monseigneur, Maître, Docteur, et aux noms des dignités, titres, fonctions.

Corrigez les erreurs éventuelles contenues dans cette lettre.

Me Jeanne Dubois
14, rue de l'Église
92160 Antony

Antony, le 24/11/2015

Mr Luc Lebrun
88, avenue de la République
75011 Paris

PJ : Curriculum vitae
Objet : Candidature au poste de secrétaire médicale

Madame, monsieur,

Je vous contacte de la part de Mle Dormin qui travaille chez vous.
Étant actuellement à la recherche d'un emploi, je me permets de vous proposer ma candidature au poste de secrétaire médicale au sein de votre cabinet.

En effet, mon profil correspond à la description recherchée sur l'offre d'emploi.

Ma formation m'a permis d'acquérir de nombreuses compétences parmi celles que vous recherchez. Je possède tous les atouts qui me permettront de réussir dans le rôle que vous voudrez bien me confier. Motivation, rigueur et écoute sont les maîtres mots de mon comportement professionnel.

Mon expérience en tant que secrétaire médicale du Doc. Servais m'a permis d'acquérir toutes les connaissances nécessaires à la bonne exécution des tâches du poste à pourvoir. Régulièrement confrontée aux aléas du métier, je suis capable de répondre aux imprévus en toute autonomie.

Intégrer votre cabinet représente pour moi un réel enjeu d'avenir dans lequel mon travail et mon honnêteté pourront s'exprimer pleinement.

Restant à votre disposition pour toutes informations complémentaires, je suis disponible pour rencontrer le Dr Blédois lors d'un entretien à sa convenance.

Veuillez agréer, madame, monsieur, l'expression de mes sincères salutations.

Jeanne Dubois

CORRIGÉS P. 217

25 PRÉCÉDAMMENT

Je vous confirme tout mon intérêt pour ce poste en phase avec les responsabilités que j'ai précédamment occupées.
précédemment

LE SAVIEZ-VOUS ?

90 % des e-mails envoyés par les entreprises à leurs clients contiennent au moins une faute d'orthographe.
(Étude réalisée par Textmaster entre le 3 novembre 2012 et le 10 février 2013 sur un échantillon représentatif de 347 e-mails reçus en anglais et en français. Ont été prises en compte les fautes d'orthographe, de syntaxe, de grammaire et de conjugaison.)

RÈGLE

• L'adverbe est un mot invariable qui modifie un verbe, un adjectif, un autre adverbe ou une phrase entière. Il existe des adverbes de manière, de lieu, de temps, de négation...

Exemples d'adverbes de manière :
– *Il parle **vite**, mais **très distinctement**.*
– *Elle est **vraiment** intéressante.*
– ***Évidemment**, il était arrivé en avance.*

• L'adverbe de **manière** se construit la plupart du temps ainsi :

ADJECTIF AU FÉMININ + « MENT » (signifiant « de manière »)

Exemple : *forte + ment = fortement*

• Les adjectifs se terminant par les **voyelles i**, **é** et **u** ne gardent pas le « e » du féminin.
Exemples : *poliment, gentiment, crûment, assurément.*

• Quand l'adjectif se termine en « **-ent** » ou « **-ant** », les adverbes se prononcent tous [A]ment et se construisent ainsi :
– *Conscient → conscien + ment → consciem + ment → consciemment.*
– *Brillant → brillan + ment → brillam + ment → brillamment.*

EXEMPLES

• **Évidemment**, Léa a réussi son examen.
• Les enfants ne se parlent jamais **méchamment**.
• **Inconsciemment**, il ne voulait pas être pris dans cette école.

Cf. fiche 19

EXERCICES

QUIZ

1. Parmi ces trois mots, lequel est un adverbe ?

○ A. dément ○ B. évident ○ C. vraiment

2. Parmi ces trois mots, lequel n'est pas un adverbe ?

○ A. conscient ○ B. évidemment ○ C. vite

3. Parmi ces trois mots, lequel est invariable ?

○ A. abonnement ○ B. abondamment ○ C. abattement

Trouvez l'adverbe correspondant aux adjectifs.

Exemple : ***rapide*** → *rapidement*

apparent	
élégant	
prudent	
joli	
gentil	
aisé	
conforme	
indu	
immense	
bruyant	

Repérez les erreurs éventuelles dans les phrases suivantes.

1. Ce véhicule deux places pourrait, en théorie, rouler indéfiniement.
2. Il peut consommer du vin, mais très modérément, s'il ne veut pas tomber malade.
3. Évidement, nous sommes tombés en panne à la sortie de l'autoroute.
4. Apparamment, son manque d'expérience n'a pas découragé le chef de chantier.
5. Après avoir abondamment utilisé les réseaux sociaux, il s'associe aujourd'hui à un média plus inattendu, le cinéma.
6. Nous avons imprudemment traversé le fleuve à bord de ce petit voilier.
7. Vous avez récement contracté une assurance pour votre véhicule.
8. Les enfants ont patiemment attendu leur tour pour le manège.
9. Mon collègue a violamment claqué la porte en sortant, je n'ai pas réussi à le calmer.
10. Il est tombé éperdument amoureux de sa voisine de palier.

CORRIGÉS P. 217

26 LES QUALITÉ~~E~~S

J'ai effectué des stages dans ce domaine afin de me rendre compte des qualité~~e~~s que ce métier nécessite. qualités

RÈGLE

La plupart des noms féminins en « -**té** » ou en « -**tié** » n'ont pas de « E » à la fin.
Exemples : *activité, amitié, ancienneté, moitié, pitié, qualité, vérité.*

Exceptions
- Les noms féminins qui expriment une idée de contenance.

Exemples : *assiettée, charretée, pelletée.*

- Les six noms féminins suivants : *butée, dictée, jetée, montée, portée, tétée.*

EXEMPLES

- Cette employée a de grandes **qualités** d'organisation.
- L'**amitié** entre eux est indéfectible.
- Il y a une forte **activité** entre 10 heures et midi dans ce service.

EXERCICES

QUIZ

1. Parmi ces trois mots, lequel est un nom commun féminin ?

○ A. acidité ○ B. trophée ○ C. scarabée

2. Lequel de ces trois noms est incorrect ?

○ A. une saleté ○ B. une difficultée ○ C. un musée

3. Parmi ces trois mots, lequel est un nom commun masculin ?

○ A. natalité ○ B. butée ○ C. apogée

Trouvez des mots de la même famille.

Exemple : ***bon*** → *la bonté*

Adjectif/Verbe	Nom commun féminin
vrai	
égal	
actif	
amical	
pitoyable	
dicter	
porter	
difficile	
jeter	
pelleter	
étrange	

Repérez les erreurs éventuelles dans les phrases suivantes.

1. Pourrions-nous connaître toute la vérité sur cette affaire ?
2. Cette élève a de nombreuses qualitées, notamment la rigueur et la curiosité.
3. Cette entreprise connaît des difficultées depuis plusieurs années.
4. Il a oublié la moitié des ingrédients, malgré cela, son gâteau est délicieux !
5. Nous nous sommes promenées le long de la jeté pendant une heure.
6. La marche à pied au cœur de la nature est l'activitée physique préférée des Français.
7. Son discours a provoqué l'hilarité de toute l'assemblée.
8. Cette ONG, qui défend les libertées individuelles dans le monde, a publié un long rapport ce mois-ci.
9. Mon voisin a acquis la double nationalitée, il l'avait demandée il y a deux ans.
10. L'originalité de cet artiste peintre réside dans sa manière de poser les couleurs.

CORRIGÉS P. 218

27 LES UNIFORMES BLEU~~S~~ FONCÉ

Je vous rapporterai les uniformes bleu~~s~~ foncé que vous nous aviez fournis.
bleu foncé

Des lunettes bleues

Des lunettes bleu foncé

ASTUCE

On ne dit pas « des robes **vertes** pomme », mais « des robes **vert** pomme ». On entend que l'on n'accorde pas l'adjectif « **vert** » dans ce cas.

RÈGLE

Les adjectifs de couleur (comme *bleu, vert, gris, jaune, rouge, violet, noir, blanc*) sont variables en genre et en nombre.

Exemples : *une lumière bleue, des jupes bleues, les yeux bleus.*

⚠ Lorsqu'un adjectif de couleur est formé de plusieurs mots, tous les éléments qui le composent sont **invariables**.

Exemples : *les voitures rouge vif, les lunettes vert clair, les tuniques bleu foncé.*

⚠ Lorsqu'un adjectif est composé de deux adjectifs de couleur, un trait d'union les joint.

Exemple : *les yeux gris-vert.*

EXEMPLES

- Nous avons reçu des cartons de manteaux **beige clair**.
- Ces chemises **jaune poussin** ne se vendront pas.
- Mélanie a reçu les dossiers **rose framboise**.

Cf. fiche 31

EXERCICES

QUIZ

1. Parmi ces trois mots, lequel est un adjectif invariable ?

○ A. orangé ○ B. rouge ○ C. bleu ciel

2. Lequel de ces adjectifs en gras est mal orthographié ?

○ A. Des pantalons **bleu nuit** ○ B. des robes **roses pâles**

○ C. des sacs **bleu-vert**

Repérez les erreurs éventuelles dans les phrases suivantes.

1. Nous aimons ces meubles modernes, notamment ces chaises rouges.
2. Pourriez-vous nous rapporter les dossiers roses framboise à la réunion ?
3. Elle a changé de lunettes, elle a pris les bleu claires.
4. Je ne pense pas que les serviettes jaunes citron iront avec la nappe.
5. En Suède, les maisons sont colorées, on en voit des jaune foncé.
6. Elle lui a offert des rideaux rouges bordeaux pour sa maison de campagne.
7. La voiture gris claire qui est garée dans l'allée vous appartient-elle ?
8. Il avait les joues rose pâle à la fin de la journée.
9. Les enfants dessinent des fleurs rouges cerises pour la fête des Mères.
10. Tu as rangé les dix pantalons marron glacé sur l'étagère.

Mettez au pluriel les groupes nominaux suivants.

Singulier	Pluriel
un chemisier bleu-vert	
une lampe rose foncé	
une jupe jaune	
une boîte jaune d'or	
une écharpe noir de jais	
un ensemble marron clair	
un foulard orangé	
un drap bleu clair	
un coussin vert pomme	
un bureau vert	

CORRIGÉS P. 218

28 UNE DEMI~~E~~-JOURNÉE

VIDÉO 25

Je serai disponible une demi~~e~~-journée par semaine à partir du 15 octobre.
demi-journée

Une demi-baguette

Une baguette et demie

RÈGLE

« **Demi** » est un adjectif qualificatif, un adverbe et un nom. Ses règles d'accord ne sont pas régulières :

• Il est **invariable** quand il est placé devant un nom ou un adjectif auquel il est relié par un trait d'union.

Exemples : *trois demi-journées, une demi-heure, une bouteille demi-pleine.*

• Il est **variable en genre** quand il est après le nom.

Exemples : *trois heures et demie, une baguette et demie.*

• Il est **invariable** dans la locution adverbiale « à demi » placée devant un adjectif (sans trait d'union).

Exemple : *La caisse est à demi ouverte.*

• Il est **variable** lorsque c'est un nom qui signifie « la moitié d'une unité ».

Exemple : *commander un demi, des demis.*

EXEMPLES

- Nous avons commandé cinq **demi-litres** de vin blanc pour le repas.
- Vous travaillerez trois journées et **demie** sur ce dossier.
- Nous étions à **demi** éveillés quand il est arrivé.

EXERCICES

QUIZ

1. Parmi ces trois groupes de mots, lequel comporte une erreur ?

○ A. sa demie-sœur ○ B. une heure et demie ○ C. les demi-saisons

2. Parmi ces trois groupes de mots, lequel comporte une erreur ?

○ A. une demi-heure ○ B. faire demi-tour ○ C. des demis-tours

Repérez les erreurs éventuelles dans les phrases suivantes.

1. Il était étonné de rencontrer sa demie-sœur à la fête des Voisins.
2. Je n'aime ni l'hiver ni l'été, je préfère nettement les demi-saisons.
3. Nous avons reçu une demie-douzaine de lettres concernant les voisins bruyants.
4. Les demis-finalistes devront se présenter à l'accueil avant la fin du concours.
5. Dans trois heures et demi environ, nous serons arrivés à Venise.
6. J'ai commandé trois demis au serveur, il va nous les apporter bientôt.
7. Profitez-vous des demis-tarifs pour vos voyages en train ?
8. Nous avons étudié votre dossier, votre bilan est en demi-teinte.
9. Quand ils sont rentrés, j'étais dans un demi-sommeil...
10. Cela fait trois demis-siècles que la pasteurisation a été utilisée pour la première fois par Louis Pasteur pour conserver le vin.

Composez les noms.

Exemple : ***un + demi + litre*** → *un demi-litre*

trois + demi + frère	
deux + jour + et + demi	
une + heure + et + demi	
quatre + demi + baguette	
elle est à + demi + ouverte	
du lait + demi + écrémé	
des demi + cercles	

CORRIGÉS P. 219

29 LES CONTACTS HUMAIN

J'aime le métier de commercial pour les nombreux contacts humain et les défis associés.
humains

L'AVIS D'UN RECRUTEUR

« Une candidature contenant une faute de pluriel (malheureusement fréquente) est immédiatement éliminée de la pile : la personne n'a pas pris soin de se relire ni de corriger une erreur du niveau de l'école primaire. Si le candidat manque de sérieux lors de la rédaction de son CV, il en manquera certainement pour le poste à pourvoir. »

Cécile Dubouis, directrice de projets e-commerce

RÈGLE

• Le mot « humain » est un **adjectif qualificatif**. L'adjectif qualificatif est un mot qui qualifie/décrit le nom (un être, une chose, une idée). Le nom a un genre (féminin ou masculin) et un nombre (singulier ou pluriel). L'adjectif qualificatif s'accorde en genre et en nombre avec le nom qu'il décrit.

	Singulier	Pluriel
Masculin	– Ex. : *un homme intelligent*	+ S ou X (plus rare) Ex. : *des hommes intelligents, beaux*
Féminin	+ E Ex. : *une femme intelligente*	+ ES Ex. : *des femmes intelligentes*

• Parfois, l'adjectif change de forme au féminin.

Exemples : *gentil/gentille, bas/basse, jaloux/jalouse, sportif/sportive, léger/légère.*

• Certains adjectifs qualificatifs ne s'accordent pas, ce sont des cas rares.

Exemples : *ci-**joint** la lettre, des **demi**-journées, des lunettes **prune**, la chemise **vert foncé**.*

EXEMPLES

- Ces personnes semblent **passionnantes**.
- Quelques pierres **précieuses** ont été volées hier.
- Nous entretenons d'**excellentes** relations **professionnelles**.
- Ces tableaux sont vraiment **originaux**.
- J'ai sélectionné plusieurs projets **intéressants**.

Cf. fiches 27, 28, 30, 31

EXERCICES

QUIZ

1. Parmi ces trois mots, lequel n'est qu'un nom ?

○ A. beau ○ B. beauté ○ C. bleu

2. Parmi ces trois mots, lequel n'est qu'un adjectif ?

○ A. immense ○ B. caractéristique ○ C. rouge

3. Parmi ces trois mots, lequel n'est qu'un nom ?

○ A. bonheur ○ B. chanceux ○ C. jeune

Reliez les deux parties du tableau entre elles.

les relations	actif
de nombreuses remarques	professionnelles
quelques lampadaires	originaux
un jardinier	intéressantes
ces gens	amical
mes lunettes	habiles
un geste	onéreux
plusieurs personnes	neuves
chaque idée	géniale
des livres	muettes

Accordez les adjectifs suivants.

Il est…	Elle est… (+ E)	Ils sont… (+S/X)
nouveau		
gentil		
gros		
gris		
éternel		
léger		
original		
naïf		
jaloux		
roux		
doux		
beau		
long		
public		

CORRIGÉS P. 220

30 CI-JOINTE LA LETTRE

VIDÉO 10

Ci-jointe la lettre de motivation que vous m'avez demandé de vous envoyer.
Ci-joint

RÈGLE

- « **Ci-joint** » est invariable (ainsi que ci-inclus, ci-annexé) :

– quand il est en début de phrase ;

Exemple : ***Ci-joint*** *les documents que vous m'avez demandés ce jour.*

– quand il est juste avant le nom (sans déterminant).

Exemple : *Vous trouverez* ***ci-joint*** *photocopie de ma carte d'identité.*

- « **Ci-joint** » s'accorde quand il est utilisé comme un adjectif qualificatif et qu'il est placé **après le nom** ou le pronom qu'il accompagne.

Exemple : *La photocopie* ***ci-jointe*** *vous permettra de compléter le dossier.*

EXEMPLES

- Avec ce rapport médical, vous trouverez **ci-joint** les analyses sanguines du patient.
- **Ci-joint** mes lettres de recommandation et mon curriculum vitae.
- Une bibliographie **ci-jointe** complète mon rapport de recherche.

Cf. fiche 29

EXERCICES

QUIZ

1. Parmi ces trois mots, lequel est un adjectif ?

○ A. inclus ○ B. évidemment ○ C. bien

2. Parmi ces trois propositions, laquelle est mal orthographiée ?

○ A. ci annexé ○ B. ci-joint ○ C. ci-incluse

Complétez si nécessaire par « -e », « -s » ou « -es » les mots en gras.

1. Je vous renvoie les propositions **ci-annexé**__.
2. Nous avons trouvé **ci-inclus**__ photocopie de la lettre de menace.
3. Veuillez trouver **ci-joint**__ ma lettre de motivation.
4. **Ci-inclus**__ la programmation de la salle de théâtre.
5. Je vous transmets **ci-joint**__ deux copies du projet.
6. Veuillez trouver **ci-annexé**__ ma demande d'emploi.
7. Vous trouverez **ci-inclus**__ la liste de nos publications, pour avis.
8. La liste d'invités **ci-joint**__ n'est qu'une proposition.
9. Les notes **ci-joint**__ vous seront utiles pour mieux comprendre notre projet.
10. Les pièces que vous trouverez **ci-inclus**__ doivent nous être retournées.

Repérez les erreurs éventuelles dans les phrases suivantes.

1. Vous trouverez les pièces du dossier manquantes ci-joint à notre courrier.
2. Vous trouverez ci-jointe photocopie de votre acte de naissance.
3. Ci-inclus la photo d'identité demandée.
4. Les documents ci-joint sont confidentiels.
5. Ci-jointe votre facture, qu'il est conseillé d'imprimer.
6. Les plans ci-joints ont été réalisés par un architecte.
7. Pour illustrer votre propos, servez-vous des articles ci-joints.
8. Les listes ci-annexé sont à afficher sur la porte de l'établissement.
9. Ci-incluse la liste des services qu'offre l'hôtel.
10. Imprimez les bons de commande ci-joints et faites-les signer.

CORRIGÉS P. 220

31 DES CHEMISES ORANGE~~S~~

Vous trouverez mes dossiers classés dans les chemises orange~~s~~ déposées sur le bureau.
orange

ASTUCE

Si l'on peut dire : « Ceci est de la couleur de... l'orange, l'émeraude, la prune... », l'adjectif de couleur est invariable.

RÈGLE

• Les adjectifs de couleur (comme *bleu*, *vert*, *gris*, *jaune*, *rouge*, *violet*, *noir*, *blanc*) sont variables en genre et en nombre.

Exemples : *une robe violette, des jupes grises, les yeux bleus.*

• Les adjectifs qui dérivent des noms de **fleurs**, de **fruits**, de **pierres** précieuses sont, eux, invariables.

Exemples : *des robes orange, des chemises émeraude, des yeux marron.*

Exceptions
Rose(s), mauve(s), pourpre(s), fauve(s), écarlate(s) et incarnat(e/s) (qui s'accordent).

EXEMPLES

- Nous avons commandé des vestes **turquoise**.
- Ces lunettes **prune** te vont à ravir.
- Quelques chemises **marron** ont été déposées hier.

Cf. fiche 29

EXERCICES

QUIZ

1. Parmi ces trois mots, lequel est un adjectif issu d'un nom commun ?

○ A. turquoise ○ B. rouge ○ C. jaune

2. Parmi ces adjectifs, lequel est invariable ?

○ A. rose ○ B. orange ○ C. bleu

3. Lequel de ces adjectifs en gras est mal orthographié ?

○ A. des pantalons **noirs** ○ B. des pantalons **marrons**

○ C. des pantalons **roses**

Repérez les erreurs éventuelles dans les phrases suivantes.

1. Nous aimons ces meubles modernes, notamment ces chaises oranges.
2. Pourriez-vous nous rapporter les dossiers roses à la réunion ?
3. Elle a changé de lunettes, elle a pris les bleues.
4. Je ne pense pas que les serviettes mauve iront avec la nappe.
5. En Suède, les maisons sont colorées, on en voit des jaune et des rouges.
6. Elle lui a offert des rideaux pourpre pour sa maison de campagne.
7. La voiture vermeil qui est garée dans l'allée vous appartient-elle ?
8. Il avait les joues écarlates à la fin de la journée.
9. Les enfants dessinent des fleurs violette pour la fête des Mères.
10. Tu as rangé les dix pantalons marron sur l'étagère.

Mettez au pluriel les groupes nominaux suivants.

Singulier	Pluriel
un chemisier bleu	
une lampe rose	
une jupe prune	
une boîte émeraude	
une écharpe mauve	
un ensemble marron	
un foulard pourpre	
un drap cerise	
un coussin écarlate	
un feu rouge	

CORRIGÉS P. 221

32 TOUTE ENTIÈRE

La direction ~~toute~~ tout entière prendra en compte les besoins des utilisateurs.

LE SAVIEZ-VOUS ?

Le risque de rejet d'un dossier de candidature en raison de la présence de fautes de grammaire et de lexique existe dès la première faute relevée par les recruteurs. (Martin-Lacroux, 2015)

RÈGLE

« Tout » a plusieurs natures. Il est **adverbe** quand il est devant un **adjectif** ou un autre **adverbe**. Il signifie ici « complètement, entièrement ». Dans ce cas, **tout**, comme les autres adverbes, est **invariable**.

Exemples :
- *Ils sont revenus* ***tout*** *bronzés de leur croisière.*
- *Elles sont* ***tout*** *étonnées de vous voir ici.*

⚠ Si « **tout** » précède un adjectif féminin commençant par une **consonne** ou un « **h** » **dit aspiré***, « **tout** » s'accorde en genre et en nombre avec cet adjectif.

Exemples :
- *Elle est revenue* ***toute*** *bronzée de ses vacances.*
- *Elle est* ***toute*** *honteuse de ce qu'elle a fait.*
- *Elles sont* ***toutes*** *bronzées.*

* Le « h » dit aspiré interdit la liaison et l'élision (ex. : *les* ***h****iboux et non les [z] hiboux*).

EXEMPLES

- Les invités sont **tout** surpris d'entendre un chanteur professionnel.
- Elle est **tout** heureuse de te retrouver ici.
- Sylvie s'est retrouvée **toute** seule à table.

Cf. fiches 19, 25

EXERCICES

QUIZ

1. Parmi ces trois mots, lequel est un adverbe ?

○ A. patiemment ○ B. élément ○ C. aiment

2. Parmi ces trois mots, lequel est un adjectif ?

○ A. prudent ○ B. assez ○ C. trop

3. Lequel de ces trois mots commence pas un « h aspiré » ?

○ A. heureux ○ B. honteuse ○ C. héroïque

Repérez les adverbes dans les phrases suivantes.

1. Nous les avons vus hier, tous sont venus nous saluer.
2. Les filles sont vraiment ravies de s'être inscrites à ce cours.
3. Sa voiture est toute neuve, elle sort de l'usine.
4. Je n'ai pas retrouvé tout le monde après la fête.
5. Ils se sont tous réunis pour célébrer joyeusement son anniversaire.
6. Les filles semblent tout étonnées de nous voir ici.
7. Son blouson est tout taché, il a renversé un verre de vin.
8. Elle avait les joues toutes rouges à cause du soleil.
9. Mes collègues ne sont pas toutes aussi rapides pour le courrier.
10. Vous parlez trop fort quand vous êtes au téléphone.

Repérez les erreurs éventuelles dans les phrases suivantes.

1. Nous avons tous été surpris par sa décision de vendre l'usine.
2. Je n'aime pas ces endroits tous étroits, on ne peut pas y circuler.
3. Elle a choisi les toute petites lunettes rouges.
4. Je ne pense pas que nous finirons la décoration de la pièce toute entière.
5. Dans les pays scandinaves, les maisons sont toutes colorées, c'est joyeux.
6. Elle lui a offert des rideaux tous neufs, il va pouvoir les installer.
7. La rose est toute épanouie sous le soleil.
8. Les magasins nous ont semblé être tous fermés le dimanche.
9. Les gâteaux sortent du four, ils sont tout chauds, profitez-en !
10. Tu as changé les étagères, la peinture était tout écaillée.

CORRIGÉS P. 222

33 CONTINUER ~~À~~

Je souhaite continuer ~~a~~ à approfondir mes connaissances théoriques et pratiques.

LE SAVIEZ-VOUS ?

Près d'un Français sur deux avoue commettre des fautes récurrentes, en particulier en conjugaison et en grammaire.
(Enquête de Mediaprism, réalisée en ligne du 30 janvier au 2 février 2015 auprès d'un échantillon représentatif de 1 203 personnes, *Le Point*, « *Orthographe, grammaire, conjugaison, 100 jours pour ne plus faire de fautes* », hors-série, avril-mai 2015, p. 6)

RÈGLE

Le mot « **à** » est une **préposition**, un mot invariable qui introduit un complément :

- un complément d'objet indirect (qui répond à la question « **à qui ?** ») ;

Exemple : *Je parle à nos collaborateurs.*

- un complément du nom ;

Exemple : *La salle à manger est spacieuse.*

- un complément de lieu ;

Exemple : *Nous vivons à Bordeaux.*

- un complément de temps ;

Exemple : *Vous arriverez à midi.*

- un complément de manière.

Exemple : *Il court à toute vitesse.*

⚠ Le mot « **a** » est le verbe/auxiliaire « avoir » conjugué à la 3e personne du singulier au présent. Il doit avoir un sujet.

Exemples :
- *Romain **a** de nouvelles lunettes.*
- *Camille **a** souhaité le revoir.*

EXEMPLES

- Nous ne pensons jamais **à** éteindre les lumières en sortant de la pièce.
- La planche **à** voile que tu as achetée est déjà usée.

Cf. fiche 59

EXERCICES

QUIZ

1. Lequel de ces trois mots est une préposition ?

○ A. un ○ B. sur ○ C. a

2. Lequel de ces trois mots est un verbe ?

○ A. au ○ B. à ○ C. a

3. Parmi ces trois noms, lequel ne peut pas précéder le nom « midi » ?

○ A. a ○ B. à ○ C. vers

Reliez les deux parties de phrases.

1. Nous avons acheté notre appartement	• a	• coûté cette maison ?
2. Pour le réveillon, le mari de ma tante	• à	• Londres d'ici un mois.
3. Vous souhaitez partir vivre	• a	• friser au lieu d'aller chez le coiffeur.
4. Tes parents aimeraient bien savoir qui	• à	• mis un beau costume neuf.
5. Pourrions-nous savoir combien vous	• à	• colombages en Normandie.
6. Mes collègues ont envoyé un courrier	• à	• des amis proches.
7. Certaines personnes utilisent le fer	• a	• utilisé la machine à café.
8. Nous avons visité des maisons	• a	• rencontré un franc succès.
9. Michel espère que chacun	• à	• pris ses dispositions pour ce soir.
10. La conférence sur la médecine chinoise	• a	• tous les abonnés.

Repérez les erreurs éventuelles dans les phrases suivantes.

1. Nous n'avons pas pensé a calculer le montant de notre retraite.
2. M. Lallemand à appris à nager à tous les enfants de la famille.
3. Plusieurs propriétaires songent à remplacer leurs fenêtres.
4. Les animateurs ont lancé un jeu dans la salle à manger pour les enfants.
5. Très souvent, à minuit, tous les chats du quartier se retrouvent sur le terrain vague.
6. Olivier a été condamné a trois mois de prison pour conduite dangereuse.
7. Audrey, quant a elle, n'a pas encore pris ses billets pour l'Italie.
8. Nous avons réussi a convaincre nos parents de nous laisser partir seuls à l'étranger.
9. A-t-il téléphoné à sa grand-mère pour lui dire qu'il avait obtenu son diplôme ?
10. Comme prévu, vous ne croyez pas a notre projet pourtant très prometteur.

CORRIGÉS P. 222

34 ELLE ~~C~~'EST RÉVÉLÉE

Cette expérience ~~c~~'est révélée très intéressante et je souhaite intégrer votre établissement. s'

L'AVIS D'UN RECRUTEUR

« Il m'est impossible de lire la suite d'une lettre de motivation contenant ce type de faute. Il s'agit moins d'un problème de français que de compréhension, or si le candidat ne comprend pas ce qu'il écrit – ou ne prend pas le temps de se relire – c'est qu'il n'a alors ni le niveau d'exigence ni les aptitudes requises pour un poste au sein de notre équipe. »

Cécile Dubouis, directrice de projets e-commerce

ASTUCE

Si on peut mettre le verbe à l'infinitif avec le pronom « SE » (commençant par « S », comme « soi-même »), c'est que son orthographe est « S' ».

Exemple : *Elle s'est promenée → Verbe « se promener ».*

RÈGLE

- « S » est le pronom personnel « SE » élidé (sans la voyelle « E » et avec une apostrophe, car il est devant un verbe commençant par une voyelle).
- « SE » est un **pronom personnel**, il est précédé d'un sujet à la 3e personne (du singulier ou du pluriel) et suivi d'un verbe (*se laver, se promener, s'habiller*).
Il peut être réfléchi (action exercée sur soi-même) ou réciproque (action exercée par plusieurs personnes agissant l'une sur l'autre).

Exemples :

– *Il **se** lève très tôt.*
– *Mes voisins ne **se** parlent plus.*

⚠ « **C'est** » est composé de « CE » élidé et du verbe « ÊTRE » au présent. « **CE** » dans ce cas est un **pronom démonstratif**, il est le sujet du verbe « être ». On peut le remplacer par « ceci ».

Exemple : **C'est** *gentil d'avoir pensé à moi.*

EXEMPLES

- Il me semble que Jacques **s'est** bien entendu avec nos amis.
- Ce pays **s'est** beaucoup modernisé.

Cf. fiche 51

EXERCICES

QUIZ

1. Parmi ces trois mots, lequel est un pronom réfléchi ?

○ A. les ○ B. ce ○ C. se

2. Parmi ces trois mots, lequel est un pronom démonstratif ?

○ A. cette ○ B. ce ○ C. ces

3. Parmi ces trois mots, lequel est un pronom complément ?

○ A. je ○ B. se ○ C. ils

Repérez les pronoms personnels dans les phrases suivantes.

1. Si votre entreprise est en faillite, la nôtre se porte bien.
2. Ce sont mes amis depuis plus de dix ans.
3. Ils se connaissent depuis dix ans au moins.
4. Damien va s'assurer que les enfants sont bien arrivés.
5. Élise ne se rend pas compte de sa force.
6. Les élèves se sont rendus au musée du Louvre.
7. C'est très gentil de prendre des nouvelles de ta grand-mère aussi souvent.
8. Si mon projet vous plaît, nous nous reverrons pour en parler.
9. Tout le monde se retrouve dans ce café pour la réunion de quartier.
10. Marie s'est fait mal en tombant de sa chaise.

Repérez les erreurs éventuelles dans les phrases suivantes.

1. Qui sont les élèves qui ce sont retrouvés là hier ?
2. Ce ne sont pas les lunettes d'Andrés, se sont celles d'Inès.
3. Notre fille c'est bien entendue avec les enfants du cours de théâtre.
4. C'est très gentil de votre part d'avoir apporté le dessert.
5. Louis s'est tordu la cheville le premier jour des vacances.
6. Ses amis se sont cotisés pour lui offrir une croisière sur le Nil.
7. Jérémy c'est rendu à la cérémonie de remise des prix samedi dernier.
8. Je pense que c'est très important s'il nous appelle aussi tard.
9. Ses résultats ne ce sont pas améliorés depuis le dernier trimestre.
10. Anaïs s'est très bien habituée à travailler seule.

CORRIGÉS P. 223

35 ~~DANS~~ PARLER

Nous ne manquerons pas ~~dans~~ d'en parler lors de notre prochain entretien.

LE SAVIEZ-VOUS ?

Les chances qu'un dossier comportant des fautes d'orthographe et une expérience professionnelle importante soit rejeté sont 3,1 supérieures aux chances de rejet d'un dossier sans fautes, avec la même expérience professionnelle. (Martin-Lacroux, 2015)

RÈGLE

- « D'EN » est un ensemble de deux mots : « DE » + « EN ».

Exemple : *Il vient **d'en** rêver (= il vient de rêver de quelque chose).*

- « DE » est une **préposition**, un mot invariable qui introduit un complément.

Exemples :
- *Je parle **de** mon chat à Christelle.*
- *Le sac **de** Paul est immense.*

- « EN », dans ce cas précis, est un **pronom**.

– Il remplace un groupe nominal et répond à la question « de quoi ? ».

Exemple : *Nous **en** parlerons prochainement (« Nous parlerons de quoi ? »).*

– Il peut aussi répondre à la question « quoi ? ».

Exemple : *Nous **en** apporterons demain (« Nous apporterons quoi ? »).*

⚠ « **Dans** » est une préposition qui introduit un complément (de lieu, de temps).

Exemples :
- *Il arrive **dans** une heure environ.*
- *Nous vivons **dans** une petite ville.*

EXEMPLES

- Nous n'oublierons pas **d'en** discuter (= **de** discuter de cela).
- Ils essaient **d'en** donner à tout le monde (= **de** donner cela).

EXERCICES

QUIZ

1. Parmi ces trois mots, lequel est un pronom complément ?

◯ A. il ◯ B. me ◯ C. dans

2. Parmi ces trois mots, lequel est une préposition ?

◯ A. dans ◯ B. car ◯ C. ou

3. Parmi ces trois mots, lequel est un pronom complément ?

◯ A. je ◯ B. sur ◯ C. en

Repérez les pronoms personnels dans les phrases suivantes.

1. Si votre entreprise dépose le bilan, Christophe la rachètera.
2. La musique classique est reposante, mes amis en écoutent souvent.
3. J'ai décidé de me présenter aux élections municipales.
4. Il ne t'a pas vue à la réunion, y étais-tu ?
5. Nous n'avons pas de voiture et nous n'en voulons pas.
6. Que se passera-t-il si nous arrivons en retard ?
7. En apportes-tu demain pour le dessert ?
8. Il faudrait en donner à chaque employé.
9. Si elle voit Régis, pourra-t-elle le remercier de ma part pour la relecture ?
10. Si vous souhaitez être informée sur les cours, envoyez-nous un courriel.

Repérez les erreurs éventuelles dans les phrases suivantes.

1. Les élèves n'avaient pas fini leurs devoirs, le professeur vient dans rajouter.
2. Je ne sais pas si nous pourrons arriver au château dans une heure.
3. Je ne cesse d'en parler à mes parents, mais ils ne souhaitent pas que je fasse des études à l'étranger.
4. C'est très gentil de votre part dans avoir pris un pour moi.
5. Clément s'est tordu la cheville en rentrant sa moto dans son garage.
6. Ses amis parlent d'en offrir à tous les membres du club.
7. D'en un sens, le directeur n'a pas tort, il y a trop d'absentéisme.
8. Il est très important dans jouer jeune pour être un musicien professionnel.
9. Serait-il possible d'en savoir un peu plus sur votre exploitation ?
10. Mathilde croit que nous ne serons pas prêts dans deux jours pour l'ouverture.

CORRIGÉS P. 223

36 LE DIAGNOSTI~~QUE~~

J'ai participé aux différentes sessions de diagnosti~~que~~ des défaillances.
diagnostic

Le trafic est dense.

Il trafique.

RÈGLE

Le mot « diagnostic » est un **nom** masculin à ne pas confondre avec le verbe.
Exemple : *Le diagnostic est rassurant.*

⚠ « **Diagnostique** » avec « QUE » est le verbe « diagnostiquer » conjugué. Il a donc un sujet (1re ou 3e personne du singulier au présent).

Nom commun masculin	Féminin ou verbe
un clic	je/il clique
un diagnostic	je/il diagnostique
le mastic	je/il mastique
un pic	je/il pique – une pique (nom féminin)
un pronostic	je/il pronostique
le public	elle est publique (adjectif)
un tic	je/il tique
le trafic	je/il trafique

EXEMPLES

- J'ai entendu son **diagnostic**, il m'a rassuré.
- Le médecin **diagnostique** une anémie grâce à une prise de sang.

Cf. fiches 37, 38

EXERCICES

QUIZ

1. Parmi ces trois mots, lequel est un nom commun ?

○ A. génétique ○ B. publique ○ C. diagnostique

2. Parmi ces trois mots, lequel n'est qu'un verbe ?

○ A. explique ○ B. critique ○ C. pratique

3. Parmi ces trois mots, lequel contient une erreur ?

○ A. music ○ B. basilic ○ C. panique

Complétez par « -ique » ou « -ic » les noms suivants.

1. Une consultation est en cours sur l'emplacement définitif du jardin **publ**___.
2. Le **traf**___ est très dense dans cette région.
3. Tous les jours, il écoute de la **mus**___ dans sa chambre.
4. Le médecin a posé son **diagnost**___, nous étions soulagés.
5. Le compost gagne du terrain. Pour s'y mettre, il faut adopter des **lombr**___**s** !
6. Ma collègue a eu un **décl**___ : elle savait qu'il était temps de changer d'attitude.
7. Nous avons ajouté du **basil**___ dans le plat de pâtes, c'est délicieux.
8. Cette usine basée en France **fabr**___ des canapés et des fauteuils.
9. Ce sac est **un**___, vous ne le trouverez nulle part ailleurs.
10. Elle a été admise dans cette **clin**___ cet après-midi.

Remplissez la grille suivante à l'aide des définitions.

❶ Identification d'une maladie ou d'un état d'après ses symptômes.

❷ Comporte de façon implicite, entraîne comme conséquence.

❸ Pression du doigt sur le bouton de la souris d'un ordinateur.

❹ Mouvement général des trains ou circulation routière.

❺ Dans l'Antiquité, vêtement de dessous, chemise longue.

❻ Se dit d'un ton moqueur, sarcastique.

❼ Activité ou comportement fondé sur le jeu.

❽ Mouvement convulsif, geste bref répété involontairement.

❾ Qui provoque le rire ou qui appartient à la comédie.

CORRIGÉS P. 224

37 UN EMPLOI~~E~~

Actuellement à la recherche d'un emploi~~e~~, je me permets de vous proposer ma candidature.
emploi

Un envoi

Il envoie un message.

RÈGLE

Le mot « **emploi** » est un **nom commun masculin** à ne pas confondre avec le verbe « employer ».

Exemple : *Cet* ***emploi*** *m'intéresse.*

⚠ « **Emploie** » avec un « E » est le verbe « employer » conjugué. Il a donc un sujet (1re ou 3e personne du singulier au présent).

Nom commun	Verbe conjugué
aux abois	j'aboie/il aboie
un emploi	j'emploie/il emploie
un envoi	j'envoie/il envoie
un octroi	j'octroie/il octroie
un renvoi	je renvoie/il renvoie
un tournoi	je tournoie/il tournoie

EXEMPLES

- L'**emploi** du temps de Fanny est très chargé.
- L'**envoi** des attestations de présence est obligatoire pour recevoir le paiement.

Cf. fiches 36, 38

EXERCICES

QUIZ

1. Parmi ces trois mots, lequel est un nom commun ?

○ A. emplois ○ B. octroie ○ C. renvoies

2. Parmi ces trois mots, lequel est un verbe ?

○ A. courroie ○ B. aboie ○ C. foie

3. Parmi ces trois mots, lequel contient une erreur ?

○ A. portailles ○ B. rails ○ C. tirailles

Complétez par « -oi » ou « -oie » les noms suivants.

1. Le **conv**___ exceptionnel a eu des difficultés à franchir le rond-point.
2. Nous avons assisté au **tourn**___ de pétanque cet été.
3. Notre chien **ab**___ dès que les voisins s'approchent du portail.
4. Notre directeur nous **octr**___ une semaine de vacances supplémentaire.
5. L'aigle **tourn**___ longuement avant de se poser près du lac.
6. Mon père a trouvé un **empl**___ au sein de cette entreprise de plomberie.
7. L'équipe adverse est aux **ab**___**s** depuis la rencontre de l'été dernier.
8. Cette usine **empl**___ plusieurs dizaines de nouvelles personnes chaque année.
9. Nous avons assisté au débat sur l'**octr**___ des aides au logement.
10. Il **env**___ tous les documents nécessaires pour la constitution du dossier.

Repérez les erreurs éventuelles dans les phrases suivantes.

1. Il faudrait qu'il envoi son dossier le plus rapidement possible.
2. Suite à son renvoie, Vincent a décidé de monter sa propre entreprise.
3. Le maire a fait une importante mise au point sur l'octroi des contrats par des organismes privés.
4. Votre camion convoi des marchandises à travers toute l'Europe.
5. Notre amie est aux abois depuis qu'elle vit dans cette grande maison.
6. Lors de notre voyage en Tunisie, nous avons assisté au passage de grands convoies.
7. Madame Blanchard renvoi les élèves qui n'ont pas leurs affaires.
8. Ma voisine ne parle pas, elle aboie !
9. Cet envoi de colis lui a pris beaucoup de temps.
10. En ce moment, il nettoi tous ses tapis pour accueillir les enfants.

CORRIGÉS P. 224

38 UN ENTRETIEN~~X~~

Je suis disponible pour vous rencontrer lors d'un entretien~~x~~ à votre convenance.
entretien

Un entretien

Il entretient son jardin.

RÈGLE

Le mot « **entretien** » est un **nom** masculin.

Exemple : *J'ai eu un* ***entretien*** *avec le directeur.*

⚠ « **Entretient** » avec un « T » est le verbe « entretenir » conjugué. Il a donc un sujet (3e personne du singulier au présent).

Nom commun masculin	Verbe conjugué
un entretien un maintien un soutien	il entretient il maintient il soutient

Exception

Le prix de **revient** (même orthographe que le verbe « revenir »).

EXEMPLES

- Ils sont favorables au **maintien** de leur pays dans l'Union européenne.
- Vous avez apporté votre **soutien** à ces familles de réfugiés.
- Il a demandé un **entretien** avec le professeur de son fils.

Cf. fiches 36, 37

EXERCICES

QUIZ

1. Parmi ces trois mots, lequel est un nom commun ?

○ A. soutien ○ B. souvient ○ C. soutient

2. Parmi ces trois mots, lequel n'est qu'un verbe ?

○ A. revient ○ B. soutient ○ C. souvenir

3. Parmi ces trois noms, lequel contient une erreur ?

○ A. le revient ○ B. l'entretient ○ C. le soutien

Complétez par « -ient » ou « -ien » les mots suivants.

1. Mon mari **entret**___ des relations amicales avec nos voisins.
2. Nous avons reçu le **sout**___ de tous nos collaborateurs pour ce projet.
3. Guillaume se **souv**___ parfaitement de sa première leçon de piano.
4. Le **music**___ que nous avons engagé pour le mariage était excellent !
5. Il a une mémoire incroyable, il **ret**___ tout ce que je lui explique.
6. Ma collègue a obtenu un **entret**___ avec le chef de service.
7. Nous avons calculé le prix de **rev**___ de la fabrication de chaussettes.
8. Elle nous **sout**___ depuis que nous avons dû quitter notre domicile.
9. L'**anc**___ directeur de cet établissement est en prison actuellement.
10. Vous avez voté pour le **maint**___ des exonérations d'impôts locaux.

Remplissez la grille suivante à l'aide des définitions.

1. Soins, réparations, dépenses qu'exige le maintien en bon état.
2. Habitant du département de la Meuse.
3. Se dit d'un prix qui est la somme des coûts de production, d'achat et de distribution.
4. Il a un objet avec lui et le serre afin qu'il ne tombe pas, il le...
5. Action ou moyen de soutenir.
6. Pronom possessif.
7. Synonyme de « il arrive, il survient ».
8. Manière de se tenir en société, attitude, contenance.
9. Interjection enfantine.

CORRIGÉS P. 225

39 INDÉPENDANT ~~EST~~ CRÉATIF

On me dit dynamique, indépendant ~~est~~ créatif dans la recherche de solutions commerciales pour les clients.
et

Du café **et** du thé

ASTUCE

Quand on peut le remplacer par « et puis » ou « plus » (+), le mot s'écrit ET.

RÈGLE

« Et » est une conjonction de coordination. Une **conjonction de coordination** est un mot qui unit entre eux des éléments semblables (comme des noms, des adjectifs, des verbes, des pronoms, des propositions).

Liste des conjonctions de coordination
Car, donc, **et**, mais, ni, or, ou.

⚠ Le mot « **est** » est le verbe/l'auxiliaire « être » conjugué au présent, à la troisième personne du singulier. Il doit avoir un sujet.

Exemples :
– *Cet homme **est** le directeur.*
– *Il **est** arrivé tôt ce matin.*
– *Il s'**est** garé sur le parking.*

EXEMPLES

- Il a acheté des pêches, des poires **et** des pommes pour le dessert.
- Je trouve Barbara intelligente **et** sensible.
- Nous avons changé deux mots **et** ajouté un paragraphe à votre présentation.
- Vous **et** moi allons bien nous entendre.

Cf. fiche 74

EXERCICES

QUIZ

1. Parmi ces trois mots, lequel n'est pas une conjonction ?

○ A. est ○ B. et ○ C. ou

2. Parmi ces trois mots, lequel est le verbe « être » conjugué ?

○ A. et ○ B. est ○ C. hait

Reliez les trois parties de phrases.

1. Je recevrai prochainement des brochures	• et	• te donne bonne mine.
2. Je sais que cet homme	• est	• j'en saurai plus sur ces placements.
3. Vous accompagnerez les enfants	• et	• disponible pour réparer ta fenêtre.
4. Le cuisinier ne sait pas si son gratin	• est	• capable de diriger l'entreprise.
5. Depuis deux ans, mon fils	• et	• sa femme vivent ensemble.
6. Aurélie est certaine que ce jardin	• est	• l'homme de la situation.
7. Laure vous prête sa robe	• et	• apprécié par le critique.
8. Si tu le veux, mon menuisier	• est	• vous leur montrerez les animaux.
9. Ce rouge te va très bien	• et	• le lieu idéal pour la fête.
10. Tu dois être persuadée que Francis	• est	• ses bijoux pour le bal.

Repérez les erreurs éventuelles dans les phrases suivantes.

1. Est-ce bien ce colis qui et arrivé sans le nom de l'expéditeur ?
2. Ce restaurant n'est pas celui que j'aurais choisi pour la fête de Benoît.
3. Ce plombier peut réparer les fuites est faire toute ton installation.
4. Notre agent immobilier est très doué pour trouver des biens rares.
5. Chaque élève doit fournir une carte d'identité et laisser son sac au vestiaire.
6. Le théâtre et situé à trois kilomètres d'ici, dans une petite ville dynamique.
7. Nous allons apprendre de nouvelles techniques est nous pourrons ainsi changer notre façon de travailler.
8. Elle n'est pas convaincue que ses frères est lui s'entendent bien.
9. Mon mari est absent pour le moment, je peux lui laisser un message.
10. Chacune est arrivée avec son repas, nous n'avions rien à préparer.

CORRIGÉS P. 225

40 ~~HORS~~ J'AI LU

Or
~~Hors~~ j'ai lu avec intérêt la plaquette de présentation de votre formation et je pense qu'elle pourrait me permettre d'atteindre mon objectif professionnel.

LE SAVIEZ-VOUS ?

57 % des Français se déclarent choqués par les fautes d'orthographe, notamment dans la presse écrite. 40 % d'entre eux sont agacés par les fautes dans les courriels.
(Enquête de Mediaprism, réalisée en ligne du 30 janvier au 2 février 2015 auprès d'un échantillon représentatif de 1 203 personnes, *Le Point*, « *Orthographe, grammaire, conjugaison, 100 jours pour ne plus faire de fautes* », hors-série, avril-mai 2015, p. 6)

RÈGLE

• Le mot « **or** » est une conjonction de coordination. Une **conjonction de coordination** est un mot qui unit entre eux des éléments semblables.

Liste des conjonctions
Car, donc, et, mais, ni, **or**, ou.

• La conjonction « or » unit deux propositions, deux phrases. La proposition introduite par « or » apporte un nouvel élément dans le récit.
Exemple : *Antoine était présent hier,* ***or*** *je ne l'ai pas vu.*

⚠ Le mot « **hors** » est une préposition. Il introduit un complément. Ce mot est de la même famille que le mot « dehors ». Il signifie « en dehors de, à l'extérieur, au-delà de ».
Exemples :
– *Ce poisson saute* ***hors*** *de l'eau.*
– *Votre devoir est* ***hors*** *sujet.*

EXEMPLES

• Nous avons discuté longuement, **or** vous semblez ne pas avoir compris mon idée.
• Mon collègue est rigoureux, **or** il lui arrive de faire des erreurs de calcul.

EXERCICES

QUIZ

1. Parmi ces trois mots, lequel est une conjonction ?

○ A. or ○ B. près ○ C. où

2. Parmi ces trois mots, lequel est une préposition ?

○ A. car ○ B. hors ○ C. ni

Repérez les erreurs éventuelles dans les phrases suivantes.

1. La façade de l'immeuble va être repeinte, hors le ravalement a été fait il y a deux ans.
2. Les enfants seront bientôt hors de la forêt, ils sont rassurés.
3. Vous n'avez pas répondu à nos questions simples, hors vous connaissiez les réponses.
4. Vous l'avez accusé de ce délit, or vous n'aviez pas de preuves.
5. J'aimerais qu'il soit hors de ma vue, je ne veux plus jamais le voir.
6. Je pensais qu'il allait se perdre, hors il savait exactement où il était.
7. Le devis a été établi, le total indiqué est, bien entendu, or taxes.
8. Les Durand ne mangent jamais de fruits hors saison.
9. Il voudrait gagner à ce jeu, il en rêve, hors il ne joue jamais.
10. Il faudrait que nous mettions tous nos appareils hors tension avant de partir en vacances.

Reliez les trois parties de phrases.

1. De tels avis me mettent	• hors	• du commun ?
2. Il nous a recommandé le saumon,	• or	• de moi.
3. Je trouve votre question	• or	• vous ne vendez que des livres français.
4. Je voudrais un livre d'Oscar Wilde,	• hors	• nous n'aimons que la viande.
5. Je suppose que le prix qui est affiché est	• hors	• il n'y a aucun commerce à moins d'une heure d'ici.
6. Ne penses-tu pas qu'il a des qualités	• hors	• de propos.
7. Je refuse de partir loin,	• hors	• taxes.
8. Florian a gagné une voiture,	• or	• sujet.
9. Tout votre devoir de philosophie est	• or	• j'ai des billets d'avion à moitié prix.
10. Je cherche un seau,	• or	• il n'a pas le permis de conduire.

CORRIGÉS P. 226

41 FAVORISANT PAR L~~A~~

J'ai ainsi constaté que la communication était efficace, favorisant par ~~la~~ là les relations au sein de l'entreprise.

L'AVIS D'UN RECRUTEUR

« Un seul accent vous manque et tout est modifié ! En effet, qu'il s'agisse d'une véritable faute ou d'un oubli, un accent manquant peut être révélateur d'un manque d'attention ou de compréhension du candidat dans ce qu'il écrit. Le doute s'installe dans l'esprit du recruteur. Pour ma part, je suis alors intransigeante sur la suite de la lettre. »

Cécile Dubouis, directrice de projets e-commerce

RÈGLE

« **Là** » est un adverbe de lieu, tout comme « ici, ailleurs, là-bas ». Il indique le lieu de l'action et il est invariable. Il a ici un sens figuré.

⚠ Le mot « **la** » (sans accent) peut être un **article** (ex. : ***la** pomme est mûre*) ou un **pronom** (ex. : *nous **la** regardons*).

EXEMPLES

- Nous ne serons pas **là** pour son anniversaire.
- Vous trouverez **là** les articles qui vous intéressent.

EXERCICE

Repérez les erreurs éventuelles dans les phrases suivantes.

1. Je ne suis pas sûre qu'il sera la demain. – **2.** Vous devriez là recevoir d'ici une semaine. – **3.** Certains ne la croient pas quand elle raconte sa vie. – **4.** Ces gens-la ne connaissent pas les lieux. – **5.** Ceux-ci sont à mon père, ceux-là sont à mes frères. – **6.** Igor ne là reçoit pas tous les jours. – **7.** Que pouvons-nous poser là ? – **8.** Je préfère cette tarte-là. – **9.** Que voulez-vous dire par la ? – **10.** Il aimerait que vous la respectiez plus.

CORRIGÉS P. 226

Cf. fiches 42, 80

VOUS ~~LÀ~~ RECEVREZ

42

Je vous envoie ce jour ma candidature, je pense que vous ~~là~~ la recevrez avant la fin de la semaine.

ASTUCE

Si vous pouvez remplacer « LA » par « LES », c'est que « LA » n'a pas d'accent.

RÈGLE

« La » dans cette phrase est un pronom personnel complément d'objet direct. Il remplace un nom ou un groupe nominal qui répond à la question « quoi ? » après le verbe.

Groupe nominal COD	Pronom COD
Je regarde **la mer**.	Je **la** regarde.
Je regarde **le ciel**.	Je **le** regarde.
Je regarde **les bateaux**.	Je **les** regarde.
J'apporte **du pain**.	J'**en** apporte.

⚠ « Là » est un adverbe de lieu (ex. : *Il n'est pas* ***là*** *ce soir*).

EXEMPLES

- Nous ne voulons pas que tu perdes ta montre, nous **la** rangeons dans ce tiroir.
- Voici la tarte aux fraises, où puis-je **la** poser ?

EXERCICE

Choisissez entre « là » et « la » dans les phrases.

1. Je ne connais pas encore Iris, j'aimerais bien *la/là* rencontrer. – **2.** Vous ne pouvez pas vous installer *la/là* pour déjeuner. – **3.** Quelques personnes *la/là* croient partie en mission. – **4.** Nous ne pouvons pas *la/là* recevoir dans le bureau. – **5.** Ces tableaux-*la/là* sont à vendre. – **6.** Karine n'a pas pu *la/là* terminer à temps. – **7.** Que vient-il faire *la/là* ? – **8.** Je crois que nous ne *la/là* recevrons pas avant lundi. – **9.** Celle-*la/là* est plus intéressante que l'autre. – **10.** Il faudrait que tu *la/là* rendes à son propriétaire.

CORRIGÉS P. 226

Cf. fiches 41, 80

43 LEUR~~S~~ APPORTER

VIDÉO 26

Je souhaite ~~leurs~~ leur apporter mon soutien et voudrais, pour ce faire, effectuer un stage au sein de votre association.

Il <u>lui</u> raconte ses vacances.

Il <u>leur</u> raconte ses vacances.

ASTUCE

Si vous pouvez remplacer le mot « **leur** » par « **lui** » au singulier, c'est que « leur » s'écrit sans « s ».

RÈGLE

- « Leur » est un pronom complément d'objet indirect. Il remplace un groupe nominal qui répond à la question « à qui ? » après le verbe.

Exemple : *Je parle à ses enfants (je parle « à qui ? » : « à ses enfants ») = Je **leur** parle.*

- Au singulier, le pronom est « **lui** ». Le pronom personnel « **leur** » s'écrit toujours sans « **-s** », car il est déjà le pluriel de « **lui** ».

Liste des pronoms COI (répondant à la question « à qui ? », « à quoi ? », « de quoi ? », « de qui ? » après le verbe) : lui, **leur**, me, te, se, nous, vous, y, en, dont.

⚠ Le mot « **leurs** » signifie qu'il y a **plusieurs possesseurs**, et plusieurs choses/objets possédés.

Exemple : *Ils ont oublié leurs lunettes (« les leurs »).*

EXEMPLES

- Nous comptons **leur** demander un avis sur ce livre.
- Tu **leur** apporteras ton aide si tu le souhaites.

Cf. fiche 9

EXERCICES

QUIZ

1. Parmi ces trois mots, lequel est un pronom ?

○ A. notre ○ B. lui ○ C. ces

2. Parmi ces trois mots, lequel est un déterminant ?

○ A. me ○ B. tes ○ C. se

3. Parmi ces trois pronoms en gras, lequel est COI ?

○ A. Il **nous** attend. ○ B. Il **me** regarde. ○ C. Il **me** parle.

Reliez les trois parties de phrases.

1. J'aimerais vraiment que nous	• leur	• dois une explication.
2. Vous avez oublié de rapporter	• leurs	• enfants Pierre et Caroline.
3. Nous aurions dû emprunter	• leur	• courrier urgent ce matin.
4. Penses-tu qu'il faille absolument	• leurs	• avoir fait partager sa passion.
5. Les Lemarchand ont donné	• leur	• demandions un devis pour les travaux.
6. Quelle bonne idée tu as eue de	• leur	• chaussures de marche.
7. Ludivine est ravie de	• leur	• dire la vérité sur ce client ?
8. Quelles que soient tes raisons, tu	• leurs	• démission hier.
9. De nombreux spectateurs ont trouvé	• leur	• offrir un nouvel ordinateur !
10. Nos voisins nous ont présenté	• leur	• dialogues un peu osés.

Repérez les erreurs éventuelles dans les phrases suivantes.

1. Cet automne, nous irons visiter leur petit château en Auvergne.
2. Leur mère oublie souvent de leurs rapporter un souvenir.
3. Plusieurs de nos amis n'ont pas rencontré leur frères.
4. Les professeurs leur donnent beaucoup trop de devoirs.
5. Ils n'ont pas encore donné leur avis sur cette pièce très originale.
6. Je pense que vous pourriez leurs chanter un air d'opéra.
7. Les participants auront tout leurs temps pour leur poser des questions.
8. Ils ne leur ont pas encore demandé s'ils pouvaient s'installer sur leur terrain.
9. Si vous ne leurs donnez pas leur chance, comment vont-ils évoluer ?
10. Quelle que soit leurs décision, nous les soutiendrons.

CORRIGÉS P. 227

44 VOUS ~~NI~~ VOYEZ

Si vous ~~ni~~ n'y voyez pas d'inconvénient, je vous rappellerai la semaine prochaine.

L'AVIS D'UN RECRUTEUR

« Pour moi, c'est une faute d'inattention : il suffit de se relire pour la remarquer. En effet, il n'y a pas de confusion possible du point de vue du sens. Dans un cadre professionnel, une petite faute d'inattention, cela passe ; si elles se multiplient, cela peut être interprété comme un manque de rigueur. »

Rémi Amy, recruteur et consultant en ressources humaines

RÈGLE

• « N'Y » est un ensemble de deux mots : « NE » + « Y ».

• « NE » est un adverbe de **négation**, il est généralement suivi d'un verbe et des adverbes « pas, guère, jamais, plus ».

Exemple : *Je ne viens pas à ta fête.*

• « Y » est un pronom :

– il remplace un groupe nominal et répond à la question « à quoi ? » ;

Exemple : *Nous y pensons souvent. (« Nous pensons **à quoi** ? »)*

– il peut aussi signifier « dans ce lieu ».

Exemple : *Nous y retournons. (« Nous retournons **où** ? »)*

• **Exemple avec « N'Y » :** *Vous n'y pensez jamais (= vous **ne** pensez jamais **à ça**).*

⚠ « **Ni** » est une conjonction de coordination, elle nie « et » et « ou ».

Exemple : *Je n'ai **ni** café **ni** thé.*

EXEMPLES

• Nous n'avons pas de nappe pour le pique-nique, personne **n'y** a pensé.

• Nous sommes heureux d'aller au cinéma, nous **n'y** allons pas souvent.

Cf. fiche 39

EXERCICES

QUIZ

1. Parmi ces trois mots, lequel est une conjonction ?

○ A. ni ○ B. ne ○ C. par

2. Parmi ces trois mots, lequel est un adverbe ?

○ A. ne ○ B. car ○ C. rapide

3. Parmi ces trois mots, lequel est un pronom ?

○ A. sur ○ B. y ○ C. mais

Repérez les pronoms dans les phrases suivantes.

1. Claire a apporté sa valise dimanche, elle y a pensé !
2. Si vous connaissez les réponses, ne les donnez pas aux autres.
3. Vous l'avez accusée, mais vous n'aviez ni témoignage ni preuve contre elle.
4. Je trouve cette idée excellente, mais je n'y crois pas.
5. Si vous n'y voyez pas d'inconvénient, nous allons devoir reporter notre rendez-vous.
6. Line pourra-t-elle vous accompagner à l'aéroport jeudi ?
7. Les voisins ont apporté leur contribution, nous les y avions incités.
8. Jean-Jacques voudrait gagner à ce jeu, il en rêve souvent.
9. Vous prenez des vacances cette année ? Je n'y ai pas encore pensé personnellement.
10. Notre directrice ne viendra ni jeudi ni vendredi, elle viendra la semaine prochaine.

Reliez les trois parties de phrases.

1. Les critiques, en général, nous	• n'y	• vont jamais seuls.
2. Il ne veut pas que tu viennes	• ni	• dormiront pas ?
3. Je pense que cet homme	• n'y	• faisons pas attention.
4. Je ne crois ni aux fantômes	• n'y	• mettront pas du leur.
5. Je suppose que les enfants	• n'y	• que tu l'appelles.
6. Ne penses-tu pas qu'ils	• n'y	• a jamais fait allusion.
7. Je n'aime pas cette région, je	• ni	• aux sorcières.
8. Justine a bien conscience que les élèves	• n'y	• voyons plus rien.
9. Cet exercice n'est ni obligatoire	• ni	• vais jamais d'ailleurs.
10. Je vais chercher une lampe, nous	• n'y	• éliminatoire.

CORRIGÉS P. 227

45 ON~~T~~ DIT DE MOI

On
On~~t~~ dit de moi que je suis sérieux et rigoureux, que je sais m'adapter à diverses situations.

ASTUCE

Si vous pouvez remplacer « on » par « quelqu'un » dans la phrase : il s'agit du pronom et il s'écrit ON.

RÈGLE

• Le mot « **on** » est un pronom indéfini sujet. Les pronoms sujets remplacent une personne ou une chose qui fait l'action.

Liste des pronoms sujets : je, tu, il, elle, **on***, nous, vous, ils, elles.

• **Quatre utilisations du pronom « on » :**

– On = quelqu'un.
Exemple : ***On*** *m'a volé mon sac.*

– On = chacun, tous.
Exemple : ***On*** *doit respecter la loi.*

– On = nous.
Exemple : ***On*** *part demain en voyage.*

– On = « tu » ou « vous » (registre familier).
Exemple : ***On*** *a bien dormi, Madame Martin ?*

À noter : comme le nom « homme » (son origine latine : *homo, hominis*), le pronom « **on** » peut être précédé de l'article « **l'** » (*l'homme → l'on*) après certains mots : et, ou, où, qui, que, si.

⚠ « **Ont** » est le verbe « avoir » à la 3e personne du pluriel.

Exemples : *Ils* ***ont*** *de la chance (= avoir de la chance). Elles* ***ont*** *fini leurs devoirs (= avoir fini).*

EXEMPLES

• Quand **on** aura lu les journaux, on en saura plus sur l'attentat.
• Il me semble qu'**on** a sonné à la porte, je vais voir.
• **On** n'est jamais à l'abri d'un changement de dernière minute.

Cf. fiche 85

EXERCICES

QUIZ

1. Parmi ces trois mots, lequel est un pronom ?

○ A. nos ○ B. ont ○ C. on

2. Parmi ces trois mots, lequel n'est pas un pronom ?

○ A. lui ○ B. nous ○ C. ont

3. Laquelle de ces trois phrases pourrait commencer par « on » ?

○ A. ... a pris les clés. ○ B. ... avez téléphoné. ○ C. ...-ils des enfants ?

Repérez les pronoms personnels sujets dans les phrases suivantes.

1. Voulez-vous que je vous apporte un café dans votre bureau ?
2. Ont-elles trouvé un appartement à partager ?
3. Mes chiens se mettent à aboyer et viennent me chercher en courant quand je rentre du travail.
4. Je voudrais que l'on fasse un point sur les différents projets de l'agence.
5. Tu distribues des bons points à tous les élèves, ils te sont reconnaissants.
6. Marie-Françoise a adoré la pièce qu'on lui avait conseillée.
7. Les meubles qu'ont achetés nos voisins sont très modernes.
8. Nous leur avons donné de nombreuses idées pour leur thèse.
9. Demain à l'aube, on nous emmènera à la gare pour prendre le train de 7 h.
10. Chacun est libre de s'exprimer dans cette entreprise, on nous y incite d'ailleurs.

Par quel mot ou groupe de mots pourrait être remplacé « on » dans les phrases ? (Plusieurs solutions sont possibles.)

1. **On** va comment ce matin, Isabelle ?	A. chacun
2. **On** est très contentes de vous voir !	B. quelqu'un
3. **On** n'est jamais mieux servi que par soi-même.	C. tu
4. Je crois qu'**on** a forcé la porte en notre absence.	D. vous
5. **On** s'installe à la table habituelle, Messieurs ?	E. tout le monde
6. **On** est obligé de faire attention à ce qu'**on** dit en général.	F. Julie et moi
7. Si l'**on** veut réussir, **on** doit relever ses manches.	G. nous (les collègues et moi)
8. **On** a souhaité faire un point sur le dossier.	H. les gens

CORRIGÉS P. 228

46 LE CENTRE O~~U~~ SONT

J'aimerais effectuer un stage dans le centre o~~u~~ sont traités les appels.
où

RÈGLE

Le mot « **où** » est un adverbe ou un pronom relatif. Il donne en général une indication de **lieu** (parfois de temps).

Exemples :

– *Il ne sait plus* ***où*** *il a rangé son dossier.*
– *Il se souvient de l'année* ***où*** *il l'a rencontrée.*

⚠ Le mot « **ou** » (sans accent) est une conjonction de coordination. Il peut être remplacé par « ou bien », il est question de choix.

Exemple : *Tu veux un café* ***ou*** *un thé ?*

EXEMPLES

- Sais-tu **où** se trouvent les bureaux des admissions ?
- Nous irons **où** tu veux pour les vacances.

EXERCICE

Repérez les erreurs éventuelles dans les phrases suivantes.

1. Elle ne sait pas où elle s'inscrira l'année prochaine. – **2.** Le quartier ou nous nous installons est très vivant. – **3.** Tu trouveras la mallette sur la table où dans le placard. – **4.** Ou se sont retrouvées ces quelques personnes ? – **5.** Mes amis savent ou acheter du bon vin. – **6.** Il serait judicieux de regarder où se trouve ce village sur la carte. – **7.** Êtes-vous pour ou contre la gratuité des transports ? – **8.** Nous allons savoir ou est située son école. – **9.** Il est probable que tu le voies jeudi ou vendredi. – **10.** Un dessin ou une photo suffiront.

CORRIGÉS P. 228

Cf. fiche 47

47 LA GESTION O~~Ù~~ L'ACCUEIL

Je dispose des compétences requises pour mener à bien les missions y afférentes, en termes de gestion de projets o~~ù~~ d'accueil du public.
ou

LE SAVIEZ-VOUS ?

Une étude portant sur 74 lettres de motivation a montré qu'elles contenaient toutes en moyenne 5,6 fautes. (Connor & al., 1995)

ASTUCE

Si l'on peut le remplacer par « ou bien », c'est que l'on écrit « **ou** » sans accent.

RÈGLE

Le mot « **ou** » (sans accent) est une conjonction de coordination. Il peut être remplacé par « ou bien ». Il peut exprimer une équivalence, une alternative, ou signifier « sinon ».

Exemple : *Vous pourriez, un jour* ***ou*** *l'autre, revenir vers lui.*

⚠ Le mot « **où** » donne en général une indication de **lieu**.

Exemple : ***Où*** *sont les enfants ?*

EXEMPLES

- Je ne sais pas si je vais prendre le fromage **ou** le dessert.
- Il habite à Lyon **ou** à Marseille, je crois.

EXERCICE

▸ Repérez les erreurs éventuelles dans les phrases suivantes.

1. Tu préfères aller en vacances à la mer où à la montagne ? – **2.** Où habitez-vous dans Paris ? – **3.** Nous ne savons pas si nous devons rire ou pleurer. – **4.** D'ou viennent ces touristes ? – **5.** Quelqu'un m'a dit ou était caché le trésor. – **6.** Il prendra le train où l'avion pour venir nous voir. – **7.** Vous irez ou bon vous semble. – **8.** Elle pense à l'année ou ils se sont rencontrés. – **9.** La fatigue ou la vitesse auront provoqué l'accident des Martin. – **10.** Je ne sais pas où il se rend l'été prochain.

CORRIGÉS P. 229

Cf. fiche 46

48

JE SUIS PR~~ÈS~~ À

VIDÉO 8

Je souhaite effectuer un stage dans votre entreprise et je suis pr~~ès~~ à m'investir totalement pour accomplir les tâches qui me seront confiées. prêt

Il est prêt à partir.

Elle est prête à partir.

ASTUCE

Si l'on peut mettre le mot « prêt » au féminin (« prête »), c'est qu'il s'écrit avec un T.

RÈGLE

Le mot « **prêt** » est un adjectif dans cette phrase* : il décrit un nom (ou un pronom) et varie en genre et en nombre. Il signifie : « qui est en état, est devenu capable de... » ou « habillé, paré ». « Être prêt à » signifie : « être disposé à ».

Exemples : *il est prêt ; ils sont prêt**s** ; elle est prêt**e** ; elles sont prêt**es**.*

* Le mot « prêt » peut aussi être un nom commun masculin qui signifie « action de prêter ».

⚠ « **Près de** » est une **préposition**, un mot invariable qui introduit un complément et qui signifie « proche de », « sur le point de ».

Exemples :
- *Gabriel joue **près de** la maison.*
- *Ils étaient **près de** 2 000.*
- *Elle n'est pas **près** de l'oublier.*

EXEMPLES

- Ils sont **prêts** à faire des efforts pour réduire notre consommation d'électricité.
- La jeune danseuse est **prête** à entrer en scène.

Cf. tableau, p. 204

EXERCICES

QUIZ

1. Lequel de ces trois mots est une préposition ?

○ A. près ○ B. prêt ○ C. car

2. Lequel de ces trois mots n'est pas un adjectif ?

○ A. prêt ○ B. près ○ C. proche

3. Laquelle de ces trois phrases est bien orthographiée ?

○ A. Il est prêt de moi.

○ B. Il est près à nous rejoindre.

○ C. Il est prêt à partir.

Repérez les adjectifs qualificatifs dans les phrases suivantes.

1. Vous nous avez aidés à calculer le montant exact de nos impôts.
2. M. Laigle a compris une notion essentielle et il est prêt à nous épauler.
3. Plusieurs propriétaires responsables vont remplacer leurs fenêtres vétustes.
4. Les animateurs ont lancé un jeu original pour les enfants.
5. Les chiens de la résidence courent sur le terrain vague près de la gare.
6. Cet homme a une conduite dangereuse, il faudrait qu'on lui retire le permis.
7. Jonathan n'a pas pu garer son véhicule encombrant dans l'allée.
8. Nous avons convaincu nos parents de nous laisser partir seuls à l'étranger.
9. A-t-il téléphoné à sa meilleure amie pour l'inviter à la mer ?
10. Vous ne semblez pas croire en notre projet pourtant très prometteur.

Repérez les erreurs éventuelles dans les phrases suivantes.

1. Les enfants ne sont pas prêt, nous ne pouvons pas partir.
2. M. Jacquot se rendra prêt de Barcelone la semaine prochaine.
3. Quelques propriétaires sont prêts à signer une pétition contre mon voisin.
4. Près de dix mille personnes ont défilé dans les rues.
5. Le banquier vous a-t-il accordé un prêt immobilier ?
6. Olivier a été condamné à verser prêt de trois mille euros d'amende.
7. Sébastien n'est pas prêt à tous les sacrifices, je le constate.
8. Nous avons réussi à réunir près de cinq cents euros pour son cadeau de départ.
9. Es-tu près à changer toute la décoration de ton bureau sur ses conseils ?
10. Mon oncle semble prêt de réaliser son projet.

CORRIGÉS P. 229

49 QUAND À MOI

Nous sommes confiants ~~quand~~ quant à notre future collaboration.

L'AVIS D'UN RECRUTEUR

« Voilà une faute très courante dans les lettres de motivation ou les e-mails qui accompagnent les CV. En la découvrant, on se dit que la personne ne connaît pas les subtilités de la langue française et l'existence de "quant". Ce n'est pas très grave, tant qu'elle ne postule pas à une fonction où ses compétences en français sont centrales. »

Rémi Amy, recruteur et consultant en ressources humaines

RÈGLE

Le mot « quant » est toujours suivi de la préposition « à » ou « au/aux ».
L'ensemble « **quant à** » signifie « pour ce qui est de, en ce qui concerne ».

Exemple : *Quant à son projet, il n'est toujours pas financé (= en ce qui concerne son projet).*

⚠ « **Quand** » est une conjonction qui introduit généralement un complément de temps.

Exemple : *Tu viendras **quand** tu seras prêt (= au moment où tu seras prêt).*

Il peut aussi être un adverbe dans une question sur le temps.

Exemple : ***Quand** arriveront-ils ?*

EXEMPLES

- Élisa est déjà arrivée, **quant à** ses parents, ils sont toujours en vacances.
- Je suis très partagée **quant aux** événements dont nous avons parlé.

EXERCICE

Choisissez entre « quand » et « quant » dans les phrases.

1. J'attends Juan, ***quant/quand*** à Julie, je ne sais pas si elle sera présente. – **2.** Vous viendrez ***quant/quand*** vous serez prêts. – **3.** Je ne sais rien ***quant/quand*** aux dépenses de l'association. – **4.** Quelques personnes savent ***quant/quand*** le film se termine. – **5.** ***Quant/Quand*** il arrive, nous sommes soulagés. – **6.** Ces tableaux, ***quant/quand*** à eux, doivent être rangés dans l'entrepôt. – **7.** Savez-vous ***quant/quand*** on part ? – **8.** Je mets les couverts dans le tiroir, ***quant/quand*** aux assiettes, je les laisse sur la table. – **9.** Je suis à l'heure, ***quant/quand*** aux enfants, impossible de compter sur eux… – **10.** ***Quant/Quand*** on arrivera, on préparera la salle de formation.

CORRIGÉS P. 229

Cf. fiche 50

50 QUANX VOUS

Quand
Quanx vous saurez qui a été choisi pour le projet, j'espère que vous me tiendrez informé.

RÈGLE

Le mot « **quand** » peut être :

– un **adverbe** qui signifie « à quel moment ? » ;

Exemple : ***Quand** reviendras-tu ?*

– une **conjonction** qui introduit généralement un complément de temps, qui peut être remplacée par « lorsque » ou « au moment où ».

Exemple : *Tu viendras **quand** tu seras prêt (= au moment où tu seras prêt).*

Important :
Suivi d'un mot commençant par une voyelle, le « d » de « quand » se prononce [t].

⚠ « **Quant** » est une partie de locution, toujours suivie de « à » ou de « au/aux ».

Exemple : *Élise est en vacances, **quant** à Quentin, il est souffrant.*

EXEMPLES

- Stéphane est arrivé **quand** nous étions à table, nous l'avons invité à rester.
- Tu me préviendras **quand** les ouvriers auront commencé les travaux ?

EXERCICE

Repérez les erreurs éventuelles dans les phrases suivantes.

1. J'attends de savoir quand ma cousine aura ses résultats.
2. Vous ne sortirez que quant vous aurez terminé votre travail.
3. Je n'ai pas d'informations quant aux participants.
4. Quant il saura ce qu'il veut, je viendrai prendre la commande.
5. Quand, à la nuit tombée, nous sortons, tu n'es pas rassurée.
6. Cet homme, quand à lui, ne nous répond pas.
7. Sais-tu quant le train pourra redémarrer ?
8. Quant on le cherche, on le trouve.
9. Nous ne savons pas quand ce château a été détruit.
10. Quand à Flora, elle n'est pas prête à changer d'école.

CORRIGÉS P. 230

Cf. fiche 49

51 S'EST AVEC

C'est
S'est avec la plus grande motivation que j'envisage ces deux prochaines années au sein de votre établissement.

LE SAVIEZ-VOUS ?

Une étude britannique menée en 2006 par la REF (*Recruitment and Employment Federation*) auprès de responsables RH conclut que 47 % des candidatures contiennent des fautes basiques d'orthographe.
(Neville, 2006)

ASTUCE

Quand on peut remplacer « c'est » par « ceci est » ou « cela est », le mot s'écrit « C' ».

RÈGLE

Le mot « **ce** » (ou « c' » devant « est ») est un **pronom démonstratif**. Les pronoms démonstratifs remplacent le nom ou le groupe nominal et servent à situer dans le temps et dans l'espace. Ils peuvent avoir toutes les fonctions du **nom** (sujet, COD, COI).
Dans le cas ci-dessus, « **c'** » est le sujet du verbe « être ».

Exemples :
- **C'***est une bonne idée.*
- **Ce** *sont mes clés.*
- **Ce** *n'était pas nécessaire.*

Liste des pronoms démonstratifs
Celui, celle, ceux, celles, ce, ceci, cela (= ça), celui-ci, celle-ci, ceux-ci, celles-ci, celui-là, celle-là, ceux-là, celles-là.

⚠ « **Se** » est un pronom réciproque ou réfléchi, il remplace un nom. Il se trouve toujours devant un verbe.
Exemple : *Les filles* ***se*** *souviennent de Marc, elles* ***se*** *sont appelées hier pour en parler.*

EXEMPLES

- Je ne sais pas si **c'**est urgent.
- **Ce** n'est pas important si tu n'assistes pas à la réunion.

Cf. fiche 34

EXERCICES

QUIZ

1. Parmi ces trois mots, lequel est un pronom démonstratif ?

○ A. se ○ B. ceci ○ C. ces

2. Parmi ces trois mots, lequel n'est pas un pronom démonstratif ?

○ A. c' ○ B. se ○ C. ce

3. Laquelle de ces trois phrases n'est pas correctement orthographiée ?

○ A. C'est un plaisir. ○ B. S'est parfait. ○ C. Il s'est enfui.

Repérez les pronoms démonstratifs dans les phrases suivantes.

1. Je ne demanderai pas leur avis à ceux qui ne sont pas venus.
2. Nous avons pensé que ce serait plus intéressant de cette façon.
3. Vous reconnaissez cet homme ? C'est celui qui a inventé la carte de visite électronique.
4. Les personnes qui se sont inscrites récemment doivent confirmer leur présence.
5. Quel dommage ! Ce sera sûrement annulé.
6. Tous ses amis se sont réunis à ses obsèques.
7. Celles qui sont arrivées en premier seront mieux servies.
8. Si ce que tu dis est vrai, cela va déclencher une grève.
9. Marthe ne s'est pas levée quand le professeur est entré.
10. Ce sont mes meubles, je compte les revendre avant de déménager.

Repérez les erreurs éventuelles dans les phrases suivantes.

1. J'apprécie beaucoup ce livre, je l'ai lu trois fois.
2. Que ce passe-t-il ce matin ? Tout le monde semble nerveux.
3. Se n'est pas si facile de danser, j'ai pourtant pris des heures de cours !
4. Il ne se souvient plus de son code, son téléphone va être bloqué.
5. Il faudrait que se soit prêt avant midi si nous voulons ouvrir à temps.
6. J'ai reçu un message ce matin, personne ne sait se qu'il signifie.
7. Ça m'est complètement égal, tu fais ce que tu veux !
8. Se sont mes meilleurs amis, je pensais te les avoir présentés.
9. Croyez-vous que ce chien a été vacciné ? Celui que j'ai adopté ne l'a pas été.
10. Ces véhicules ne doivent plus être utilisés, ceux-là non plus.

CORRIGÉS P. 230

52

POUR ~~SE~~ FAIRE

Pour ~~se~~ ce faire, je vais avoir besoin d'effectuer un stage de trois mois dans votre service.

L'AVIS D'UN RECRUTEUR

« Un grand classique, erreur très souvent rencontrée lorsque le candidat s'apprête à exposer son expérience. Quand je vois cette faute, je me dis que le candidat utilise une formule qu'il a entendue, mais n'en maîtrise pas le sens. Et c'est cette légèreté qui m'ennuie, davantage que la faute elle-même. Mieux vaut être soi-même et employer les tournures que l'on maîtrise ! »

Rémi Amy, recruteur et consultant en ressources humaines

ASTUCE

Si vous pouvez remplacer « pour ce faire » par « pour faire cela », le mot s'écrit **CE**.

RÈGLE

Dans les expressions « **pour ce faire** », ainsi que « **ce faisant** », « **et ce** », « **sur ce** », « **ce me semble** », le « **ce** » est un **pronom démonstratif**. Les pronoms démonstratifs remplacent le nom ou le groupe nominal et servent à situer dans le temps et dans l'espace. Ils peuvent avoir toutes les fonctions du **nom** (sujet, COD, COI). Dans ce cas, « ce » est le COD du verbe « faire ». L'expression signifie « pour faire cela » ou « faisant cela ».

Exemples :

– *Pour ce **faire**, j'aurais besoin que vous veniez.*
– *Il s'entraîne souvent et, **ce** faisant, il gagne des compétitions.*

Liste des pronoms démonstratifs

Celui, celle, ceux, celles, ce, ceci, cela (= ça), celui-ci, celle-ci, ceux-ci, celles-ci, celui-là, celle-là, ceux-là, celles-là.

⚠ « **Se** » est un pronom réfléchi ou réciproque, il remplace un nom. Il se trouve toujours devant un verbe.

Exemple : *Ils **se** sont perdus.*

EXEMPLES

- Sur **ce**, je vous souhaite une bonne journée.
- Pour **ce** faire, je dois recevoir l'autorisation.

Cf. fiches 34, 51

EXERCICES

QUIZ

1. Parmi ces trois mots, lequel est un pronom démonstratif ?

○ A. se ○ B. ceci ○ C. ces

2. Parmi ces trois mots, lequel n'est pas un pronom démonstratif ?

○ A. c' ○ B. se ○ C. ce

3. Laquelle de ces trois phrases n'est pas correctement orthographiée ?

○ A. Elle va se faire ausculter.

○ B. Sur ce, je te laisse.

○ C. Se faisant, il a réussi.

Repérez les pronoms démonstratifs dans les phrases suivantes.

1. Je ne recevrai que ceux qui ont participé à la réunion.
2. Nous savons que ce serait utile de le faire intervenir.
3. Celui qui a invité Mélanie n'a pas voulu la vexer.
4. Eduardo a gagné un prix, et ce, sans s'être fait aider.
5. Quel dommage ! Ce sera sûrement annulé.
6. Tous ses amis, ce faisant, sont passés en classe supérieure.
7. Ceux qui sont arrivés ce matin pourront déjeuner à l'hôtel.
8. Le grand mérite de Morgane est, ce me semble, d'être très bien informée.
9. Eh bien, sur ce, je vous quitte, je suis attendue.
10. Ce sont mes enfants, ils sont tous inscrits au cours de danse.

Repérez les erreurs éventuelles dans les phrases suivantes.

1. Pour ce faire, il faut d'abord lire attentivement le mode d'emploi.
2. Vous n'êtes guère enthousiaste, se qui est dommage.
3. Sur se, il est temps de passer à l'examen de l'ordre du jour.
4. Cette forme n'est plus usitée, et ce depuis fort longtemps.
5. Vous pourrez annuler votre billet, et ce jusqu'au départ du train.
6. On m'a confié ce poste et, se faisant, je suis devenu expert en gestion de conflits.
7. Pour ce faire remarquer, il s'est mis à chanter dans le réfectoire.
8. Ce faisant, il a su faire sa place au sein de l'équipe.
9. Le policier a bu de l'alcool, et ce alors qu'il était en service.
10. Pour se faire, je vous envoie en pièce jointe mon numéro de compte.

CORRIGÉS P. 230

53 DE ~~SI~~ ATTARDER

Je pense que cette formule mérite que l'on ~~si~~ attarde.
s'y

RÈGLE

• « **S'Y** » est un ensemble de deux mots : « SE » + « Y ».

• « SE » est un **pronom** personnel, il est précédé d'un sujet à la 3e personne (du singulier ou du pluriel) et suivi d'un verbe (*se laver, se promener, s'habiller*).

Exemples :
– *Il **se** lève très tôt.*
– *Les enfants **se** préparent.*

• « Y » est un **pronom** :
– il remplace un groupe nominal et répond à la question « à quoi ? » ;

Exemple : *Nous y pensons souvent (« Nous pensons à quoi ? »).*

– il peut aussi signifier « dans ce lieu ».

Exemple : *Vous y allez (« Vous allez où ? »).*

• **Exemple avec « S'Y » :** *Mes amies **s'y** rendent (se rendent quelque part).*

⚠ « **SI** » est une conjonction qui introduit une condition ou une supposition.

Exemples :
– *Regarde **si** le facteur est passé.*
– *Tu sortiras **si** tu as fini tes devoirs.*

EXEMPLES

• Il faut **s'y** attendre, les prix vont encore augmenter.
• Mes parents n'aiment pas ce théâtre, donc ils ne vont pas **s'y** rendre.

Cf. fiche 44

EXERCICES

QUIZ

1. Parmi ces trois mots, lequel est une conjonction ?

○ A. sur ○ B. pas ○ C. si

2. Parmi ces trois mots, lequel est un pronom ?

○ A. ne ○ B. ses ○ C. se

3. Parmi ces trois mots, lequel est un pronom ?

○ A. ou ○ B. y ○ C. leurs

Repérez les pronoms dans les phrases suivantes.

1. Laurence s'est souvenue de ma fête, elle est arrivée tôt pour m'aider.
2. Si vous vous connaissez, vous pouvez vous asseoir à côté.
3. Vous les avez écoutés et appréciés, ce sont de bons chanteurs.
4. Il aime beaucoup l'Alsace, or il ne s'y rend pas souvent.
5. Si vous n'y croyez pas, ne découragez pas les autres.
6. Liliane pourra me remplacer jeudi, elle s'y connaît en informatique.
7. Les voisins ne se sont pas présentés lorsqu'ils sont arrivés en juin.
8. Si nos amis s'y installent, nous les aiderons à décorer cette grande maison.
9. Je ne sais pas encore si Marianne va s'y attarder.
10. Notre directrice ne se sent pas capable d'animer une réunion.

Reliez les trois parties de phrases.

1. Je ne viendrai que	• si	• elle n'avait pas autant travaillé.
2. Il ne souhaite pas	• s'y	• adonneront sérieusement ?
3. Je sais que cet homme	• si	• feront un jour, c'est trop bruyant.
4. Nous ne savons pas	• s'y	• intéresse de près.
5. Je vendrais cette maison	• si	• Karine vient aussi.
6. Ne penses-tu pas qu'ils	• si	• rendre aujourd'hui.
7. Combien serons-nous à la réunion	• s'y	• les enfants ne venaient pas si souvent.
8. Justine sait qu'elle aurait échoué	• s'y	• Mélanie va vouloir continuer la danse.
9. Cet exercice n'est obligatoire que	• si	• vous n'avez pas fait d'exposé cette année.
10. Je ne crois pas que les voisins	• si	• Sylvia ne vient pas ?

CORRIGÉS P. 231

54

IL EST S~~U~~R

sûr
Il est s~~u~~r que ce stage a changé ma vision de ce métier et que j'aimerais vous proposer ma candidature pour le poste.

RÈGLE

Le mot « **sûr** » est un adjectif qui signifie « certain, convaincu », « qui ne présente pas de danger » ou « en qui l'on peut avoir confiance ». Il peut être mis au féminin (« **sûre** »).

Exemple : *Cette femme est* ***sûre*** *d'elle.*

À noter : « Bien sûr » qui signifie « c'est évident, cela va de soi » s'écrit **en deux mots**.

⚠ Le mot « **sur** » est une préposition qui marque la position (ex. : *Mes lunettes sont posées* ***sur*** *la table.*). Il peut aussi être un adjectif qui signifie « qui a un goût acide » (se dit d'un fruit par exemple). Son emploi est rare.

EXEMPLES

- Nous sommes tous en lieu **sûr** maintenant.
- Vous êtes **sûr** qu'ils vous ont préparé une surprise.

EXERCICE

Choisissez entre « sur » et « sûr ».

1. Il est ***sur/sûr*** d'avoir obtenu la meilleure note. – **2.** Cette tache ***sur/sûr*** la nappe n'était pas là avant le repas. – **3.** Nous n'avons pas d'avis ***sur/sûr*** ce livre. – **4.** Notre mère a un goût très ***sur/sûr*** en ce qui concerne l'architecture intérieure. – **5.** Il faudrait bien ***sur/sûr*** que nous votions tous pour que ce soit équitable. – **6.** ***Sur/Sûr*** votre gauche, vous pouvez apercevoir un magnifique musée. – **7.** Nous sommes perdus, pourrions-nous regarder ***sur/sûr*** la carte où nous sommes ? – **8.** Il serait plus ***sur/sûr*** que nous attendions la fin de la manifestation pour sortir. – **9.** J'ai appris quelque chose de très intéressant ***sur/sûr*** les reptiles à cette conférence. – **10.** Ce qui est ***sur/sûr***, c'est que sans travailler sérieusement, il n'obtiendra pas son diplôme.

CORRIGÉS P. 231

Cf. fiche 55

REVENIR SÛR

Je voulais également revenir sûr un point important évoqué en entretien.
sur

RÈGLE

Le mot « **sur** » est une préposition qui indique la position d'une chose par rapport à une autre (« au-dessus », ou « qui couvre »). Ce mot peut aussi être utilisé pour des choses plus abstraites (ex. : *j'ai appris quelque chose sur mon voisin = à propos de*).

Exemple : *Mon manteau est resté* ***sur*** *le lit.*

⚠ Le mot « **sûr** » (avec un accent circonflexe) est un adjectif qui a plusieurs définitions dont « certain » ou « où l'on est en sécurité ».

Exemple : *Il est* ***sûr*** *que nous aurons des difficultés à nous garer ce soir.*

EXEMPLES

- Il a juré **sur** l'honneur qu'il était innocent.
- Je ne trouve pas ce village **sur** la carte.

EXERCICE

Repérez les erreurs éventuelles dans les phrases suivantes.

1. Elle n'a pas assez d'argent sûr elle. – **2.** Ce quartier n'est pas assez sûr pour que nous nous y installions. – **3.** Tu trouveras, sur la commode de l'entrée, toutes les instructions pour la semaine. – **4.** Sur de son succès, il a sorti un deuxième album. – **5.** Nous n'avons pas d'informations sûr cette attaque. – **6.** Il vaudrait mieux, bien sur, que tu fasses une croix sur les vacances. – **7.** Êtes-vous bien sûr de vouloir partir avant la fin du débat ? – **8.** Nous allons recevoir des renseignements sur cette école d'architecture. – **9.** Il est très sur de son choix quant à son sujet de mémoire. – **10.** Il a eu une bonne impression sûr son nouveau collègue.

CORRIGÉS P. 231

Cf. fiche 54

56 MON TRAVAIL~~LE~~

Intégrer votre entreprise représente pour moi un réel enjeu d'avenir dans lequel mon travail~~le~~ et mon honnêteté pourront s'exprimer pleinement.
travail

LE SAVIEZ-VOUS ?

Les recruteurs jugent plus sévèrement les fautes de grammaire et de lexique que les fautes de frappe. (Martin-Lacroux, 2015)

ASTUCE

Pour être sûr qu'il s'agit d'un nom masculin et qu'il se termine en « -il » : on peut mettre « un » ou « le » devant le mot. S'il a un sujet, c'est un verbe, il se termine en « -ille ».

Exemple : *il travaille (« que fait-il ? »)/il a du travail (le travail).*

RÈGLE

• Le mot « travail » est un nom commun* masculin. Sa terminaison est « -ail », comme : un portail, un éventail, un chandail, le gouvernail, le détail, le rail...
De la même façon, les noms masculins « réveil », « fauteuil », « fenouil » se terminent en « -il ».

* **Le nom commun** est comme une « étiquette » sur tout ce qui nous entoure (« C'est un... », « C'est une... »). Il est masculin (accompagné de « le », « un ») ou féminin (accompagné de « la » ou « une »).

• Certains noms masculins se terminent en « -ille », car ils étaient auparavant des noms composés : un portefeuille, un millefeuille, le chèvrefeuille.

⚠ Les **verbes** de la même famille se conjuguent et dans ce cas, **on double le « L »**.

Exemples : *il travaille, on se réveille, je détaille, nous sommeillons.*

EXEMPLES

- Il est en salle de **réveil**.
- Nous sommes au **seuil** d'un bouleversement.
- J'ai remarqué quelques **détails** intéressants.

Cf. fiche 89

EXERCICES

QUIZ

1. Parmi ces trois mots, lequel est un nom commun ?

○ A. travaille ○ B. merveille ○ C. réveille

2. Parmi ces trois mots, lequel est un verbe ?

○ A. trouvailles ○ B. écailles ○ C. fiançailles

3. Parmi ces trois mots, lequel contient une erreur ?

○ A. portailles ○ B. rails ○ C. tirailles

4. Parmi ces trois mots, lequel a une seule nature (verbe ou nom) ?

○ A. batailles ○ B. cisailles ○ C. retrouvailles

Complétez par « -ille » ou « -il » les noms suivants.

1. Je pense que ce **trava**___ est très intéressant.
2. Nous avons trouvé le **portefeu**___ de René sous le porche.
3. Ma fille a vu un **écureu**___ dans la forêt de Fontainebleau.
4. Quel **fauteu**___ préfères-tu pour ton bureau ?
5. Vous êtes restés sur le **seu**___ de la porte sans oser entrer.
6. L'**éma**___ des dents est très fragile.
7. Matéo a **somme**___, il devrait aller se coucher.
8. Nous avons acheté cet **appare**___ dans une brocante.
9. Cette œuvre est une **mervei**___ !
10. Je me suis fait une **enta**___ au doigt en bricolant.

Repérez les erreurs éventuelles dans les phrases suivantes.

1. Nous n'avons pas fermé le portaille : le chien s'est échappé.
2. M. Robert ne travail pas aujourd'hui, il est souffrant.
3. Plusieurs personnes ont préféré le millefeuille à la mousse au chocolat.
4. La mère accueille dix enfants chez elle pour l'anniversaire de son fils.
5. Jennifer éveil les soupçons depuis qu'elle est rentrée de vacances.
6. Les ouvriers réparent les rails, des personnes malveillantes les ont saccagés.
7. Je te conseil de faire attention en sortant, il y a des travaux dans ta rue.
8. Je ne me réveille jamais avant 10 heures du matin.
9. Vous avez trouvé votre éventaille en Espagne.
10. Aurélie a trop de travail, elle ne peut pas t'appeler tout de suite.

CORRIGÉS P. 232

57 DE VIVE VOI~~E~~

J'aimerais, si cela est possible pour vous, que nous en parlions de vive voi~~e~~ lors d'un entretien.
voix

Elles en parlent de vive voix.

RÈGLE

La « **voix** » vient du latin « *vox* ». C'est un nom commun féminin invariable. C'est « l'ensemble des sons produits par les vibrations des cordes vocales », « la parole » ou « l'expression de l'opinion ».

⚠ La « **voie** » est un nom qui peut être remplacé par « le chemin », « la route », au sens figuré comme au sens propre (ex. : *Il a choisi sa voie professionnelle.*)

EXEMPLES

- Nous adorons la **voix** de ce chanteur.
- J'ai obtenu trois **voix** au conseil de l'école.

EXERCICE

Repérez les erreurs éventuelles dans les phrases suivantes.

1. Cet orateur a la voix idéale pour convaincre la foule. – **2.** Tu n'as vraiment pas choisi la voix la plus facile pour t'y rendre. – **3.** Combien de voies a-t-il obtenues ? – **4.** Ces gens n'ont pas eu voie au chapitre. – **5.** Ceux qui veulent donner de la voix seront écoutés. – **6.** La grosse voie de la directrice couvrait celles des enfants. – **7.** C'est une voix sans issue. – **8.** Je change de voie, je n'ai plus envie d'enseigner. – **9.** Les voix de femmes sont plus aiguës que celles des hommes en général. – **10.** Il n'a pas donné sa voix au candidat facilement.

CORRIGÉS P. 232

Cf. fiche 58

LA VOIX PROFESSIONNELLE

58

Je pense avoir trouvé ma voix et vous serais reconnaissant de bien vouloir me recevoir en stage.
voie

RÈGLE

La « **voie** » est un nom féminin issu du latin « *via* ». Il peut être remplacé par « chemin », « route », au sens figuré comme au sens propre. Il signifie « espace à parcourir pour aller quelque part », « chemin tracé », « passage » ou « suite d'actes orientés vers un but ».

Exemple : *Il a choisi sa **voie** professionnelle.*

⚠ La « **voix** » est le son produit par la vibration des cordes vocales (« *vox* » en latin).

EXEMPLES

- Nous suivons la **voie** tracée par nos ancêtres.
- Quel bonheur d'avoir trouvé sa **voie** !

EXERCICE

Choisissez entre « voie » et « voix ».

1. Elle a une magnifique ***voix/voie*** de soprane. – **2.** Cette ***voix/voie*** est insupportable, je me bouche les oreilles. – **3.** Nous avons besoin de 88 ***voix/voies*** supplémentaires pour être élus. – **4.** Suite à une coupure d'électricité, notre train est arrêté en pleine ***voix/voie***. – **5.** Nous avons entendu des éclats de ***voix/voie*** à travers la porte. – **6.** J'aime entendre sa douce ***voix/voie*** au téléphone. – **7.** Vous devez envoyer votre autorisation par ***voix/voie*** postale – **8.** Une petite ***voix/voie*** me dit de ne pas répondre à ces attaques. – **9.** Nous l'avons mis sur la ***voix/voie*** en lui donnant des indices. – **10.** Ce médicament doit être pris par ***voix/voie*** orale.

CORRIGÉS P. 232

Cf. fiche 57

59 ELLE ~~À~~ ÉVEILLÉ

Cette expérience ~~à~~ a éveillé ma curiosité, c'est la raison pour laquelle j'aimerais rejoindre votre équipe.

ASTUCE

S'il s'agit d'une action terminée et que l'on peut dire « avoir » + verbe au participe passé, c'est que le « a » est le verbe « avoir » et s'écrit « a » sans accent.

Exemple : *On* ***a*** *compris («* ***avoir*** *compris »).*

RÈGLE

Le passé composé est souvent utilisé pour une action passée achevée. Il se construit de cette façon :

Auxiliaire « **avoir** » ou « **être** » au présent
+ participe passé du verbe (action révolue)

Exemples (avec « avoir ») : *j'****ai*** *fini, tu* ***as*** *compris, il/elle/on* ***a*** *donné, nous* ***avons*** *mis, vous* ***avez*** *offert, ils/elles* ***ont*** *fait.*

⚠ « **À** » est une préposition, un mot invariable qui introduit un complément (d'objet indirect, de lieu, de temps, un complément du nom). Par exemple : à, de, pour, par, en, vers, sur et sous.

Exemples : *Je pars* ***à*** *10 heures. Il parle* ***à*** *son frère. Nous vendons notre machine* ***à*** *laver.*

EXEMPLES

- M. Legrand **a** compris que nous souhaitions l'embaucher.
- Tu **as** changé de lunettes.
- Delphine **a** apporté son ordinateur pour que nous avancions plus vite.

Cf. fiche 33

EXERCICES

QUIZ

1. Parmi ces trois mots, lequel n'est pas l'auxiliaire « avoir » ?

○ A. ont ○ B. ait ○ C. à

2. Parmi ces trois mots, lequel est une préposition ?

○ A. à ○ B. as ○ C. a

3. Parmi ces trois phrases, laquelle est mal orthographiée ?

○ A. Il t'a revu. ○ B. Elle t'à réveillé. ○ C. Il nous a parlé.

Retrouvez les prépositions dans les phrases suivantes.

1. Mes parents et moi arriverons vers midi.
2. Le fer à repasser que j'ai acheté est très pratique.
3. Mon ami leur a parlé de son installation prochaine.
4. S'il a le temps, j'aimerais qu'il fixe l'étagère sur le mur.
5. Il faudrait que vous veniez pour lui dire la vérité.
6. Je ne crois pas qu'il l'ait permis à son fils.
7. Les sacs en plastique sont une source de pollution considérable.
8. Caroline confie son chat à sa voisine pour les vacances.
9. Il ne lui a pas écrit depuis l'été dernier.
10. Son frère nous a informés qu'il allait prendre des vacances en mai.

Repérez les erreurs éventuelles dans les phrases suivantes.

1. Ma mère à envoyé une lettre de recommandation à son propos.
2. Ta collègue t'a confié qu'elle allait bientôt démissionner.
3. Je ne comprends plus rien a ce contrat, trop de clauses ont été ajoutées !
4. Tiphaine t'à surpris en t'annonçant qu'elle attendait des triplés.
5. La directrice de l'agence ne nous a pas encore donné les clés de l'appartement.
6. Il à tout pris en partant, il ne reste plus rien dans les armoires.
7. Cécile à-t-elle demandé la permission d'emprunter son ordinateur ?
8. Il faut que tout soit prêt à midi quand les invités arriveront pour déjeuner.
9. Magali ne pense jamais a son travail quand elle est en vacances.
10. Nous vivons à Madrid depuis environ deux ans et nous allons y rester encore un an.

CORRIGÉS P. 232

60 L'ATTENTION QUE VOUS AVEZ ACCORDÉ

VIDÉO 3

Je tiens à vous remercier pour l'attention que vous avez accordé à mon projet.
accordée

RÈGLE

Règles d'accord du participe passé

• Quand on utilise l'auxiliaire « **être** » : le participe passé s'accorde en genre et en nombre avec le sujet.

Exemples : *il est **arrivé** ; elle est **arrivée** ; ils sont **arrivés** ; elles sont **arrivées**.*

• Quand on utilise l'auxiliaire « **avoir** » : le participe passé ne s'accorde jamais avec le sujet.

Exemples : *il a **parlé** ; elle a **parlé** ; elles ont **lu** ; nous avons **fait**.*

• Quand on utilise l'auxiliaire « **avoir** » ET que le **COD** est placé avant le verbe : le participe passé s'accorde avec le COD.

Exemples : *Il a **vu** Marie et **l'**a **saluée**. Ces photos sont belles, où **les** avez-vous **prises** ?*

Liste des pronoms COD (répondant à la question « qui ? » ou « quoi ? » après le verbe) : le, la, les, me, te, se, nous, vous, en, que.

⚠ On n'accorde pas le participe passé avec le COD quand celui-ci est le pronom « en ».

⚠ « **Dont** » n'est pas un pronom COD, il répond à la question « de quoi ? » ou « de qui ? » et aucun accord n'est possible avec ce pronom.

EXEMPLES

- J'ai acheté des fleurs ce matin et je les ai **offertes** à ma voisine.
- La photo que j'ai **prise** hier est très réussie.
- Ludovic nous a **raccompagnés** chez nous après la fête.

Cf. fiches 64, 68

EXERCICES

QUIZ

1. Dans laquelle de ces trois phrases y a-t-il un complément d'objet direct (COD) ?

○ A. La fille dont tu parles est ici.
○ B. C'est le plat que je préfère.
○ C. Il coûte cher.

2. Parmi ces trois pronoms en gras, lequel est un complément d'objet direct (COD) ?

○ A. la rue **dont** je parle
○ B. le lieu **que** tu choisis
○ C. l'année **qui** s'est écoulée

3. Parmi ces trois groupes nominaux, lequel est mal orthographié ?

○ A. la fille que j'ai vue ○ B. la fille dont j'ai parlée ○ C. la fille qui a chanté

Retrouvez les pronoms COD dans les phrases suivantes.

1. Je n'apprécie pas la couleur que tu as choisie pour mon costume.
2. Ils m'ont suivie jusque dans la cour de l'immeuble.
3. Quand et où l'avez-vous rencontré ?
4. J'aimerais que tu sois plus reconnaissant.
5. Je crains qu'elle ne les appelle pour les critiquer.
6. Je pense que le professeur dont tu parles est juste.
7. Lucie m'a ramenée après la fête que tu avais organisée.
8. Frédéric ne nous a pas attendus pour dîner.
9. Je ne connais pas la personne que tu as embauchée.

Repérez les erreurs éventuelles dans les phrases suivantes.

1. Les fleurs que nous lui avons envoyées semblent lui avoir plues.
2. Je ne crois pas que les articles que tu as lu soient les plus intéressants sur le sujet.
3. Les gardiens que vous avez renvoyés étaient compétents.
4. Les quelques nouvelles que tu as publié étaient bien écrites.
5. Ce ne sont pas les vacances dont tu as rêvées, mais tu t'amuses quand même.
6. Geneviève a aimé les chemises que tu lui as choisies.
7. J'ai beaucoup aimé les livres que tu m'avais conseillé.
8. Marion, que Jules a rencontré la semaine dernière, souhaite le revoir.
9. Nous t'aurons joué tous les morceaux que tu as inscrits sur la liste.
10. Je ne trouve pas les lettres dont tu m'as parlées.

CORRIGÉS P. 233

61 BIEN QUE J'~~AI~~ EU

VIDÉO 20

j'aie
Bien que j'~~ai~~ eu ses coordonnées par M. Legrand, je n'ai pas pu le contacter plus tôt.

RÈGLE

• Lorsque le verbe de la principale exprime : la volonté, le désir, le refus, la crainte, le doute, le verbe de la subordonnée introduite par « QUE » est au **subjonctif**.

• Certaines conjonctions sont suivies du subjonctif.

Exemples : *bien que, pour que, afin que, avant que.*

Le verbe « avoir » au subjonctif présent
Que j'aie, que tu aies, qu'il ait, que nous ayons, que vous ayez, qu'ils aient.

⚠ « J'**ai** » est le verbe « **avoir** » conjugué au présent de l'indicatif (un fait réel).

Exemples :
– *J'**ai** les clés de la voiture.*
– *J'**ai** parlé à ma mère (passé composé).*

EXEMPLES

• Il craint que je n'**aie** pas assez de temps pour le rencontrer.
• Vous voudriez que j'**aie** une bonne note.
• Il faut absolument que tu **aies** un retour sur ton projet avant les fêtes.

Cf. fiches 73, 94, 100

EXERCICES

QUIZ

1. Parmi ces verbes conjugués, lequel n'est pas l'auxiliaire « avoir » ?

○ A. ait ○ B. aie ○ C. es

2. Parmi ces trois verbes, lequel n'est pas au subjonctif présent ?

○ A. aie ○ B. aies ○ C. ai

3. Parmi ces trois verbes, lequel peut compléter la phrase suivante :
Il faut que j'… mes affaires demain.

○ A. aie ○ B. ai ○ C. aies

Retrouvez les verbes au subjonctif dans les phrases suivantes.

1. Il faut toujours que j'aie le dernier mot.
2. Si j'ai le temps, je passerai te voir après le cours.
3. Nous aimerions qu'il soit reçu à ce concours.
4. Que tu aies la bonne réponse ne m'étonne pas du tout.
5. Il faudrait que nous ayons assez de courage pour démissionner.
6. Bien qu'il n'ait pas son tablier, il va pouvoir commencer.
7. Il pense que j'ai le choix entre les différentes matières.
8. Il ne veut pas que j'aie fini l'exercice avant lui.
9. Je crains que tu ne sois obligée de repasser plus tard.
10. J'aurais adoré que les enfants nous fassent la surprise de venir.

Repérez les erreurs éventuelles dans les phrases suivantes.

1. Il souhaite que j'aie de meilleurs résultats l'an prochain.
2. Il faudrait que j'ai mes ustensiles de cuisine pour le cours.
3. Vous voulez que j'aies fini à quelle heure ?
4. Mes parents souhaitent que j'ai mon permis de conduire cette année.
5. Demain, le professeur aimerait que j'aie appris ma poésie.
6. Sarah pense que je ne lui ai jamais menti.
7. Vous savez que j'ai parlé de vous à mon responsable hier.
8. Ne voudriez-vous pas que j'aie compris la leçon avant que l'on ne commence les exercices ?
9. Si tu souhaites que j'ai une bonne place, il faudrait m'y emmener plus tôt.
10. Tu sais que j'aie commencé à dîner sans toi, il est tard.

CORRIGÉS P. 233

62 IL ~~AIT~~ ENTRÉ

Votre concurrent ~~ait~~ est entré en contact avec moi et me convie à son tour à un entretien.

L'AVIS D'UN RECRUTEUR

« La confusion est ici phonétique ("est" et "ait" se prononcent de la même manière) ; mais la distinction entre l'être et l'avoir (fût-ce sous la forme de l'auxiliaire) relève d'un projet de civilisation… La faute est rédhibitoire. »

Xavier North, Inspecteur général des Affaires culturelles au ministère de la Culture et de la Communication

ASTUCE

Quand on peut le remplacer par « était » (on le conjugue à l'imparfait), il s'agit bien du verbe « être », il s'écrit donc bien EST.

RÈGLE

Le mot « **est** » est le verbe « **être** » au présent de l'indicatif, à la 3e personne du singulier. Il doit avoir un sujet (qui peut être remplacé par : *il*, *elle*, *on*, *ceci* ou *cela*).
Il peut être utilisé seul ou en tant qu'auxiliaire (suivi d'un participe passé dans un temps composé ou à la voix passive).

Exemples : *Il* ***est*** *tôt, elle n'****est*** *pas encore là. C'****est*** *arrivé hier.*

Conjugaison de « être » au présent
Je **suis**, tu **es**, il/elle/on **est**, nous **sommes**, vous **êtes**, ils/elles **sont**.

⚠ Le mot « **ait** » est le verbe « **avoir** » au présent du subjonctif à la 3e personne du singulier.

Exemples :
– *Bien qu'il* ***ait*** *de l'expérience, nous allons continuer à le former.*
– *Je souhaite qu'elle* ***ait*** *fini à 16 heures.*

EXEMPLES

- Je crois que Maxime **est** parti en voyage pour deux mois.
- Nous savons qu'il **est** interdit de fumer dans les locaux.
- Quelle **est** votre position concernant ce projet ?

Cf. fiches 61, 94

EXERCICES

QUIZ

1. Parmi ces verbes conjugués, lequel n'est pas l'auxiliaire « être » ?

○ A. sommes ○ B. ait ○ C. est

2. Parmi ces trois verbes, lequel est au subjonctif présent ?

○ A. est ○ B. es ○ C. aie

3. Parmi ces trois verbes, lequel peut compléter la phrase suivante ?
Je sais qu'il ... parti.

○ A. es ○ B. ait ○ C. est

Retrouvez l'auxiliaire « être » dans les phrases suivantes.

1. Il pense toujours qu'il est le favori.
2. Nos collègues sont venus nous présenter leurs enfants.
3. Nous leur sommes reconnaissants pour toute l'aide qu'ils nous ont apportée.
4. Je crains qu'il ait dû changer de mot de passe à plusieurs reprises.
5. Il faudrait que nous soyons tous présents à la réunion de lundi.
6. Bien qu'il n'ait pas compris l'intervention de Daniel, il a tenu à répondre.
7. Notre cuisinier sera parmi les finalistes du concours.
8. Je sais qu'il est reconnu par les plus grands spécialistes de la littérature.
9. Je n'avais pas compris qu'il était haut placé.
10. Notre tante aurait adoré que nous soyons à la gare pour l'accueillir.

Repérez les erreurs éventuelles dans les phrases suivantes.

1. Je souhaite qu'il est de meilleurs résultats l'an prochain.
2. Il faut que ma fille ait son permis de conduire avant de déménager.
3. Vous voulez qu'elle est rendu son rapport demain.
4. Tes amis savent que mon père est le directeur de cet établissement.
5. Il ait strictement interdit de manger dans le laboratoire.
6. Je crains que Juliette ne nous est pas dit toute la vérité.
7. Ce responsable des achats ait entré en contact avec notre société.
8. Ce serait merveilleux que l'on est cette subvention pour notre projet en Inde.
9. Sais-tu qu'il est trop tôt pour en parler aux membres de l'équipe ?
10. Souvent, quand on arrive, elle est déjà partie depuis une heure.

CORRIGÉS P. 234

63 J'AI ÉTÉ AMENER

VIDÉO 1 VIDÉO 19

amené(e)
J'ai aussi été ~~amener~~ à travailler au contact du public, aussi bien en autonomie qu'en équipe.

RÈGLE

- Dans la **voix passive**, le sujet subit l'action, il est « passif ». Le **complément d'agent** est le véritable acteur, il est introduit par la préposition « par ».
- La voix passive se construit ainsi :

Sujet « passif » + auxiliaire « être » + participe passé (action subie) + complément d'agent (par quelqu'un/par quelque chose)

Exemples : *Les filles* ***sont reçues*** *par le directeur. Nous avons* ***été séduits*** *par sa prestation.*

Important : le participe passé s'accorde en genre et en nombre avec le sujet « passif ».

⚠ Les verbes se terminant par « **er** » sont à l'**infinitif** : une forme nominale du verbe (non conjugué à un temps et une personne) qui exprime l'idée de l'état ou de l'action de façon abstraite.

Exemple : ***Chanter*** *lui fait du bien, il adore aussi* ***écouter*** *de grands chanteurs.*

EXEMPLES

- Mes amis ont été **accueillis** très gentiment par Pierre.
- Nous serons **placés** par l'ouvreuse au théâtre.
- J'ai été **poursuivi(e)** par les moustiques depuis mon arrivée !

Cf. fiches 76, 82, 99

EXERCICES

QUIZ

1. Parmi ces trois mots, lequel n'est pas l'auxiliaire « être » ?

○ A. ont ○ B. est ○ C. a été

2. Parmi ces trois verbes, lequel est à l'infinitif ?

○ A. apporté ○ B. dîner ○ C. chuchoté

3. Parmi ces trois verbes, lequel est au participe passé ?

○ A. changeant ○ B. surpris ○ C. faciliter

Soulignez les verbes à la voix passive dans les phrases suivantes.

Exemple : *Elle est poursuivie par un troupeau de chèvres.*

1. Mes collègues et moi sommes reçus par l'ambassadeur du Cameroun.
2. Les recherches ont été menées par une équipe très performante.
3. Nous nous sommes donné du temps pour trouver une solution.
4. Vous êtes revenus du théâtre enchantés cette fois-ci !
5. Ils sont invités par des investisseurs dans un grand restaurant.
6. Bertrand n'est pas revenu à temps pour le début du concert.
7. Nos enfants ont été surpris par notre idée de faire le tour du monde.
8. Leur intervention a été interrompue plusieurs fois par le public.
9. Ils sont poursuivis pour détournement de fonds publics.
10. Sonia s'est coupée en cuisinant, son doigt a beaucoup saigné.

Repérez les erreurs éventuelles dans les phrases suivantes.

1. Une ordonnance m'a été envoyer par mon spécialiste.
2. Barbara t'a confier qu'elle était enceinte de son deuxième enfant.
3. Un chapitre sera ajouter à l'essai de ce brillant étudiant.
4. Tes sœurs ont toutes les deux été renvoyées du collège.
5. La directrice souhaite nous parler des résultats de Jordan.
6. Il avait décoré son salon pour le réveillon.
7. Elle ne vous a pas demandé votre avis sur le livre qu'elle vous a prêté.
8. Cédric et Sandrine pourront-ils être dirigés vers l'accueil à leur arrivée ?
9. Aude aura été récompenser deux fois pour ses travaux de recherche.
10. Nous sommes intéressés par le récit de votre voyage au Sri Lanka.

CORRIGÉS P. 234

64 ELLES M'ONT APPORTÉ~~ES~~

VIDÉO 2 VIDÉO 3

Mes années d'études m'ont apporté~~es~~ des connaissances que je sais aujourd'hui mettre à profit. apporté

RÈGLE

Règles d'accord du participe passé

• Quand on utilise l'auxiliaire « **être** » : le participe passé s'accorde en genre et en nombre avec le sujet.

Exemples : *il est arrivé ; elle est arrivé**e** ; ils sont arrivé**s** ; elles sont arrivé**es**.*

• Quand on utilise l'auxiliaire « **avoir** » : le participe passé ne s'accorde jamais avec le sujet.

Exemples : *il a **parlé** ; elle a **parlé** ; elles ont **lu** ; nous avons **fait**.*

• Quand on utilise l'auxiliaire « **avoir** » ET que le **COD** est placé avant le verbe : le participe passé s'accorde avec le COD.

Exemples : *Il a **vu** Marie et **l'**a **saluée**. Ces photos sont belles, où **les** avez-vous **prises** ?*

À noter : cette règle n'est valable que pour le **COD** (« qui ? », « quoi ? »), pas pour le **COI** (« à qui ? », « à quoi ? »).

Exemples : *Il leur a **parlé** (à eux). Il nous a **confié** (à nous) ses clés.*

Liste des pronoms COI (répondant à la question « à qui ? », « à quoi ? », « de qui ? », « de quoi ? » après le verbe) : lui, leur, me, te, se, nous, vous, y, en, dont.

EXEMPLES

- J'ai **rencontré** les Martin et je les ai **invités** à dîner.
- Il nous a **rendu** nos affaires *(COD placé après le verbe)* avant-hier.

Cf. fiches 60, 68

EXERCICES

QUIZ

1. Parmi ces verbes conjugués, lequel n'est pas l'auxiliaire « avoir » ?

○ A. ont ○ B. ait ○ C. serais

2. Parmi ces trois pronoms en gras, lequel est un complément d'objet direct (COD) ?

○ A. Elle **me** parle. ○ B. Tu **nous** téléphones. ○ C. Il **les** attend.

3. Parmi ces trois phrases, laquelle est mal orthographiée ?

○ A. Nous l'avons reçu. ○ B. Elle t'a rendue ta clé. ○ C. Vous les avez vus.

Retrouvez les pronoms COI dans les phrases suivantes.

1. Mes parents et moi vous apportons notre contribution.
2. Mon employé et sa femme nous ont présenté leur fils.
3. Ils leur ont proposé un emploi bien rémunéré et intéressant.
4. Depuis combien de temps les attendez-vous ?
5. Il faudrait que nous vous rapportions un souvenir de Rome.
6. Je crains qu'ils ne leur aient pas permis de sortir.
7. Notre jardinier en plante près de notre terrasse chaque été.
8. L'avocate les a rassurés, ils peuvent gagner leur procès.
9. Je ne lui ai pas téléphoné depuis un mois.
10. Notre sœur nous a dit qu'elle allait se marier en août.

Repérez les erreurs éventuelles dans les phrases suivantes.

1. Ma cousine vous a envoyée une carte postale de Miami.
2. Ses collègues lui ont offerts des carnets de croquis pour qu'elle se mette au dessin.
3. Ma fille t'a surpris en train de danser seule dans ta chambre.
4. Des personnes de l'immeuble leur ont montrées les véhicules vandalisés.
5. Ta boulangère vous a vendu du pain rassis.
6. Virginie ne nous a pas crues quand on lui a parlé des malversations dans l'entreprise.
7. Certaines m'ont prêtées de quoi écrire pendant le colloque.
8. Les enfants, vous ne leur aviez pas demandé la permission de sortir.
9. Nous vous avons raccompagnés chez vous après le concert.
10. Tu gardes sa fille, il faut que tu lui aies préparé un bon repas pour ce soir.

CORRIGÉS P. 234

65 IL LES APPORTE~~S~~

VIDÉO 22

Je vous prépare tous les documents nécessaires et mon collègue vous les apporte~~s~~ apporte le plus rapidement possible.

Il la porte.

Il les porte.

RÈGLE

- Le complément d'objet direct (**COD**) complète le verbe et répond à la question « quoi ? » ou « qui ? » après le verbe. Il est parfois sous forme de pronom.
- Les pronoms remplacent le groupe nominal COD ou la proposition COD.

Exemples :

– *Nous regardons la mer. → Nous **la** regardons.*

– *Je répète tes secrets. → Je **les** répète.*

Liste des pronoms COD (répondant à la question « qui ? » ou « quoi ? » après le verbe) : le, la, les, me, te, se, nous, vous, en, que.

Important : les verbes (aux temps simples comme le présent, l'imparfait, le futur de l'indicatif) ne changent pas de forme en fonction du COD. Ils sont toujours reliés au sujet.

Exemples : *Il regarde quelqu'un/quelque chose. → Il **le** regarde, il **la** regarde, il **les** regarde, il **nous** regarde, il **vous** regarde, il **te** regarde, il **me** regarde...*

EXEMPLES

- **Oriane** me demande si j'ai des ciseaux et me les emprunte.
- Ces chansons, **je** les chante depuis l'enfance.
- **Il** les range dans son tiroir pour ne pas les abîmer.

Cf. fiche 68

EXERCICES

QUIZ

1. Lequel de ces mots est un verbe au présent de l'indicatif ?

○ A. habile ○ B. parle ○ C. envoi

2. Parmi ces trois mots en gras, lequel est un pronom COD ?

○ A. Elle **les** attend. ○ B. Il **leur** parle. ○ C. Elle invite **les** élèves.

3. Parmi ces trois phrases, laquelle est mal orthographiée ?

○ A. Je les apprends. ○ B. Tu les portes. ○ C. Je les lances.

Repérez les erreurs éventuelles dans les phrases suivantes.

1. Ma cousine nous les donnes dès qu'elle peut.
2. Tu ne leur rends pas souvent des services.
3. Quelques personnes te les prêtent pour une matinée.
4. Mes amis ne les croies pas capables de réussir cet examen.
5. Leur sœur nous rejoindras pour le dessert.
6. Pensez-vous qu'elles leur demandent leur avis ?
7. Les ouvriers en ramassent tous les jours sur le chantier.
8. Ingrid aime ces œuvres, elle vous en parles fréquemment.
9. Tu les remets en main propre au directeur de l'agence.
10. Je ne les écoutes pas suffisamment, ils s'en plaignent.

Retrouvez les pronoms COD dans les phrases suivantes.

1. Mes parents et moi allons en demander à la direction.
2. Tes cousins nous les confient pour les vacances.
3. Ils leur téléphonent et les accompagnent à la fête.
4. Les convaincrez-vous cette fois-ci ?
5. Ils adorent faire des photos, ils en prennent souvent pendant leurs voyages.
6. Je revois mes amis du lycée et je les invite chez moi.
7. Notre professeur l'abordera au deuxième trimestre.
8. L'avocate les reçoit dans son bureau et les conseille.
9. Il ne me force jamais à prendre la parole en public, car je ne suis pas à l'aise.
10. Notre sœur les préfère aux épisodes précédents.

CORRIGÉS P. 235

66 J'ATTEND

VIDÉO 27

C'est donc avec beaucoup d'intérêt que j'attend de vos nouvelles.
j'attends

RÈGLE

• Le présent de l'indicatif est le temps le plus utilisé. Il est utilisé pour des habitudes actuelles (*il fait du vélo tous les jours*), des faits qui sont en train de se dérouler (*je travaille, je ne peux pas te parler*) ou parfois pour des faits passés (*hier... il arrive, il me voit*) ou à venir (*j'arrive demain*).

• Les terminaisons du présent sont très irrégulières.

Les verbes en « **-DRE** » ont pour terminaisons : **-ds** ; **-ds** ; **-d** ; **-ons** ; **-ez** ; **-ent**

Exemples : *je prends, tu entends, il répond, je descends, tu recouds, elle fond.*

Exceptions : les verbes en « **-INDRE** » et en « **-SOUDRE** » sont irréguliers (sans « d » au présent) : **-s** ; **-s** ; **-t** ; **-ons** ; **-ez** ; **-ent**

Exemples : *je crains, tu éteins, il résout, je dissous, tu rejoins, elle repeint, nous résolvons, vous peignez, ils éteignent, vous dissolvez, vous rejoignez, ils craignent.*

EXEMPLES

- J'**apprends** les règles de grammaire rapidement grâce à ce logiciel.
- Tu **réponds** au directeur de l'agence.
- Il **recoud** les boutons de ses chemises.

Cf. fiches 90, 97

EXERCICES

QUIZ

1. Parmi ces trois verbes, lequel comporte une erreur ?

○ A. je prend ○ B. tu réponds ○ C. il recoud

2. Parmi ces trois verbes, lequel comporte une erreur ?

○ A. je tends ○ B. tu rejoins ○ C. elle fonds

Reliez les deux parties du tableau entre elles (plusieurs solutions possibles).

1. C'est moi qui	A. apprend facilement les paroles.
2. Alice, tu	B. attend un devis.
3. La cliente	C. nous réponds trop tard.
4. Souvent, tu	D. ne comprends pas la leçon ?
5. Mon frère	E. répands cette odeur ?
6. Je	F. réponds au téléphone ici.
7. C'est toi qui	G. prends le train tous les jours.
8. Je sais qu'il	H. répand cette rumeur.
9. C'est elle qui	I. recoud les boutons de sa veste.
10. Tu	J. ne surprends personne.

Conjuguez les verbes entre parenthèses au présent de l'indicatif.

1. Nous ***(prendre)*** des photos.
2. Je vous ***(répondre)*** dans la matinée.
3. Vous ***(étendre)*** les jambes sous le bureau.
4. Il te ***(comprendre)*** parfaitement.
5. Tu me ***(reprendre)*** souvent quand je parle.
6. Il ***(apprendre)*** trois chansons pour la soirée.
7. Je ne ***(recoudre)*** jamais mes pantalons.
8. Je ***(moudre)*** le café, car c'est meilleur.
9. Ce projet vous ***(surprendre)*** par son originalité.
10. Je ***(suspendre)*** les draps par la fenêtre.

CORRIGÉS P. 235

67 JE CONCLU~~E~~RAI

VIDÉO 30

Je vous expliquerai les différents aspects de mon travail et je conclu~~e~~rai en résumant les apports de ce stage. conclurai

RÈGLE

• Quand l'action qui va se produire est considérée comme certaine, on utilise le **futur simple** (*il reviendra l'an prochain*). Pour une action associée à une condition au présent, on utilise aussi le futur simple (*si tu veux, nous irons au cinéma*).

• Pour **construire** un verbe au futur simple, on conserve en général l'**infinitif** du verbe (jusqu'au « R ») et on y ajoute la terminaison : -**ai** ; -**as** ; -**a** ; -**ons** ; -**ez** ; -**ont**.

Exemples : *je* ***conclur****-ai, tu* ***écrir****-as, elle* ***mettr****-a, nous* ***rendr****-ons, elle* ***jouer****-a, nous* ***publier****-ons.*

Quelques verbes irréguliers à la 3e personne du singulier
Il aura (avoir), il sera (être), il fera (faire), il saura (savoir), il devra (devoir), il percevra (percevoir), il ira (aller), il pourra (pouvoir), il courra (courir), il viendra (venir)…

⚠ « Je **concluerai** » s'écrirait ainsi si l'infinitif du verbe était « concluer », un verbe du premier groupe, or le verbe est « **conclure** », on enlève le « e » final et on ajoute « -**ai** ».

EXEMPLES

- Le prix **inclura** la TVA.
- Si tu arrives à midi, je te **remettrai** le dossier en main propre.
- L'information judiciaire se **conclura** par un non-lieu.

Cf. fiche 93

EXERCICES

QUIZ

1. Parmi ces trois verbes, lequel est au futur ?

○ A. recula ○ B. ira ○ C. alla

2. Parmi ces deux verbes, lequel est correctement orthographié ?

○ A. il édifiera ○ B. il édifira

3. Parmi ces deux verbes, lequel est correctement orthographié ?

○ A. il conclura ○ B. il concluera

Repérez les verbes au futur dans les phrases suivantes.

1. Il arriva trop tard, le concert était terminé, il le regretta.
2. Pourriez-vous venir dans mon bureau avant 11 heures ?
3. Quand nous aurons plus de temps, je te ferai lire mon mémoire.
4. Si j'avais le temps, je t'accompagnerais en Italie.
5. Lorsqu'il pleuvra, je pourrai m'abriter.
6. Si tout se passe comme prévu, je te remettrai mon rapport demain.
7. Je ne pourrai pas vous envoyer les détails du stage avant la semaine prochaine.
8. Ce peuple n'exclura aucune option pour faire valoir ses droits.
9. Je me méfierais si j'étais toi, il n'est pas toujours fiable.
10. Il ne repeindra jamais les murs en rouge !

Conjuguez les verbes en gras au futur simple.

1. Nous **lisons** tous les soirs une histoire à nos enfants.
2. Je **conduis** ma voiture deux fois par an.
3. Tu **remets** un prix à cet auteur.
4. Jean-Marc **conclut** tous ses discours par des citations.
5. Je **perçois** de l'ironie dans ta voix.
6. Il **se méfie** de ses conseils.
7. Vous nous **écrivez** régulièrement.
8. Je ne **crie** jamais sur mes enfants.
9. Je me **fie** à son jugement.
10. Je **jette** mes vieux vêtements.

CORRIGÉS P. 236

68 JE LES AI CONTACTÉ

VIDÉO 2 VIDÉO 3 VIDÉO 28

J'ai rencontré les responsables de votre agence et je les ai contacté ensuite pour les remercier. contactés

RÈGLE

Règles d'accord du participe passé

• Quand on utilise l'auxiliaire « **être** » : le participe passé s'accorde en genre et en nombre avec le sujet.

Exemples : *il est arrivé ; elle est arrivé**e** ; ils sont arrivé**s** ; elles sont arrivé**es**.*

• Quand on utilise l'auxiliaire « **avoir** » : le participe passé ne s'accorde jamais avec le sujet.

Exemples : *il a **parlé** ; elle a **parlé** ; elles ont **lu** ; nous avons **fait**.*

• Quand on utilise l'auxiliaire « **avoir** » ET que le **COD** est placé avant le verbe : le participe passé s'accorde avec le COD.

Exemples :
- *Il a **vu** Amandine et **l'**a **saluée**.*
- *Ces photos sont belles, où **les** avez-vous **prises** ?*

Liste des pronoms COD (répondant à la question « qui ? » ou « quoi ? » après le verbe) : le, la, les, me, te, se, nous, vous, en, que.

⚠ On n'accorde pas le participe passé avec le pronom COD « **en** ».

EXEMPLES

- J'ai acheté des fleurs ce matin et je les ai **offertes** à ma voisine.
- Leïla, je t'ai **vue** hier dans le parc, mais je n'ai pas osé te parler.
- Où sont les documents que je t'ai **envoyés** ? Tu ne les as pas **reçus** ?

Cf. fiches 60, 64

EXERCICES

QUIZ

1. Lequel de ces trois pronoms en gras est un complément d'objet direct (COD) ?

○ A. Je **leur** dis bonjour.
○ B. Je **les** emmène.
○ C. Nous **vous** parlons.

2. Lequel de ces trois pronoms en gras est un complément d'objet direct (COD) ?

○ A. La rue **dont** je parle.
○ B. Le lieu **que** tu choisis.
○ C. L'année **qui** s'est écoulée.

3. Parmi ces trois phrases, laquelle est mal orthographiée ?

○ A. Je les ai rencontré. ○ B. Tu l'as vue. ○ C. Tu nous as attendus.

Retrouvez les pronoms COD dans les phrases suivantes.

1. Je vous adresse ce patient, pouvez-vous le recevoir ?
2. Ils les ont suivies en taxi.
3. Leur avez-vous recommandé le homard ?
4. J'aimerais que tu le donnes à ta directrice.
5. Je crains qu'elle ne nous appelle pas pour annuler.
6. Tu aimes les séries ? Tu en regardes souvent ?
7. Laurence nous a apporté des spécialités provençales.
8. Mickaël ne vous a pas attendus pour dîner.
9. Je ne l'ai pas reconnu, il a beaucoup changé en dix ans.
10. Il ne t'a pas crue, c'est dommage.

Repérez les erreurs éventuelles dans les phrases suivantes.

1. Les livres qu'il lui a offerts lui ont plues.
2. J'ai lu deux de ses articles, mais ne les ai pas compris.
3. Vous avez rencontré les gardiens et les avez salué.
4. J'ai lu sa lettre et je la lui ai renvoyée.
5. Tu as longuement regardé les photos et tu en as commandées trois.
6. Laura ne vous a pas vus quand vous êtes arrivées.
7. J'ai attendu les enfants et je les ai regardé.
8. Marie-Françoise ne les a pas encore contactées.
9. Nous vous avons préparé votre plat préféré.
10. Je ne retrouve pas mes clés, les as-tu vu sur le piano ?

CORRIGÉS P. 236

69

IL ME CONVIT

Votre concurrent est entré en contact avec moi et me convit à son tour à un entretien après-demain.
convie

L'AVIS D'UN RECRUTEUR

« Cette erreur n'implique pas un rejet direct, mais prouve que le candidat a voulu employer un verbe dont il ne maîtrise pas la conjugaison. Il aurait été beaucoup plus simple de tourner sa phrase différemment ; dans un poste d'ingénieur, on ne recherche pas forcément le style, mais plutôt la concision et la précision. »

Nicolas Vidal, ingénieur responsable de programmes immobiliers

ASTUCE

Pour savoir s'il y a un « e » (muet) à la fin du verbe, il faut retrouver l'infinitif du verbe.

Exemple : *Il s'agit de... « conviER », donc « il conviE » avec un « E ».*

RÈGLE

• Le présent de l'indicatif est le temps le plus utilisé. Il est utilisé pour des habitudes actuelles (*il fait du vélo tous les jours*), des faits qui sont en train de se dérouler (*je travaille, je ne peux pas te parler*) ou même parfois pour des faits passés (*hier... il arrive, il me voit*) ou à venir (*j'arrive demain*).

• Les terminaisons du présent sont très irrégulières.

Les verbes en « -**ER** » (excepté « aller ») ont pour terminaisons :
-**e** ; -**es** ; -**e** ; -**ons** ; -**ez** ; -**ent**.

Exemples : *je joue, tu écoutes, il se méfie, nous appelons, vous retrouvez, ils crient.*

EXEMPLES

- Je reçois M. Martin et je vous **envoie** ensuite un courrier.
- Tu **confies** ton chat à ta voisine en été.
- Il **renoue** avec ses anciens amis de lycée.

EXERCICES

QUIZ

1. Parmi ces trois verbes, lequel est mal orthographié ?

○ A. je me méfie ○ B. tu conclues ○ C. il conclut

2. Parmi ces trois verbes, lequel est mal orthographié ?

○ A. je convie ○ B. tu remues ○ C. il exclue

Reliez les deux parties du tableau entre elles (plusieurs solutions possibles).

1. C'est moi qui	A. nous convies à ta fête.
2. Mélanie, tu	B. t'avoue que je n'ai pas envie de venir.
3. Ce professeur	C. tournoie avant de se poser.
4. Cet appareil	D. côtoie des personnes importantes.
5. Son cousin	E. amplifie le problème.
6. Je	F. planifies tes vacances.
7. Ludovic	G. édifie cette théorie.
8. Je sais qu'elle	H. nous simplifie la vie.
9. C'est toi qui	I. nous noie sous un flot de paroles.
10. Il	J. envoie sa lettre de démission.

Conjuguez les verbes entre parenthèses au présent de l'indicatif.

1. Nous ***(louer)*** notre appartement aux Médard.

2. Je vous ***(jouer)*** un morceau de flûte traversière.

3. Elle ***(bégayer)*** depuis l'enfance.

4. Cet événement ***(défrayer)*** la chronique.

5. Tu ***(effrayer)*** tout le monde avec ton masque.

6. Il ***(essuyer)*** les verres et il arrive.

7. Je ne m'***(ennuyer)*** jamais quand je suis seul.

8. Je ***(nettoyer)*** toujours mon bureau avant de partir.

9. Il ***(secouer)*** la tête quand il n'est pas d'accord.

10. Elle ***(remuer)*** trop, je ne veux plus la garder.

CORRIGÉS P. 236

70 ELLE M'A ÉTÉ CONFIÉ

VIDÉO 1

La mission qui m'a été confié m'a donné l'occasion de découvrir des activités variées.
confiée

Cette corbeille vous est offerte par la maison.

RÈGLE

Règles d'accord du participe passé avec l'auxiliaire « être »

Quand on utilise l'auxiliaire « **être** », le participe passé s'accorde en genre et en nombre avec le sujet. Dans ce cas-ci, il s'agit de la voix passive (le sujet subit l'action).

Exemples : *il est* ***accueilli*** *; elle a été* ***embauchée*** *; ils seront* ***reçus*** *; elles sont* ***confiées***.

Différentes utilisations du participe passé avec « être »

- Dans un temps composé.

Exemple : *Hier, elle* ***est partie*** *tôt.*

- À la voix passive (le sujet subit l'action).

Exemple : *Les suspects* ***ont été arrêtés*** *par la police.*

- Comme un adjectif.

Exemple : *Elle* ***est*** *très* ***épanouie*** *depuis qu'elle vit ici.*

- Dans les verbes essentiellement pronominaux*.

Exemple : *Mélanie* ***s'est évanouie***.

* Les verbes essentiellement pronominaux sont des verbes qui sont toujours précédés d'un pronom (*je* ***me***, *tu* ***te***, *il* ***se***, *nous* ***nous***).

Exemples : ***s'****enfuir*, ***s'****évanouir*, ***se*** *méfier*.

⚠ Cette règle ne s'applique pas pour tous les verbes occasionnellement pronominaux.

EXEMPLES

- Mes amis sont **arrivés** à 18 heures et sont repartis à minuit.
- Tes collègues se sont **méfiés** du nouveau directeur dès le premier jour.
- Nous sommes **poursuivis** par les moustiques depuis notre arrivée !

Cf. fiches 63, 91, 99

EXERCICES

QUIZ

1. Parmi ces verbes conjugués, lequel n'est pas l'auxiliaire « être » ?

○ A. ont été ○ B. ont ○ C. sont

2. Parmi ces trois phrases, laquelle est à la voix passive ?

○ A. Elle est née. ○ B. Elle a été embauchée. ○ C. Elle est partie.

3. Parmi ces trois phrases, laquelle est mal orthographiée ?

○ A. Nous sommes enchantés.
○ B. Vous êtes revenu.
○ C. Elle a été reçu.

Soulignez les verbes à la voix passive dans les phrases suivantes.

Exemple : *Elle est poursuivie par un troupeau de chèvres.*

1. Mes parents et moi sommes revenus plus tôt du Mali.
2. Mon collègue et sa femme ont été félicités pour leurs recherches.
3. Nous lui avons donné une chance de s'intégrer dans l'équipe.
4. Vous êtes allés au théâtre deux fois cette semaine.
5. Ils sont ravis que vous veniez ce soir.
6. Antoine a pris sa voiture pour venir, et il s'est perdu.
7. Nos enfants ont été surpris par nos cadeaux cette année.
8. Leurs échanges ont été interrompus par cet appel.
9. Ils sont poursuivis pour détournement de fonds publics.
10. Notre fille s'est remise à la natation et a gagné des compétitions.

Repérez les erreurs éventuelles dans les phrases suivantes.

1. Ces tableaux ne sont pas encore achevé, vous ne pouvez pas les exposer.
2. Certaines de mes amies et moi sommes venues à ton mariage.
3. Ta voiture est en panne, elle a été déplacé.
4. Ma fille a été invité au mariage de son cousin éloigné.
5. Quelques personnes sont arrivées en retard et n'ont pas pu assister à la cérémonie.
6. Myriam, tu nous as été présenté par ton frère qui étudie ici.
7. Plusieurs animaux se sont enfuis à cause du bruit des machines.
8. Les filles, vous n'avez pas été gênées par le bruit de cet engin ?
9. Nous sommes allé la voir pour lui souhaiter un bon anniversaire.
10. Julia, c'est toi qui as été choisie pour le rôle ?

CORRIGÉS P. 237

71

NOUS AVONS D~~U~~

Nous avons d~~u~~ diminuer notre budget pour cette année et annuler les sorties prévues.
dû

Elle a dû chanter.

Elle a du travail.

RÈGLE

Le passé composé est souvent utilisé pour une action passée achevée. Il se construit de cette façon : auxiliaire « **avoir** » ou « **être** » au présent + participe passé du verbe (action révolue).

Exemples (avec « avoir ») : *j'ai fini ; tu as compris ; il a donné ; nous avons mis ; vous avez offert ; ils ont fait.*

À noter : le verbe « **devoir** » au participe passé s'écrit « **dû** » (avec un accent circonflexe) au masculin singulier, tandis qu'il s'écrit sans accent au féminin et au pluriel (*dû, dus, due, dues*).

⚠ Le mot « **du** » sans accent est un **article partitif** ou la contraction de « de + le ».

Exemples :
- *Je bois* ***du*** *café tous les matins.*
- *Nous parlons* ***du*** *livre de mon frère.*

EXEMPLES

- Vous avez **dû** signer le contrat à sa place.
- La somme **due** par eux était très élevée.
- M. Lefort avait **dû** remplacer son secrétaire.

EXERCICES

QUIZ

1. Parmi ces trois mots, lequel n'est pas le verbe devoir ?

○ A. dus ○ B. du ○ C. dû

2. Parmi ces trois mots, lequel est un article ?

○ A. du ○ B. due ○ C. dû

3. Parmi ces trois verbes, lequel est au participe passé ?

○ A. devait ○ B. dut ○ C. dû

Repérez les erreurs éventuelles dans les phrases suivantes.

1. Notre directeur a envoyé un courrier, nous avons dû y répondre rapidement.
2. Lise aurait dû ajouter quelques pages à son mémoire de fin d'année.
3. Nos sœurs ont du croire que nous étions sortis.
4. Christelle a du temps pour bricoler depuis qu'elle ne travaille plus.
5. La somme est dûe depuis des semaines, vous devez régler cette facture.
6. Elle n'a pas dû vous prévenir de notre venue.
7. Sylvie a-t-elle du remplir les formulaires à ma place ?
8. Les dégâts sont dûs à un incendie d'origine criminelle.
9. Florence avait du venir nous chercher à la gare.
10. Nous avons dû reconnaître que notre réussite était due à votre soutien.

Retrouvez les participes passés des temps composés dans les phrases suivantes.

1. Mes parents et moi sommes allés à la réunion organisée par l'école.
2. Mathias est à nouveau tombé en faisant du vélo.
3. Mon ami a dû revenir de l'étranger quand il a appris la nouvelle.
4. S'il a le temps, il pourra apporter du café pour les invités.
5. Si vous lui aviez dit la vérité plus tôt, il ne serait pas fâché.
6. Je ne crois pas qu'il ait dû faire demi-tour pour aller chercher ses lunettes.
7. J'ai fait une erreur dans les comptes, nous sommes débiteurs.
8. Pascal n'a pas fini de raconter ses vacances en Afrique du Sud.
9. Il ne lui a pas écrit du Brésil alors qu'il y a passé deux mois.
10. Son frère a dû nous informer qu'il allait fixer les règles du jeu.

CORRIGÉS P. 237

72 BIEN QU'IL M'~~EST~~

Bien qu'il m'~~est~~ ait proposé un poste dans son entreprise, je préfère attendre votre réponse.

LE SAVIEZ-VOUS ?

81 % des entreprises et 79 % des intermédiaires en charge du recrutement pour le compte d'entreprises considèrent l'absence de maîtrise de l'orthographe comme un obstacle pour retenir la candidature d'un cadre. D'autre part, pour 88 % des cadres interrogés, ne pas maîtriser l'orthographe constitue un obstacle pour être recruté. (APEC, 2013)

ASTUCE

Si, à la 2e personne du pluriel, on peut dire « bien que vous **ayez** », il s'agit bien du verbe « **avoir** » et non du verbe « **être** » (qu'il « **ait** », et non « qu'il **est** »).

RÈGLE

• Lorsque le verbe de la principale exprime la volonté, le désir, le refus, la crainte, le doute, le verbe de la subordonnée introduite par « QUE » est au **subjonctif**.

• Certaines conjonctions sont suivies du subjonctif.

Exemples : *bien que, pour que, afin que, avant que...*

Verbe « avoir » au subjonctif présent

Que j'aie, que tu aies, qu'il ait, que nous ayons, que vous ayez, qu'ils aient.

⚠ Le mot « **est** » est le verbe « **être** » au présent de l'indicatif.

Exemples : *il **est** encore tôt ; je sais qu'il **est** parti hier ; je crois qu'il **est** ici.*

EXEMPLES

- Je doute qu'il **ait** fini son devoir avant tout le monde.
- Nous voudrions qu'elle **ait** une bonne appréciation.
- Il faut absolument que j'**aie** les résultats avant demain.

Cf. fiches 23, 61, 62

EXERCICES

QUIZ

1. Parmi ces verbes conjugués, lequel n'est pas l'auxiliaire « avoir » ?

○ A. aie ○ B. ait ○ C. est

2. Parmi ces trois verbes, lequel est au subjonctif présent ?

○ A. est ○ B. soit ○ C. ai

3. Parmi ces trois verbes, lequel peut compléter la phrase suivante ?
Il faut qu'il ... la clé.

○ A. aie ○ B. ait ○ C. est

Retrouvez l'auxiliaire « avoir » dans les phrases suivantes.

1. Il faut toujours qu'il ait raison sur tout.
2. Nos gardiens nous ont présenté leurs vœux.
3. Nous les avons remerciés pour toute l'aide qu'ils nous ont apportée.
4. Je crains qu'il n'ait raté son train une fois de plus.
5. Il faudrait que nous ayons plus de temps pour examiner cet enfant.
6. Bien que nous n'ayons pas compris la leçon, nous avons commencé les exercices.
7. Notre cuisinier n'aura pas le temps de faire un dessert.
8. Je sais qu'il est reconnu par les plus grands spécialistes de la littérature.
9. Je n'avais pas compris qu'il était en prison pour dix ans.
10. Notre sœur aurait aimé que nous ayons prévu un repas pour la famille.

Repérez les erreurs éventuelles dans les phrases suivantes.

1. Je souhaite qu'il est de meilleurs résultats l'an prochain.
2. Je sais que Jessica est sur le point d'obtenir une mention.
3. Vous exigez qu'elle ait terminé son livre avant lundi prochain.
4. Ton ami craint que mon frère est mal lu les instructions.
5. Il ait strictement interdit de fumer sur le quai de la gare.
6. Je pense que Franck n'est pas très honnête avec nous.
7. J'ai tout fait pour qu'il est une bonne place, je ne le regrette pas.
8. Ce serait bien que l'on est le temps de se voir avant ton départ.
9. Penses-tu qu'il ait tort d'insister pour venir ?
10. La plupart du temps, on ait surpris par cet artiste quand on le découvre.

CORRIGÉS P. 237

73 JE VOUS ~~EST~~ CONTACTÉS

Je vous ~~est~~ contactés il y a trois semaines pour vous proposer mes services.
ai

ASTUCE

Si vous pouvez remplacer « je vous ai » par « il vous a » (on le conjugue à la 3e personne du singulier), il s'agit bien du verbe « avoir », il s'écrit donc bien AI avec « je ».

RÈGLE

« **J'ai** » est le verbe « **avoir** » conjugué au présent de l'indicatif. Il peut être utilisé au présent ou en tant qu'auxiliaire (suivi d'un participe passé dans un temps composé).

Exemples :
- *J'**ai** une combinaison de plongée.*
- *Je vous **ai** apporté un café. (Passé composé)*

Conjugaison de « avoir » au présent :
J'**ai**, tu **as**, il/elle/on **a**, nous **avons**, vous **avez**, ils/elles **ont**.

⚠ Le mot « **est** » est le verbe « **être** » au présent de l'indicatif, à la 3e personne du singulier. Il doit avoir un sujet (qui peut être remplacé par : *il*, *elle*, *on*, *ceci* ou *cela*).
Il peut être utilisé seul ou en tant qu'auxiliaire (suivi d'un participe passé dans un temps composé ou à la voix passive).

Exemples :
- *Il **est** tôt, elle n'**est** pas encore là.*
- *C'**est** arrivé hier.*

EXEMPLES

- Je crois que je n'**ai** pas bien compris cette leçon.
- **Ai**-je le droit de m'asseoir ici ?

Cf. fiches 72, 74

EXERCICES

QUIZ

1. Parmi ces verbes conjugués, lequel n'est pas l'auxiliaire « avoir » ?

○ A. ai ○ B. aie ○ C. est

2. Parmi ces trois verbes, lequel est au présent de l'indicatif ?

○ A. aie ○ B. soit ○ C. ai

3. Parmi ces trois verbes, lequel peut compléter la phrase suivante ?
Je t'... rendu ton manteau.

○ A. es ○ B. aies ○ C. ai

Retrouvez l'auxiliaire « avoir » dans les phrases suivantes.

1. Nos parents t'ont invitée pour leur anniversaire de mariage.
2. Je les ai attendus toute la journée pour leur annoncer la nouvelle.
3. Je crois qu'il est parti avant tout le monde.
4. Il faudrait que j'aie plus de temps pour finir de dîner.
5. Tu aimerais que j'aie confiance en toi.
6. Bien que nous n'ayons pas reçu tous les éléments, j'ai commencé à travailler.
7. Notre tante n'a pas pu se libérer pour la remise des prix.
8. Je ne sais pas s'il est respecté par énormément de professionnels.
9. Je n'avais pas compris qu'elle n'aurait pas le bon matériel.
10. J'ai préféré le film qu'il a réalisé l'année dernière.

Repérez les erreurs éventuelles dans les phrases suivantes.

1. Tu sais que je n'est pas de chance à ce jeu.
2. Je crois que Jules est sur le pont, tu peux aller le voir.
3. Vous voudriez qu'elle ait compris avant les autres.
4. Je n'est pas lu les instructions.
5. Il n'est pas prudent de traverser la route dans ce virage.
6. Elle pense que je n'est pas été très diplomate avec elle.
7. J'ai tout fait pour qu'il est son bac avec mention, je lui ai conseillé des livres.
8. Ce serait bien que j'aie mon permis avant l'été.
9. Je vous est appelé pour vous prévenir de mon arrivée, mais je me retrouve à la porte.
10. Tu es à chaque fois surpris par l'accueil qu'ils te réservent.

CORRIGÉS P. 238

74 CE POSTE ~~ET~~ POUR MOI

Ce poste ~~et~~ est pour moi une réelle chance d'avancer dans la vie professionnelle.

ASTUCE

Si vous pouvez le remplacer par « était » (on le conjugue à l'imparfait), il s'agit du verbe « être », il s'écrit donc bien EST.

RÈGLE

Le mot « **est** » est le verbe « être » conjugué au présent, à la troisième personne du singulier. Il doit avoir un sujet (qui peut être remplacé par : *il*, *elle*, *on*, *ceci* ou *cela*). Il peut être utilisé seul ou en tant qu'auxiliaire (suivi d'un participe passé dans un temps composé ou à la voix passive).

Exemples : *Cet homme* ***est*** *le directeur. Le recevoir* ***est*** *urgent.*

Conjugaison de « être » au présent

Je **suis**, tu **es**, il/elle/on **est**, nous **sommes**, vous **êtes**, ils/elles **sont**.

⚠ Le mot « **et** » est une **conjonction de coordination** : un mot qui unit entre eux des éléments semblables.

Exemples : *Myriam* ***et*** *Valérie s'entendent bien. Elles sont engagées* ***et*** *solidaires.*

EXEMPLES

- Rendre des rapports régulièrement **est** très important.
- Il **est** impératif que nous partions tôt demain matin.
- Chacun d'entre vous s'**est** rendu au moins une fois en Angleterre.

Cf. fiche 39

EXERCICES

QUIZ

1. Parmi ces trois mots, lequel n'est pas le verbe « être » ?

○ A. et ○ B. est ○ C. es

2. Parmi ces trois mots, lequel est le verbe « être » conjugué ?

○ A. ait ○ B. soit ○ C. soi

3. Parmi ces trois formes du verbe « être », lequel contient une erreur ?

○ A. ètes ○ B. sommes ○ C. es

4. Classez ces trois mots par nature : 1. ***verbe*****, 2.** ***nom*****, 3.** ***conjonction.***

○ A. haie ○ B. et ○ C. est

Reliez les deux parties de phrases.

1. Sabine a fait ses bagages **et**
2. Je pense que cette personne **est**
3. Vous accompagnerez le responsable **et**
4. L'équipe ne sait pas quelle **est**
5. Depuis l'année dernière, notre gardien **et**
6. La plupart du temps, nous chantons **et**
7. Muriel nous demande si sa proposition **est**
8. Si vous le souhaitez, Béatrice **et**
9. Ce pâtissier semble ravi, il **est**
10. Je suis certaine qu'Éléonore **est**

- au courant de notre projet.
- nous dansons à la fin du repas.
- sa mère viendront vous chercher.
- elle a quitté le pays.
- intéressante.
- la procédure habituelle.
- sa femme sont installés ici.
- vous lui montrerez les planches.
- cité dans un grand magazine.
- venue pour nous faire une surprise.

Repérez les erreurs éventuelles dans les phrases suivantes.

1. Est-ce bien Thomas qui et parti sans laisser son adresse ?
2. Ce professeur n'est pas réputé pour être indulgent avec les élèves.
3. Cet antiquaire vend des meubles est il les restaure.
4. Notre grand-mère est une excellente cruciverbiste.
5. Chaque personne arrive et confie ses affaires au vestiaire.
6. Le fils de ma sœur et rentré très tard, on ne l'a pas vu.
7. Nous avons écouté la conférence et nous avons noté l'essentiel de ce qui a été dit.
8. Je suis certaine que Vanessa est sa sœur viendront demain à la fête.
9. Sabrina et actuellement à l'étranger, elle ne rentre que dans une semaine.
10. Chacun est libre de s'exprimer lors des réunions de chantier.

CORRIGÉS P. 238

75 ELLE A ÉT~~AIT~~

VIDÉO 1 VIDÉO 19

J'ai validé avec succès la mission qui m'a ét~~ait~~ confiée lors de ce stage de trois mois.
été

L'AVIS D'UN RECRUTEUR

« Dans une lettre de motivation, une grave erreur de ce type prouve que la structure de la phrase n'est pas acquise, et suggère que le candidat ne saura pas s'exprimer clairement dans le cadre professionnel. Si je rencontre cette erreur, je rejette la candidature immédiatement, sans même lire la fin du courrier. »
Nicolas Vidal, ingénieur responsable de programmes immobiliers

RÈGLE

- Le passé composé est souvent utilisé pour une action passée achevée. Il se construit de cette façon :

Auxiliaire « **avoir** » ou « **être** » au présent
+ participe passé du verbe (action révolue)

- Les terminaisons des participes passés : -**é** (aimé, été), -**i** (fini, sorti), -**u** (lu, reçu), -**s** (pris, mis), -**t** (fait, écrit).

Exemples (avec « avoir ») : *J'**ai** fini, tu **as** compris, il/elle/on **a** donné, nous **avons** mis, vous **avez** offert, ils/elles **ont** fait.*

Le passé composé du verbe « être » se construit avec avoir
J'**ai** été, tu **as** été, il/elle/on **a** été, nous **avons** été, vous **avez** été, ils/elles **ont** été.

⚠ « **Était** » est le verbe « être » à l'imparfait, c'est un temps **simple**, il ne peut jamais suivre l'auxiliaire « avoir ».

Exemples :
– *Cette réunion **était** nécessaire.*
– *Elle **était** là avant nous.*

EXEMPLES

- M. Legrand a **été** surpris de nous voir à la conférence.
- Tu as **été** sage jusqu'à la fin du voyage.
- La fenêtre a **été** réparée, heureusement !

EXERCICES

QUIZ

1. Parmi ces trois mots, lequel n'est pas l'auxiliaire « avoir » ?

○ A. a ○ B. ait ○ C. est

2. Parmi ces trois verbes, lequel est à l'imparfait ?

○ A. cousait ○ B. serait ○ C. été

3. Parmi ces trois verbes, lequel est un participe passé ?

○ A. jetais ○ B. été ○ C. jetait

Retrouvez les participes passés dans les phrases suivantes.

1. Nous avons essayé de lui rendre visite, car il ne répondait pas au téléphone.
2. La machine à coudre est tombée en panne hier soir.
3. Mon ami leur a parlé de ses découvertes, ils étaient étonnés !
4. S'il était venu, il aurait sûrement adoré cet endroit.
5. Qu'avez-vous dit à votre responsable de la communication ?
6. Je ne crois pas qu'il ait permis à son collègue de consulter ses dossiers.
7. J'ai préféré qu'il me donne son avis avant de publier mon article.
8. Christophe a été très vigilant, il a conduit pendant toute la nuit.
9. Il lui a été reconnaissant de ne pas le renvoyer.
10. Son frère nous a informés qu'il était en Espagne pour une semaine.

Repérez les erreurs éventuelles dans les phrases suivantes.

1. Mon avocat a envoyé le contrat, nous l'avons reçu hier.
2. Ce médecin t'a était recommandé par ta sœur.
3. Un chapitre a été ajouté au mémoire de Ludivine, je vais le lire au plus vite.
4. Ils vous ont demandé de relire le dossier qui été sur le bureau.
5. Le professeur l'a renvoyée, car elle a était insolente.
6. Ils avaient échangé leur maison pour les vacances, c'était une bonne idée.
7. Il ne vous a pas était demandé de garder les enfants cette fois-ci.
8. Johanna a-t-elle été déçue d'apprendre que j'avais été choisie pour le rôle ?
9. Mélissa pense avoir était très sérieuse, elle ne se rend pas compte de ses erreurs.
10. Quelle a été sa réaction quand elle a vu la nouvelle décoration ?

CORRIGÉS P. 239

76 JE SOUHAITE VOUS EXPOSE~~Z~~

Je souhaite vous expose~~z~~ plus longuement les compétences que je sais pouvoir vous apporter. exposer

ASTUCE

Si le verbe se finissant par le son [é] peut être remplacé par « faire », c'est qu'il est à l'infinitif et qu'il se termine par « ER ».

RÈGLE

Les verbes se terminant par « **ER** » sont à l'**infinitif** : une forme nominale du verbe (non conjugué à un temps et une personne) qui exprime l'idée de l'état ou de l'action de façon abstraite. Après un verbe (excepté les auxiliaires « être » et « avoir »), le verbe est à l'infinitif.

Exemples :
- *Nous allons* ***partir****.*
- *Il faut* ***encourager*** *cet enfant.*
- *Je souhaite* ***parler****.*

⚠ « **EZ** » (ou « **IEZ** ») est la terminaison des verbes conjugués à la deuxième personne du pluriel, lorsque le sujet peut être remplacé par le pronom « vous ».

Seules exceptions : vous **dites**, **faites**, **êtes** + le passé simple (vous fûtes, vous eûtes).

EXEMPLES

- Nous voulons vous **présenter** M. Martin.
- Vas-tu **réparer** tout seul cette machine ?
- Il souhaite **chanter** pour leur mariage.

Cf. fiches 79, 88

EXERCICES

QUIZ

1. Parmi ces trois verbes, lequel est à la 2e personne du pluriel ?

○ A. changé ○ B. mettez ○ C. ménager

2. Parmi ces trois verbes, lequel est à l'infinitif ?

○ A. dites ○ B. changez ○ C. ranger

Retrouvez les verbes à l'infinitif dans les phrases suivantes.

1. Vous avez tendance à nous raconter des histoires peu crédibles.
2. Louis songe sérieusement à quitter Paris, voire la France.
3. Vous parlez d'appeler un architecte d'intérieur pour transformer votre appartement.
4. Son voisin va rester seul ce soir, il n'a pas envie de fêter leur victoire.
5. Lisa va finir par se lasser d'être considérée comme une simple employée.
6. Vous êtes partie sans laisser d'adresse à votre gardienne.
7. Je voudrais vous inviter à prendre un café chez moi demain.
8. Je vous conseille de ne pas utiliser ce distributeur.
9. Vous devez demander son avis au propriétaire avant de commencer des travaux.
10. Nous ne sommes pas venus pour critiquer ces artistes, mais pour les encourager.

Classez les verbes en italique et en gras dans les deux colonnes du tableau.

Deuxième personne du pluriel	Infinitif

1. Vous ne ***pouvez*** pas ***entrer*** si vous n'***avez*** pas votre invitation.
2. Si vous ***prévoyez*** de ***préparer*** un repas, je peux ***apporter*** du vin.
3. Vous ***avez*** déjà vu ce film, alors je vous demande de ne pas me le ***raconter***.
4. Si vous ***dites*** toujours la vérité, vous ***risquez*** de ***vexer*** ces personnes.
5. Vous ***allez*** prendre trop de poids pour ***continuer*** ce sport.
6. Ne ***soyez*** pas trop impatiente, les résultats seront envoyés, vous ***allez*** les ***recevoir***.
7. Comme vous ne ***savez*** pas ***parler*** en public, je pense vous y ***aider***.
8. C'est bien vous qui ***allez*** souvent vous ***baigner*** dans cette rivière ?
9. ***Pensez*** bien à vous ***présenter*** à l'accueil, je vous y rejoindrai.
10. Vous ***êtes*** persuadée que vous ***allez*** vous ***tromper*** !

CORRIGÉS P. 239

77 J'AI FAIS

Je souhaite occuper ce poste avec tout le sérieux et l'enthousiasme dont j'ai fais preuve dans la poursuite de mes études. fait

L'AVIS D'UN RECRUTEUR

« C'est une faute malheureusement souvent rencontrée. Quand l'erreur est isolée, elle n'est pas un motif de refus de candidature : elle peut être simplement une faute de frappe. Cela donne tout de même un *a priori* négatif, car on sait que le courrier n'a pas été relu. Attention, si une autre faute du même type apparaît, c'est le rejet assuré ! »

Nicolas Vidal, ingénieur responsable de programmes immobiliers

ASTUCE

Pour trouver le participe passé d'un verbe :
On cherche sa forme à la voix passive au féminin, puis on enlève le « e ».

Exemples : *Faire → (« La chose a été... ») « faite », puis on le met au masculin : « fait ».*
Prendre → (« la chose a été... ») « prise » → « pris ».

RÈGLE

Le passé composé est souvent utilisé pour une action passée achevée. Il se construit de cette façon :

Auxiliaire « **avoir** » ou « **être** » au présent
+ participe passé du verbe (action révolue)

Exemples (avec « avoir ») : *j'**ai** fini, tu **as** compris, il **a** donné, vous **avez** offert, ils **ont** fait.*

Participes passés de verbes courants du troisième groupe : pris, mis, offert, éteint, craint, ouvert, fait, écrit, dit, prescrit, inscrit, bu, lu, vu, cru, su, eu, crû (croître), dû (devoir), tu (taire), été, acquis, conquis, requis, conclu, exclu, incl**us**, recl**us**...

⚠ « **Fais** » est le verbe « **faire** » au présent de l'indicatif à la 1re et à la 2e personne du singulier (*je fais, tu fais*) ou à l'impératif.

EXEMPLES

- Nous avons **appris** le décès de M. Martin hier matin.
- As-tu **remis** le dossier à sa place ?
- Nous avons **fait** le ménage dans le bureau.

EXERCICES

QUIZ

1. Parmi ces trois mots, lequel n'est pas l'auxiliaire « avoir » ?

○ A. ont ○ B. ait ○ C. à

2. Parmi ces trois verbes, lequel n'est pas au présent de l'indicatif ?

○ A. finit ○ B. mis ○ C. dis

3. Parmi ces trois verbes, lequel est au participe passé ?

○ A. remis ○ B. lis ○ C. rit

Retrouvez les participes passés dans les phrases suivantes.

1. Mes parents et moi avons contredit le journaliste.
2. Je te dis que je n'ai pas compris son intervention.
3. Mon ami leur a remis les clés de sa maison pour qu'ils la visitent en son absence.
4. Vous avez appris que votre projet ne serait pas retenu.
5. Si vous lui aviez dit la vérité plus tôt, il ne serait pas venu ce soir.
6. Je ne crois pas qu'il ait permis à son voisin de se garer sur sa place.
7. Je pense avoir pris tout ce qu'il faut pour le pique-nique.
8. Mathieu n'a pas fini de nous expliquer le fonctionnement de la machine.
9. Il ne leur a pas écrit quand il est parti plusieurs mois au Mexique.
10. Son fils a été inscrit au cours d'anglais, il aime beaucoup cette langue.

Repérez les erreurs éventuelles dans les phrases suivantes.

1. Tu es embêté, tu n'as pas fait de discours pour les remercier.
2. Karina t'a remit les documents pour la réunion.
3. As-tu écris au directeur de l'établissement pour lui parler de tes recherches ?
4. Mon collègue a soumit ses idées sur l'environnement au conseil.
5. Il a admis ses erreurs et a bien voulu changer de comportement.
6. Je n'ai pas fais de sport depuis un mois.
7. Je n'ai pas souvent ri à ses blagues, pourtant il continue à m'en raconter.
8. Anthony a-t-il requis l'aide de son frère pour écrire son mémoire ?
9. Tu as éteins l'ordinateur avant que les modifications ne soient enregistrées.
10. Nous avons conclu notre exposé par la projection de ce court-métrage.

CORRIGÉS P. 240

78 NOUS FONCTIONNONX

fonctionnons
Nous fonctionnonx avec des financements publics et privés depuis plus de vingt ans.

ASTUCE

La terminaison « **-ONS** » à la première personne du pluriel est formée de trois lettres que l'on retrouve dans « **NOUS** ».

RÈGLE

Dans cette phrase, le sujet est « **nous** ». La terminaison la plus fréquente à la 1re personne du pluriel est « -**ONS** ».

Exemples :
- *Nous ir**ons** à la piscine demain.*
- *Nous avi**ons** deux chats quand nous éti**ons** enfants.*
- *Nous choisiss**ons** le plat principal.*

Seules exceptions
- *Nous sommes* (verbe « être » au présent).
- Tous les verbes au passé simple (*ex. : nous chantâmes, nous allâmes, nous partîmes, nous vînmes, nous fûmes, nous eûmes, nous bûmes*).

EXEMPLES

- Je pense que nous pouv**ons** commencer la réunion.
- Emmèner**ons**-nous les enfants à la soirée ?
- Nous aimer**ions** rencontrer le responsable de l'établissement.

Cf. fiche 86

EXERCICES

QUIZ

1. Parmi ces groupes de mots, lequel peut être remplacé par le pronom « nous » ?

- ○ A. mes amis
- ○ B. elle et moi
- ○ C. les filles et vous

2. Parmi ces trois verbes, lequel peut être précédé de « nous » ?

- ○ A. achèteront
- ○ B. viendrions
- ○ C. partiront

3. Parmi ces groupes de mots, lequel ne peut pas être remplacé par « nous » ?

- ○ A. sa mère et moi
- ○ B. les nôtres
- ○ C. toi et moi

Soulignez les sujets à la première personne du pluriel.

1. Mes parents et moi sommes partis à l'étranger pendant deux ans.
2. Mon fils et sa fiancée vont se marier l'an prochain.
3. Nous ne leur avons pas donné assez de temps pour finir leur projet.
4. Mes collègues nous rejoindront pour le colloque.
5. Depuis que nous nous connaissons, j'ai fait beaucoup de progrès en anglais.
6. Prochainement, toi et moi aurons beaucoup de succès avec notre innovation.
7. Nos enfants nous ont surpris en venant nous rendre visite sur notre lieu de vacances.
8. Nous vous avions déjà parlé de ce livre, vous ne l'aviez pas encore lu.
9. Ses amis et moi lui préparons une surprise pour son anniversaire.
10. Notre fille et Paloma nous rejoindront dans l'après-midi.

Repérez les erreurs éventuelles dans les phrases suivantes.

1. Ils ne nous comprendrons jamais, j'en ai bien peur.
2. Quelques collègues et moi viendront t'accueillir à l'aéroport.
3. Ta fille et moi ne nous connaissions pas avant cette soirée.
4. Leurs bons résultats pourront les aider à être acceptés dans cette école.
5. Il faudrait que nous apportiont notre contribution.
6. Jean et Marc nous donneront leur avis sur notre projet.
7. Les ouvriers et moi les recevront pour leur faire visiter l'usine.
8. La plupart du temps, nous les attendont devant chez eux.
9. Léa, Charlotte et moi, tous les jours de la semaine, dormiront à l'internat.
10. Il aimerait que nous chargions le camion avant son arrivée.

CORRIGÉS P. 240

79 N'HÉSITÉ PAS

N'hésitez

N'hésité pas à me contacter pour tout renseignement complémentaire ou pour convenir d'un rendez-vous.

L'AVIS D'UN RECRUTEUR

« L'entretien avec ce candidat s'était pourtant plutôt bien passé et une seule faute d'orthographe dans un e-mail a suffi à semer le doute et à écarter sa candidature. Force est de constater qu'effectivement l'orthographe est devenue un critère de recrutement et que le fond ne l'emporte plus sur la forme quand il y a un large choix de candidats ! »

Anne-Laure Giraud, responsable RH

ASTUCE

Si l'on peut mettre le pronom « **vous** » devant le verbe, c'est qu'il s'agit de la 2e personne du pluriel et que la terminaison du verbe est « -EZ ».

Exemple : *(Vous) n'hésitez pas.*

RÈGLE

• L'**impératif** est un **mode** en conjugaison qui exprime un ordre, une défense ou un conseil. Il n'existe que trois personnes à ce mode : la 2e du singulier, la 1re du pluriel et la 2e du pluriel. Le pronom personnel sujet n'est pas exprimé.

Exemples : *Sors de là ! Regarde ! Écoutez bien ! Allons-y !*

• La terminaison des verbes à la deuxième personne du pluriel (« vous ») est « -EZ ».
Seules exceptions : *dites, faites.*

⚠ Les verbes se terminant par « **é** » sont au participe passé, c'est-à-dire une **forme du verbe** utilisée pour une action passée (*j'ai **chanté***), pour la voix passive (*le lait a été **renversé***) ou en tant qu'adjectif (*les parents sont **exténués***).

EXEMPLES

- Ne **prenez** pas la route trop tard, les routes sont sinueuses.
- **Croyez**-moi, ce livre est intéressant.
- N'y **allez** pas sans moi, **attendez**-moi.

Cf. fiches 63, 84, 88

EXERCICES

QUIZ

1. Parmi ces trois mots, lequel est un verbe au participe passé ?

○ A. mit ○ B. donnez ○ C. donné

2. Parmi ces trois verbes, lequel est à l'impératif ?

○ A. es ○ B. êtes ○ C. faites

Retrouvez les verbes à l'impératif dans les phrases suivantes.

1. Tes parents et toi, venez donc nous rendre visite l'été prochain !
2. Vous avez refusé de donner votre numéro de téléphone au vendeur.
3. Lucie, vous sortez immédiatement !
4. Si tu as le temps, apporte-moi le dossier pour que je le lise.
5. Si vous lui dites la vérité, il vous croira et vous remerciera.
6. Ne dites pas à vos amis que je vous ai réservé la meilleure place.
7. Je vous conseille de ne pas emprunter l'autoroute aujourd'hui.
8. Mona n'a pas parlé à ses voisins depuis deux mois.
9. Vous ne lui donnez pas d'amande, j'espère ! Il pourrait s'étouffer !
10. Aie confiance en lui, il a déjà organisé ce genre d'événement.

Classez les verbes en italique et en gras dans les trois colonnes du tableau.

Participe passé	Impératif présent	Indicatif présent

1. Vous ne vous ***êtes*** pas ***lavé*** les mains avant de passer à table.
2. Ne ***prévoyez*** rien demain, je vous ***emmène*** au musée.
3. ***Dites***-moi si vous ***êtes*** déjà ***allé*** dans ce cinéma.
4. Si vous ***atteignez*** la ville avant la nuit, ***prévenez***-nous !
5. Si vous ne ***faites*** pas attention, vous ***allez*** prendre trop de poids pour continuer ce sport.
6. Ne ***soyez*** pas trop impatient, les réponses arriveront bientôt, vous ***avez*** bien ***travaillé***.
7. Vous ne ***savez*** pas nager et vous ***avez faili*** vous noyer !
8. C'est vous qui ***avez*** fréquemment ***fait*** appel à moi pour les travaux.
9. N'***hésitez*** pas à nous solliciter, nous ***connaissons*** bien ce projet.
10. Quels que soient les résultats du concours, ne vous ***découragez*** pas, vous ***êtes*** douée.

CORRIGÉS P. 240

80 IL ~~L'A~~ DEMANDE

Je vous envoie ma lettre de recommandation, le directeur ~~l'a~~ la demande.

ASTUCE

Si vous pouvez remplacer « LA » par « LES », c'est que « LA » est en un seul mot.

RÈGLE

« **La** » dans cette phrase est un pronom personnel complément d'objet direct (COD). Il remplace un nom ou un groupe nominal qui répond à la question « quoi ? » ou « qui ? » après le verbe.

Groupe nominal COD	Pronom COD
Je regarde **Marie**.	Je **la** regarde.
Je regarde **mon frère**.	Je **le** regarde.
Je regarde **ces oiseaux**.	Je **les** regarde.
J'apporte **du café**.	J'**en** apporte.

⚠ « **L'a** » est un ensemble de **deux mots** : le pronom « le » ou « la » associé à l'auxiliaire « avoir », qui peut être utilisé seul ou suivi d'un participe passé (au passé composé). On met une apostrophe pour que les deux voyelles ne se suivent pas. Si l'on change « la » ou « le » par « les », on entend « les a » en deux mots.

Exemples :

– *Il **l'a** vue hier. → Il **les a** vues.*
– *Elle **l'a** en tête. → Elle **les** a en tête.*

EXEMPLES

- Nous ne voulons pas que tu perdes ta montre, nous **la** rangeons dans ce tiroir.
- Je voudrais visiter cette maison, je **la** trouve belle.

Cf. fiche 81

EXERCICES

QUIZ

1. Lequel de ces mots est un verbe au présent de l'indicatif ?

○ A. a ○ B. demanda ○ C. a vu

2. Parmi ces trois mots en gras, lequel est un pronom COD ?

○ A. Elle **leur** téléphone.

○ B. Il **l'**écoute.

○ C. Elle invite **la** directrice.

3. Parmi ces deux phrases, laquelle est mal orthographiée ?

○ A. Il la voit. ○ B. Il l'a voit.

Retrouvez les pronoms COD dans les phrases suivantes.

1. Mes parents et moi allons la chercher à l'aéroport.
2. Tes cousins nous le confieront sûrement.
3. Ils leur téléphonent et les accompagnent à la fête.
4. Quand l'avez-vous appelé pour la dernière fois ?
5. Ils adorent cuisiner, ils le font souvent ensemble.
6. Je revois cet ami et je l'invite chez moi.
7. Notre professeur ne la remarque pas.
8. L'avocate les reçoit dans son bureau et les conseille.
9. Il ne me force jamais à prendre la parole en public, car je ne suis pas à l'aise.
10. Notre idée ne l'a pas séduit, il ne la trouve pas drôle.

Repérez les erreurs éventuelles dans les phrases suivantes.

1. Ma cousine nous l'apportera demain matin.
2. Il ne la pas remerciée assez souvent pour son investissement.
3. Tu veux cette voiture, ton frère te l'a donne.
4. Ses parents ne la croient pas capable de réussir cet examen.
5. Leur assistante ne la pas corrigé avant la réunion.
6. L'a-t-il chargé de traduire tous les scénarios ?
7. La police ne l'a pas arrêté, il est en cavale.
8. Éléonore n'aime plus cette œuvre et l'a revend sur ce site.
9. L'hôtesse l'a accompagnée jusqu'à la salle de réunion.
10. Sandra ne l'a voit pas souvent au cours de danse.

CORRIGÉS P. 241

81

ELLE ~~LA~~ APPORTÉ

J'ai lu votre dossier de présentation, votre assistante ~~la~~ l'a apporté lors de notre entretien.

L'AVIS D'UN RECRUTEUR

« Pour moi, il s'agit ici d'une faute rédhibitoire. Cela nuit à la compréhension immédiate du propos, et cela révèle des lacunes sévères sur les bases mêmes du français. Dans un métier (réceptionniste) où les équipes sont amenées à répondre par courriel aux demandes des clients, c'est la crédibilité et le sérieux de l'établissement hôtelier qui peuvent être affectés. »

Cécile Richard, responsable hébergement d'un hôtel 4 étoiles

ASTUCE

Si vous pouvez remplacer « LA » par « LES A », c'est que « L'A » s'écrit en deux mots.

RÈGLE

« **L'a** » est un ensemble de **deux mots** : le pronom « le » ou « la » associé à l'auxiliaire « avoir », qui peut être utilisé seul ou suivi d'un participe passé (au passé composé). On met une apostrophe pour que les deux voyelles ne se suivent pas. Si l'on change « **la** » ou « **le** » par « **les** », on entend « **les a** » en deux mots.

SUJET + **l' (le/la)** + **A** (« **avoir** » à la 3e personne du singulier)

Exemples :

– *Il **la/le** voit → il **l'a** vu(e).*
– *Il **l'a** vue hier. → Il **les a** vues.*

Groupe nominal COD	Pronom COD
Il a vu **ce film**. Elle a **le dossier**. On a trouvé **cette clé**.	Il **l'a** vu. Elle **l'a**. On **l'a** trouvée.

⚠ « **La** » est un pronom personnel complément d'objet direct. Il remplace un nom ou un groupe nominal qui répond à la question « quoi ? » ou « qui ? » après le verbe et se trouve uniquement devant un verbe aux temps simples.

EXEMPLES

- Pour ne pas perdre sa carte, il **l'a** rangée dans ce tiroir.
- Il a visité cette maison et **l'a** trouvée belle.

Cf. fiche 80

EXERCICES

QUIZ

1. Lequel de ces mots est un verbe au passé composé ?

○ A. a cru ○ B. demande ○ C. crut

2. Parmi ces trois mots en gras, lequel est un pronom COD ?

○ A. Elle **leur** téléphone.

○ B. Il **l'**écoute.

○ C. Elle invite **la** directrice.

3. Parmi ces trois phrases, laquelle est bien orthographiée ?

○ A. Elle l'a accompagné. ○ B. Il la vue. ○ C. Il l'a croit.

Repérez les erreurs éventuelles dans les phrases suivantes.

1. L'infirmière l'a examiné ce matin, tout allait bien.
2. Ton cousin la remise à son gardien.
3. Il la rend à sa voisine dans les temps.
4. Quand l'a-t-elle rejoint en Espagne ?
5. Il a demandé une augmentation et la obtenue.
6. Je ne la reçois pas chaque mois, je ne dois pas être sur la liste de diffusion.
7. Notre professeur ne la pas entendu quand il a posé cette question.
8. L'avocate la reçoit dans son bureau et étudie son dossier.
9. Il ne l'a force pas à venir à sa fête si elle n'en a pas envie.
10. Notre idée ne l'a pas séduit, il ne la pas trouvée assez originale.

Repérez les pronoms personnels compléments d'objet directs (COD).

1. Ma cousine nous l'apportera demain matin.
2. Il ne l'a pas remerciée assez souvent pour son investissement.
3. Tu as besoin de cette tente pour camper, ton frère va te la prêter.
4. Ses employés ne lui font pas confiance et ne l'apprécient pas.
5. Mon assistante l'a retrouvé dans le coffre de sa voiture.
6. On l'a entamé hier et terminé ce matin !
7. Les policiers ne lui ont pas demandé de témoigner.
8. Karen a invité ses amis et les a reçus comme des princes.
9. L'hôtesse les a accompagnées jusqu'à leur place près du hublot.
10. Les ouvriers leur ont dit que les travaux avançaient bien.

CORRIGÉS P. 241

82 POUR LES METTRES

Mes années d'études m'ont apporté des connaissances, je souhaite intégrer votre équipe pour les mettres à profit.
mettre

LE SAVIEZ-VOUS ?

60 % des 60 000 CV reçus chaque année sont rejetés en raison d'erreurs dont les plus fréquentes concernent les déficiences en grammaire, ponctuation et orthographe.
(Étude menée par le cabinet de recrutement EUROBASE PEOPLE « Skills : CVs are let down by bad grammar », Will Hadfield, *Computer Weekly*. 8/23/2005, p. 19)

RÈGLE

• Après un verbe conjugué (excepté « avoir » et « être ») ou une **préposition** (*à*, *de*, ***pour***, *par* et *sans*), le verbe est à l'**infinitif**.

• Les verbes à l'infinitif (comme « mettre ») sont **invariables**, même lorsqu'ils sont précédés d'un pronom* au pluriel (comme « les » ou « leur »).
Exemple : *Je penserai à les* ***lire***.

* Les pronoms remplacent le groupe nominal COD ou la proposition COD.

Liste des pronoms COD (répondant à la question « qui ? » ou « quoi ? » après le verbe) : **le**, **la**, **les**, **me**, **te**, **se**, **nous**, **vous**, **en**, **que**.

Liste des pronoms COI (répondant à la question « à qui ? », « à quoi ? », « de qui ? », « de quoi ? » après le verbe) : **lui**, **leur**, **me**, **te**, **se**, **nous**, **vous**, **y**, **en**, **dont**.

EXEMPLES

- Je suis là pour les apprendre.
- Fanny parle souvent de leur écrire.
- Il va venir nous les rendre demain.

Cf. fiche 76

EXERCICES

QUIZ

1. Lequel de ces verbes est à l'infinitif ?

○ A. prendre ○ B. rende ○ C. classé

2. Parmi ces trois mots en gras, lequel est un pronom ?

○ A. Elle attend **les** enfants. ○ B. Il va **les** voir.
○ C. **Les** invités arrivent.

3. Parmi ces trois phrases, laquelle est mal orthographiée ?

○ A. Je peux les rendre. ○ B. Tu veux les mettres.
○ C. Elle pense à leur apprendre.

Repérez les erreurs éventuelles dans les phrases suivantes.

1. Ma cousine va te les lires pour que tu sois au courant.
2. Ma fille veut leur répondre pour les rassurer.
3. Peu de personnes savent les écrires correctement.
4. Mes amis pensent les convaincres d'acheter ce téléphone.
5. Leur mère ne pourra pas nous rejoindre demain.
6. Souhaitez-vous leur apprendres la bonne nouvelle ?
7. Quel chantier ! Les ouvriers viennent de les abattre.
8. Margot a fini par les croires, mais ce n'était pas facile.
9. Tu viens les remettres en personne demain à la réunion.
10. Tu sais les écouter sans les interrompre, ce qui est rare.

Remplacez les groupes COD ou COI soulignés par des pronoms.

Exemple : *Je vais acheter <u>des fournitures</u>. → Je vais* ***en*** *acheter.*

1. Quelques amis viennent voir <u>les nouveaux robots</u>.
2. La sœur de Muriel veut soutenir <u>cet artiste</u>.
3. Il va s'inspirer <u>de mes idées</u> pour ses travaux.
4. Je ne peux pas comprendre <u>son comportement</u>.
5. J'ai pris mes affaires et je vais lui rendre <u>son pantalon</u>.
6. Ils pensent répondre <u>à tous les abonnés</u>.
7. Ses élèves vont utiliser <u>des études américaines</u> pour leur mémoire.
8. Notre responsable pense convaincre <u>les actionnaires</u>.
9. Julie ne sait pas si elle doit croire <u>tous ces sondages</u>.
10. Je compte faire référence <u>à ces ouvrages</u>.

CORRIGÉS P. 242

83

LES QUALITÉS QU'IL NÉCESSITE~~NT~~

J'ai d'ailleurs effectué des stages dans ce domaine afin de me rendre compte des qualités qu'il nécessite~~nt~~.
nécessite

RÈGLE

La terminaison « -**e** » est celle des verbes conjugués au présent à la **1re ou à la 3e personne du singulier** lorsque le sujet peut être remplacé par le pronom « je », « il », « elle » ou « cela ».
Dans cette phrase, le sujet est « il », donc la terminaison du verbe est « -**e** ».

⚠ Les verbes conjugués aux temps simples (comme le présent, l'imparfait, le futur de l'indicatif) ne changent pas de forme en fonction du COD. Ils sont toujours reliés au sujet. Le complément d'objet direct (**COD**) complète le verbe et répond à la question « quoi ? » ou « qui ? » après le verbe. Il est parfois sous forme de pronom (*me, te, nous, le, la, les, que*) et se place alors avant le verbe.

Exemples :
- *Il apporte ses affaires → Il les apporte.*
- *Il donne des punitions, elles sont injustes. → Les punitions qu'il donne sont injustes.*

EXEMPLES

- Les vêtements qu'il **emprunte** doivent être rapportés lavés et repassés.
- Les changements que cela **entraîne** sont considérables.

Cf. fiches 65, 82

EXERCICES

QUIZ

1. Lequel de ces mots est un verbe au présent de l'indicatif ?

○ A. habile ○ B. parle ○ C. dune

2. Parmi ces trois mots en gras, lequel est un pronom COD ?

○ A. Elle **les** attend. ○ B. Il **leur** parle. ○ C. Elle invite **les** élèves.

3. Parmi ces trois phrases, laquelle est mal orthographiée ?

○ A. Les photos que tu retouches.

○ B. Les robes qu'elle portent.

○ C. Il les lance.

Repérez les erreurs éventuelles dans les phrases suivantes.

1. Ma collègue vous les donnent rapidement.
2. Elle ne leur prêtes pas ses affaires, elle n'a pas confiance en eux.
3. Ces personnes me demandent leur chemin.
4. Les cours que je donnes sont gratuits.
5. Leur sœur nous ramènent après le spectacle.
6. Pensez-vous qu'elles leur demandent leur avis ?
7. Les travaux que l'ouvrier effectuent sont dangereux.
8. Laure aime ces œuvres et vous les explique.
9. Les conseils qu'elle nous donnes sont judicieux.
10. Je ne les écoute pas suffisamment, ils s'en plaignent.

Retrouvez les sujets des verbes soulignés dans les phrases suivantes.

1. Mes parents ne le <u>croient</u> pas.
2. Son cousin nous les <u>confie</u> pour les vacances.
3. Les contrats que mon responsable <u>signe</u> sont importants.
4. Quelle horloge <u>choisirez</u>-vous ?
5. La directrice de l'établissement les <u>convoque</u> régulièrement.
6. Les amis que Jean-Jacques <u>invite</u> sont les plus fidèles.
7. Notre professeur les <u>aborde</u> au deuxième trimestre.
8. L'avocate vous les <u>conseille</u>.
9. Il ne te <u>porte</u> plus, tu as trop grandi.
10. Notre amie nous en <u>rapporte</u> souvent de Grèce.

CORRIGÉS P. 242

84 J'AI BIEN NOT~~ER~~

noté
J'ai bien not~~er~~ les quatre missions du poste que vous proposez et je vous envoie ma candidature.

ASTUCE

Si l'on peut remplacer le verbe en [é] par « fait » (participe passé), c'est que le son [é] s'écrit « -é- ».

RÈGLE

• Le passé composé est souvent utilisé pour une action passée achevée. Il se construit de cette façon :

Auxiliaire « **avoir** » ou « **être** » au présent
+ participe passé du verbe (action révolue)

Exemples (avec « avoir ») : *j'**ai** fini, tu **as** compris, il **a** donné, vous **avez** offert, ils **ont** fait.*

• Tous les verbes du premier groupe font leur participe en « **é** ». On peut ensuite ajouter « e », « s » ou « es » selon l'accord.

⚠ Les verbes se terminant par « **er** » sont à l'**infinitif** : une forme nominale du verbe (non conjugué à un temps et une personne) qui exprime l'idée de l'état ou de l'action de façon abstraite.

Exemple : ***Danser** me fait du bien, j'adore **sortir**.*

EXEMPLES

• Nous avons **appelé** M. Martin pour fixer un rendez-vous.
• As-tu **fabriqué** tout seul cette machine ?
• Il a **chanté** toute la soirée.

Cf. fiches 59, 76

EXERCICES

QUIZ

1. Parmi ces trois mots, lequel n'est pas l'auxiliaire « avoir » ?

○ A. ont ○ B. ait ○ C. à

2. Parmi ces trois verbes, lequel est à l'infinitif ?

○ A. cousu ○ B. dîner ○ C. mariné

3. Parmi ces trois verbes, lequel est au participe passé ?

○ A. changé ○ B. mettre ○ C. faciliter

Retrouvez les participes passés des temps composés dans les phrases suivantes.

1. Mes parents et moi sommes allés au cirque la semaine dernière.
2. La machine à laver est tombée en panne à nouveau.
3. Mon ami leur a parlé de ses découvertes sur ce produit polluant.
4. S'il a le temps, il pourra passer nous voir, il sera bien reçu.
5. Son grand-père a vécu dans une belle demeure en Bourgogne.
6. Je ne crois pas qu'il ait permis à son fils de jouer à ce jeu violent.
7. Je préfère nettement lancer un bon nombre d'invitations que de faire du tri.
8. Jessica n'a pas fini de raconter ses aventures au Brésil.
9. Il ne lui a pas écrit une seule carte postale en dix ans.
10. Son frère nous a informés qu'il allait fixer les étagères prochainement.

Repérez les erreurs éventuelles dans les phrases suivantes.

1. Mon médecin a envoyé une ordonnance, nous l'avons reçue hier.
2. Stéphanie t'a confié qu'elle allait bientôt démissionnée.
3. Un chapitre a été ajouter au roman d'Ingrid, je vais le lire au plus vite.
4. Nos sœurs vous ont chargés de préparer les bagages pour la semaine.
5. La directrice nous a renvoyer, car nous avions été insolents.
6. Il avait transformer tout l'appartement avant notre retour pour nous étonner.
7. Elle ne vous a pas demandé de garder ses enfants pour une fois.
8. Ta colocataire pourrait-elle demandé la permission d'emprunter ma robe ?
9. Laurence ne pense jamais à fermer les fenêtres après avoir fumer.
10. Nous avons partagé cette maison avec une amie pendant deux ans.

CORRIGÉS P. 242

85 ILS ~~ON~~ SOUHAITÉ

Mes anciens employeurs ~~on~~ ont souhaité m'apporter leur soutien en vous contactant.

LE SAVIEZ-VOUS ?

44 % des recruteurs élimineraient les CV contenant 2-3 fautes. Seulement 3 % des recruteurs interrogés ne tiendraient pas compte de ce critère. (Enquête menée par un institut de sondage indépendant pour Robert Half en juin 2013 auprès de 200 directeurs ou responsables des Ressources humaines notamment en charge du recrutement dans leur entreprise)

ASTUCE

Si l'on peut remplacer le son [on] par « avaient » (avoir à l'imparfait), c'est qu'il s'écrit « ont » (avoir au présent).

RÈGLE

• Le passé composé est souvent utilisé pour une action passée achevée. Il se construit de cette façon :

Auxiliaire « **avoir** » ou « **être** » au présent
+ participe passé du verbe (action révolue)

Exemples (avec « avoir ») : *j'**ai** fini, tu **as** compris, il **a** donné, vous **avez** offert, ils **ont** fait.*

• « **Ont** » est aussi le verbe « avoir » conjugué à la 3e personne du pluriel du présent de l'indicatif.

Exemples :
- *Les enfants **ont** faim.*
- *Les candidats **ont** de la chance.*

⚠ Le mot « **on** » est un pronom sujet qui peut être remplacé par « quelqu'un », « chacun/tout le monde » ou « nous ».

Exemples :
- ***On** part demain. (= **nous** partons)*
- ***On** doit respecter les règles du jeu. (= **chacun** doit respecter)*
- ***On** lui a volé sa voiture cette nuit. (= **quelqu'un** lui a volé)*

EXEMPLES

- M. Lemaire et sa femme **ont** fait une demande de logement social.
- Mes amis **ont** acheté une nouvelle voiture le mois dernier.
- Laurane et sa sœur nous **ont** apporté un dessert délicieux.

Cf. fiche 45

EXERCICES

QUIZ

1. Parmi ces trois mots, lequel est un pronom ?

○ A. nos ○ B. ont ○ C. on

2. Parmi ces trois mots, lequel n'est pas un pronom ?

○ A. lui ○ B. nous ○ C. ont

3. Laquelle de ces trois phrases pourrait être complétée par « ont » ?

○ A. ___va partir tôt.

○ B. Ils ___téléphoné.

○ C. A-t-___le droit d'entrer ?

Repérez le verbe « avoir » dans les phrases suivantes.

1. Ont-ils reçu notre courrier concernant le ravalement prévu ?
2. Des chiens ont aboyé très fort, on a couru très vite.
3. Je voudrais que l'on fasse un point sur les différents projets de l'agence.
4. Les élèves t'ont juré qu'ils n'avaient pas cassé la vitre.
5. Louise n'a pas aimé la pièce qu'on lui avait conseillée.
6. Les meubles qu'ont achetés nos voisins sont très modernes.
7. Ont-elles trouvé un appartement à acheter ?
8. Nous leur avons donné de nombreuses idées pour leur projet.
9. Demain à l'aube, on nous emmènera à la gare pour prendre le train.
10. Chacun a le droit de donner son avis, on nous y incite d'ailleurs.

Repérez les erreurs dans les phrases suivantes.

1. Si l'ont ne fait pas attention à cet enfant, il va mal tourner.
2. Je ne sais pas si tes amis t'on donné le code de l'immeuble.
3. Les livres qu'ont lus les élèves vont leur changer les idées.
4. Ont ne pense pas assez aux conséquences de nos paroles.
5. Si tu veux que l'on se comprenne, il va falloir faire un effort.
6. Les fleurs qu'ils on offertes à Mathilde sont déjà fanées.
7. Les chanteurs qui ont fait un concert dans le village nous ont plu.
8. Est-ce qu'on aura le droit de filmer le spectacle ?
9. Ont sera prié d'être silencieux en entrant dans la cathédrale.
10. Mes parents l'on retrouvé dans le jardin, il s'était caché sous la table.

CORRIGÉS P. 243

86 QUI ME PERMETTRONS

VIDÉO 23

Je possède des atouts qui me ~~permettrons~~ permettront de réussir dans le rôle que vous voudrez bien me confier.

ASTUCE

Si le sujet peut être remplacé par « **ils** » ou « **elles** » (3e personne du pluriel), la terminaison est toujours « **-NT** ».

RÈGLE

Dans cette phrase, le sujet est « des atouts ». On peut donc le remplacer par « ils » (3e personne du pluriel), or la terminaison pour la 3e personne du pluriel est toujours « **-NT** » (« -ent », « -aient » ou « -ont »).

Exemples :

– *Les enfants iro**nt** à la piscine demain.*
– *Ce sont les chats qui o**nt** renversé le pot de fleurs.*
– *Elles so**nt** dans leur chambre.*
– *Ils avaie**nt** le temps.*

⚠ La terminaison « **-ONS** » est le plus souvent la terminaison de la 1re personne du pluriel (*nous*).

EXEMPLES

- Je pense qu'ils pourro**nt** commencer sans nous.
- Apportero**nt**-elles les dossiers demain ?
- Ils n'o**nt** pas encore rencontré le responsable de l'établissement.
- Les ouvriers travaille**nt** vite.

Cf. fiche 78

EXERCICES

QUIZ

1. Parmi ces groupes de mots, lequel peut être remplacé par le pronom « ils » ?

○ A. Lui et moi ○ B. Ces enfants-là ○ C. Éric et vous

2. Parmi ces trois verbes, lequel peut être précédé de « elles » ?

○ A. demanderons ○ B. viendrions ○ C. partiront

3. Parmi ces groupes de mots, lequel ne peut pas être remplacé par le pronom « ils » ?

○ A. Ces personnes ○ B. les nôtres ○ C. Florence et lui

Soulignez les sujets à la troisième personne du pluriel.

1. Mes parents et lui sont allés à Berlin pendant un mois.
2. Prochainement, toi et moi aurons beaucoup de succès avec notre innovation.
3. Mon fils et sa fiancée vont se marier l'an prochain.
4. Elles ne lui ont pas donné assez de temps pour qu'il fasse ses preuves à ce poste.
5. Mes amis anglais nous rejoindront peut-être dans la soirée.
6. Depuis que Norah et moi avons ouvert notre boutique, la rue a beaucoup changé.
7. Leurs collaborateurs nous ont surpris en nous conviant à la remise des prix.
8. Certains m'avaient parlé de cette pièce, mais je n'avais pas envie de la voir.
9. Plusieurs élèves auraient repeint le réfectoire.
10. Notre fille et Hugo nous enverront de leurs nouvelles d'ici à la fin de la semaine.

Repérez les erreurs éventuelles dans les phrases suivantes.

1. Certains d'entre vous ne s'y fieront pas et ne souhaiteront pas s'engager.
2. Les parents et moi viendront te chercher à la gare.
3. Ta fille et moi ne nous connaissions pas avant cette soirée.
4. Leurs bons résultats à l'examen leur redonnerons confiance en eux.
5. Il faudrait que nous venions assez tôt pour vous aider.
6. Jean comme Luc nous appellerons après la réunion pour nous rassurer.
7. Tes amis et moi vous attendront pour souffler les bougies.
8. Souvent, nous lui parlons de nos projets artistiques pour avoir son avis.
9. Les filles et moi, tous les jours de la semaine, iront nager là-bas.
10. Il veut que nous continuions à faire des dons à cette association.

CORRIGÉS P. 243

87

JE PEU~~X~~

VIDÉO 5

Si mon profil correspond à celui que vous recherchez, je peu~~x~~ venir vous rencontrer.
peux

Quand je <u>veux</u>, je <u>peux</u> parce que je le <u>vaux</u> bien !

RÈGLE

• Le présent de l'indicatif est le temps le plus utilisé. Il est utilisé pour des habitudes actuelles (*il <u>fait</u> du vélo tous les jours*), des faits qui sont en train de se dérouler (*je <u>travaille</u>, je ne <u>peux</u> pas te parler*) ou même parfois pour des faits passés (*hier… il <u>arrive</u>, il me <u>voit</u>*) ou à venir (*<u>j'arrive</u> demain*).

• Les terminaisons du présent sont très irrégulières.

• Les verbes « **pouvoir** », « **valoir** » et « **vouloir** » (et leurs composés) ont pour terminaisons : -**x** ; -**x** ; -**t** ; -**ons** ; -**ez** ; -**ent**.

– **Pouvoir** : je peu**x**, tu peu**x**, il peu**t**, nous pouvons, vous pouvez, ils peuvent.

– **Valoir** : je vau**x**, tu vau**x**, il vau**t**, nous valons, vous valez, ils valent.

– **Vouloir** : je veu**x**, tu veu**x**, il veu**t**, nous voulons, vous voulez, ils veulent.

EXEMPLES

- Je **veux** sortir plus tôt ce soir.
- Il **peut** les relier, j'ai tout relu.
- Tu ne **vaux** pas mieux qu'eux.

EXERCICES

QUIZ

1. Parmi ces trois verbes, lequel comporte une erreur ?

○ A. je peux ○ B. tu veux ○ C. il peux

2. Parmi ces trois verbes, lequel comporte une erreur ?

○ A. je vaut ○ B. tu vaux ○ C. elle vaut

Reliez les deux parties du tableau entre elles (plusieurs solutions possibles).

1. C'est moi qui	A. peux finir avant ce soir.
2. Alice, tu	B. peut t'apprendre à chanter.
3. La cliente	C. veux absolument changer de place.
4. Tu sais ce que tu	D. veux bien venir dans une heure ?
5. Cette œuvre	E. ne peux pas venir demain.
6. Je	F. équivaut à un refus.
7. C'est toi qui	G. vaut mieux prendre de l'avance.
8. Je sais qu'il	H. vaux et c'est important.
9. C'est elle qui	I. veut l'essayer en taille 42.
10. Cette réponse	J. vaut le double maintenant.

Conjuguez les verbes entre parenthèses au présent de l'indicatif.

1. Nous ***(vouloir)*** visiter ce musée.
2. Je ne ***(pouvoir)*** pas donner une réponse dans l'immédiat.
3. Cela ***(valoir)*** le détour.
4. Il ***(vouloir)*** apprendre l'arabe.
5. C'est toi qui ***(pouvoir)*** décider seul.
6. Il ***(valoir)*** mieux s'y prendre maintenant si l'on ***(vouloir)*** avoir de bonnes places.
7. Vous ne ***(valoir)*** pas mieux qu'eux si vous les critiquez sans cesse.
8. C'est moi qui ***(pouvoir)*** venir te chercher.
9. Ce projet ***(pouvoir)*** changer votre relation.
10. Je ***(vouloir)*** absolument le rencontrer.

CORRIGÉS P. 244

88 CE QUE VOUS PROPOSER

Néanmoins, le poste que vous proposer correspond mieux à mes aspirations.
proposez

L'AVIS D'UN RECRUTEUR

« La confusion entre l'infinitif (qui tend à se substituer à toutes les formes de conjugaison) et l'indicatif traduit une défaillance dans l'appréhension du temps... et une panne dans la transmission des savoirs scolaires fondamentaux. »

Xavier North, Inspecteur général des Affaires culturelles au ministère de la Culture et de la Communication

RÈGLE

Les terminaisons « **EZ** » (ou « **IEZ** ») sont celles des verbes conjugués à la deuxième personne du pluriel, lorsque **le sujet** peut être remplacé par le pronom « vous ».

Seules exceptions : vous **dites**, **faites**, **êtes** + le passé simple (vous fûtes, vous eûtes).

Exemples :
- *Julie et toi (= vous) commenciez à 9 heures.*
- *Ce n'est pas vous qui (= vous) venez me chercher ?*

⚠ Les verbes se terminant par « **ER** » sont à l'**infinitif** : une forme nominale du verbe (non conjugué à un temps et une personne) qui exprime l'idée de l'état ou de l'action de façon abstraite. Après un verbe (excepté les auxiliaires « être » et « avoir »), le verbe est à l'infinitif.

Exemples :
- *Nous allons **partir**.*
- *Il faut **encourager** cet enfant.*
- *Je souhaite **parler**.*

EXEMPLES

- Vous leur **présentez** M. Martin.
- **Réparez**-vous tout seul cette machine ?
- C'est Cathy et toi (= vous) qui **partez** en premier.

Cf. fiches 76, 79

EXERCICES

QUIZ

1. Parmi ces trois verbes, lequel est à la 2e personne du pluriel ?

○ A. rangé ○ B. dites ○ C. ménager

2. Parmi ces trois verbes, lequel est à l'infinitif ?

○ A. dire ○ B. songez ○ C. faites

3. Laquelle de ces trois phrases est bien orthographiée ?

○ A. Vous leur parler. ○ B. Vous leur parlé. ○ C. Vous leur parlez.

Repérez les erreurs éventuelles dans les phrases suivantes.

1. Vous viendrez les aider à faire leurs devoirs ?
2. C'est Alexandre et toi qui aller demander une augmentation.
3. Mes collaborateurs vont vous donnez une brochure.
4. Merci de bien vouloir vous présentez à l'accueil en arrivant.
5. Marion, vous souhaiter le rencontrer ?
6. Vous vous connaissez depuis plus de vingt ans.
7. Le poste que vous me proposer est très intéressant.
8. Vous ne pensiez pas pouvoir vous déplacer cette semaine.
9. Ce n'est pas vous qui avez emprunté mon agrafeuse ?
10. Tu penses que vous irez à Saint-Tropez l'été prochain ?

Classez les verbes en italique et en gras dans les deux colonnes du tableau.

Deuxième personne du pluriel	Infinitif

1. Vous ne ***devriez*** pas ***entrer*** dans l'eau sans ***avoir*** pris une douche.
2. Si vous ***prévoyez*** de ***danser***, je peux vous ***prêter*** mes chaussures.
3. Vous n'***aviez*** pas vu cette pièce, alors je vous ai emmenée au théâtre.
4. Si vous ***faites*** du vélo régulièrement, vous ***serez*** en pleine forme.
5. Vous ***iriez*** sûrement en Italie si vous ***aviez*** des vacances.
6. Ne ***soyez*** pas trop impatiente, vous ***allez gâcher*** vos chances de ***réussir***.
7. Comme vous ne ***connaissez*** pas vos tables, vous ***utilisez*** la calculatrice.
8. C'est bien vous qui ***soutenez*** l'action de ce candidat ?
9. ***Pensez*** à ***apporter*** des vêtements chauds pour le soir.
10. Vous ***êtes*** à découvert, je vais vous ***présenter*** votre conseiller.

CORRIGÉS P. 244

89 JE VOUS RAPPEL

Je vous rappel que j'ai effectué deux stages dans votre service en 2014 et 2015.
rappelle

Un rappel

« Je te rappelle ! »

RÈGLE

- Le mot « **rappelle** » est un **verbe** au présent de l'indicatif (à la 1re personne et à la 3e personne du singulier). Sa terminaison est « -elle », comme : « j'appe**lle** », « il appe**lle** », « j'interpe**lle** », « il interpe**lle** », « je rappe**lle** », « il rappe**lle** »...
- Certains verbes ne doublent pas le « L », mais s'écrivent avec un accent grave sur le « E ».

Exemples : *il gèle, cisèle, démantèle, harcèle, martèle, pèle, recèle...*

⚠ Les mots « appel(s) », « gel(s) », « rappel(s) », et « recel(s) » sont des **noms communs** masculins. Ils sont précédés en général d'un déterminant (*un, le, l', cet, ce, mon, quelques...*).

⚠ Rectifications orthographiques de 1990 : Il est désormais autorisé d'écrire « interpeler » avec un « **l** » et d'employer le « **è** » pour tous les verbes en -**eler** et en -**eter** sauf pour les verbes « appeler » et « jeter » et leurs composés.

EXEMPLES

- Il attend ton **appel** pour prendre une décision.
- Il **rappelle** les règles du jeu aux invités.

Cf. fiches 56, 69

EXERCICES

QUIZ

1. Parmi ces trois mots, lequel est un nom commun ?

○ A. appelle ○ B. rappel ○ C. gèle

2. Parmi ces trois mots, lequel est un verbe ?

○ A. interpelle ○ B. pelle ○ C. appel

3. Parmi ces trois mots, lequel contient une erreur ?

○ A. appels ○ B. appèles ○ C. appelles

Complétez par « -el », « -elle », ou « -èle » les noms suivants.

1. Le **rapp**___ des règles est essentiel pour que tout se passe bien.
2. Le responsable **mart**___ qu'ils attendent une vraie diminution des prix.
3. Matthieu **app**___ son chien à plusieurs reprises.
4. Notre directeur nous **rapp**___ qu'il est interdit de fumer ici.
5. J'ai reçu cet **app**___ alors que je ne m'y attendais plus.
6. Il faudra puiser dans ce que notre société **rec**___ de meilleur pour avancer.
7. Mon maître de stage me **harc**___ depuis le début de l'année.
8. Un temps hivernal sera au programme, avec le retour du **g**___ et de quelques chutes de neige.
9. Je **cong**___ régulièrement de la viande.
10. La police **interp**___ une trentaine de manifestants.

Repérez les erreurs éventuelles dans les phrases suivantes.

1. Il faudrait qu'il rappel le numéro de son dossier à ce conseiller.
2. Suite à son appel, Luc a décidé de se présenter aux élections.
3. Le maire interpelle les habitants pour leur parler de son programme.
4. Votre assistant pelle les légumes pendant que vous surveillez le four.
5. Je vous rappelle que vous devez apporter votre repas pour la formation.
6. Lors de ces séjours, elle assiste souvent au dégèle.
7. Ma voisine me rappel ma tante Lucie, elle a la même voix.
8. Je l'appel dans une semaine, quand je reçois les résultats de ses examens sanguins.
9. Une enquête pour recèle de bijoux a été immédiatement lancée.
10. Tu les appelles et tu raccroches avant d'avoir parlé.

CORRIGÉS P. 244

90 JE REJOIN~~DS~~

C'est donc avec beaucoup de fierté que je vous annonce que je rejoin~~ds~~ votre équipe.
rejoins

RÈGLE

• Le présent de l'indicatif est le temps le plus utilisé. Il est utilisé pour des habitudes actuelles (*il fait du vélo tous les jours*), des faits qui sont en train de se dérouler (*je travaille, je ne peux pas te parler*) ou parfois pour des faits passés (*hier... il arrive, il me voit*) ou à venir (*j'arrive demain*).

• Les terminaisons du présent sont très irrégulières.

Les verbes en « -**DRE** » ont pour terminaisons :
-**ds** ; -**ds** ; -**d** ; -**ons** ; -**ez** ; -**ent**.

Exemples : *je prends, tu entends, il répond, tu recouds, elle fond.*

Exceptions

Les verbes en « -**INDRE** » et en « -**SOUDRE** » (sans « d » au présent) :
-**s** ; -**s** ; -**t** ; -**ons** ; -**ez** ; -**ent**.

Exemples : *je crains, tu éteins, il résout, je dissous, tu rejoins, elle repeint, nous résolvons, vous peignez, ils éteignent, vous dissolvez, vous rejoignez, ils craignent.*

EXEMPLES

- J'appelle M. Martin et je vous **rejoins** ensuite.
- Tu **éteins** toujours les lampes quand tu sors de la pièce.
- Il **résout** la plupart du temps les problèmes informatiques.

Cf. fiche 66

EXERCICES

QUIZ

1. Parmi ces trois verbes, lequel comporte une erreur ?

○ A. je résous ○ B. tu réponds ○ C. il éteind

2. Parmi ces trois verbes, lequel comporte une erreur ?

○ A. je comprend ○ B. tu rejoins ○ C. il résout

Reliez les deux parties du tableau entre elles (plusieurs solutions possibles).

1. C'est moi qui	A. nous rejoins après ton cours.
2. Mélanie, tu	B. nous contrains à tout changer.
3. Ce vêtement	C. résout facilement les énigmes.
4. Souvent, tu	D. éteins la lumière à chaque fois.
5. Son cousin	E. craint la pluie.
6. Je	F. feins l'ignorance.
7. Ludovic	G. teins les cheveux de ma sœur.
8. Je sais qu'elle	H. repeins les murs du salon.
9. C'est toi qui	I. atteint la ville avant la nuit.
10. Tu	J. enfreint les règles souvent.

Conjuguez les verbes entre parenthèses au présent de l'indicatif.

1. Nous ***(rejoindre)*** nos enfants à la mer.
2. Je vous ***(contraindre)*** à transformer vos méthodes.
3. Vous ***(atteindre)*** votre but en ce moment.
4. Le soleil ***(poindre)*** à l'horizon.
5. Tu ***(craindre)*** l'arrivée imprévue des voisins.
6. Il ***(résoudre)*** les conflits dans l'entreprise.
7. Je ne ***(recoudre)*** jamais mes pantalons.
8. Je ***(correspondre)*** avec ma meilleure amie qui habite en Australie.
9. C'est moi qui ***(reprendre)*** les rênes.
10. Je ne ***(teindre)*** pas mes cheveux, je préfère leur couleur naturelle.

CORRIGÉS P. 245

91 NOUS NOUS SOMMES RENCONTRÉ

Nous nous sommes rencontré le 4 juillet lors d'un entretien pour un poste de chef comptable. rencontrés

RÈGLE

Règles d'accord du participe passé avec les verbes pronominaux

• On utilise l'auxiliaire « **être** » avec **tous les verbes pronominaux**, il faut donc analyser le pronom objet.

• Le participe passé s'accorde en genre et en nombre avec le pronom qui précède le verbe pronominal si **celui-ci est COD** (s'il répond à la question « qui ? » ou « quoi ? » après le verbe).

Liste des pronoms COD dans les verbes pronominaux

Me, te, se, nous, vous, se.

Exemples :

– *Elles se sont* ***vues*** *(« elles ont vu qui ? »).*

– *Ils se sont* ***rencontrés*** *(« ils ont rencontré qui ? »).*

⚠ Parfois le pronom est **COI** (il répond aux questions « à qui ? », « à quoi ? »), et dans ce cas, on n'accorde pas le participe passé.

Exemples :

– *Ils se sont* ***parlé*** *(« ils ont parlé à qui ? »).*

– *Elle s'****est*** *dit (« à elle-même ») qu'elle ne réussirait pas.*

EXEMPLES

• Marie, tu t'es **regardée** dans le miroir ?

• Ma mère et sa sœur se sont **appelées** hier.

Cf. fiches 60, 64, 68, 99

EXERCICES

QUIZ

1. Parmi ces trois pronoms en gras, lequel est un complément d'objet direct (COD) ?

○ A. Elle **me** parle. ○ B. Tu **nous** téléphones. ○ C. Il **les** attend.

2. Parmi ces trois pronoms en gras, lequel est un complément d'objet indirect (COI) ?

○ A. Elles **se** parlent. ○ B. Ils **se** regardent. ○ C. Elle **s'**habille.

3. Parmi ces trois phrases, laquelle est mal orthographiée ?

○ A. Nous nous sommes vus.

○ B. Elle s'est changée.

○ C. Ils se sont embrassé.

Retrouvez les pronoms COD dans les phrases suivantes.

1. Mes parents et moi nous sommes donné rendez-vous ici.
2. Vous vous aimez, cela se sent.
3. Ils se sont proposés pour les aider à déménager.
4. Pendant combien de temps s'est-elle formée à cette technique ?
5. Je crains qu'ils ne se soient pas permis d'intervenir.
6. Il faudrait que nous nous voyions plus souvent.
7. Notre sœur va s'acheter une nouvelle voiture.
8. Elle se confie à son frère concernant ses doutes.
9. Elles ne se téléphonent plus depuis quelque temps.
10. Mes meilleurs amis se marient en août.

Repérez les erreurs éventuelles dans les phrases suivantes.

1. Ma cousine s'est beaucoup impliquée dans son travail.
2. Ses collègues se sont offerts un séjour au ski.
3. Ma fille s'est trompé de direction, je dois aller la chercher au terminus.
4. Des personnes de l'immeuble se sont montrées agressives.
5. Les ouvriers se sont excusé pour le retard pris pour les travaux.
6. Alexandra s'est crue capable de tout repeindre seule.
7. Ils se sont promené en forêt toute la matinée.
8. Les enfants, vous êtes-vous brossé les dents ?
9. Elle s'est relevée un peu rapidement.
10. Nous nous sommes préparé pour cet entretien.

CORRIGÉS P. 245

92 VOTRE OFFRE A RETENUE MON ATTENTION

VIDÉO 2

Je vous contacte pour vous proposer mes services, car votre offre a ~~retenue~~ toute mon attention.
retenu

L'AVIS D'UN RECRUTEUR

« Notre service RH oscille entre fatalisme et exaspération ! Les fautes envahissent bon nombre de lettres de motivation, pour autant, nous appliquons le principe de la tolérance zéro. Un(e) candidat(e) rédigeant une lettre de motivation contenant des fautes d'orthographe ne sera pas retenu(e) et donc reçu(e) en entretien. »

Anne-Laure Giraud, responsable RH

RÈGLE

Règles d'accord du participe passé

Quand on utilise l'auxiliaire « **avoir** » (à tous les temps), le participe passé ne s'accorde jamais avec le sujet.

Exemples : *il a **parlé**, elle a **parlé**, elles ont **lu**, nous avons **fait**.*

• **Le verbe « avoir » au présent de l'indicatif** : j'**ai**, tu **as**, il/elle/on **a**, nous **avons**, vous **avez**, ils/elles **ont**.

• **Le verbe « avoir » à l'imparfait** : j'**avais**, tu **avais**, il/elle/on **avait**, nous **avions**, vous **aviez**, ils/elles **avaient**.

• **Le verbe « avoir » au futur** : j'**aurai**, tu **auras**, il/elle/on **aura**, nous **aurons**, vous **aurez**, ils/elles **auront**.

• **Le verbe « avoir » au subjonctif présent** : que j'**aie**, que tu **aies**, qu'il/elle/on **ait**, que nous **ayons**, que vous **ayez**, qu'ils/elles **aient**.

EXEMPLES

- Nous avons **fait** le ménage ce matin, puis nous avons **déjeuné** chez la voisine.
- Myriam a **lu** tous les livres de cet auteur qu'elle admire.
- Si vous avez **fini** votre exposé, nous pouvons rentrer.

Cf. fiches 60, 68

EXERCICES

QUIZ

1. Parmi ces verbes conjugués, lequel n'est pas l'auxiliaire « avoir » ?

○ A. ont ○ B. ait ○ C. serais

2. Parmi ces trois mots, lequel est un verbe au participe passé ?

○ A. mari ○ B. fini ○ C. grandit

3. Parmi ces trois phrases, laquelle est mal orthographiée ?

○ A. Nous avons reçus. ○ B. Vous aurez changé. ○ C. Elle a eu.

Retrouvez l'auxiliaire « avoir » dans les phrases suivantes.

1. Mes parents et moi aurions aimé réserver nous-mêmes.
2. Mon employé et sa femme nous ont présenté leur fils.
3. Nous leur avons apporté notre soutien quand ils ont été licenciés.
4. Vous avez perdu votre chat et votre voisin l'a retrouvé chez lui.
5. Il faudrait que nous ayons le temps de faire le tour de la ville.
6. Bien qu'il n'ait pas pris sa voiture pour venir, il a été en retard.
7. Notre jardinier aura fini de bêcher notre potager à 18 heures.
8. La qualité de ce restaurant a été reconnue par les plus grands critiques.
9. Je n'avais pas compris qu'il fallait se déguiser pour la fête.
10. Notre sœur aurait préféré qu'on lui offre une belle écharpe.

Repérez les erreurs éventuelles dans les phrases suivantes.

1. Ma cousine a su nager à l'âge de 5 ans, elle a pris des cours.
2. Ses collègues lui ont offert un abonnement à son magazine préféré.
3. Ma fille a faillie s'évanouir quand elle a su que son idole serait là.
4. Des personnes de l'immeuble ont montées une association qui vient en aide aux sans-abri.
5. Ta voiture aurait été plus en sécurité dans le garage.
6. Lou a crue que le facteur passait le matin, elle a attendue pour rien.
7. Certaines ont finies d'écrire leur texte avant la fin de l'examen.
8. Les filles, vous n'aviez pas demandé la permission de sortir, donc nous avons criés.
9. Nous avons réussi à réparer la machine à écrire de notre grand-père.
10. Juliette, il faut que tu aies déposée Inès à la garderie avant 9 heures.

CORRIGÉS P. 246

93 JE SERAI~~S~~ DISPONIBLE

serai
En effet, je serai~~s~~ disponible du 15/06/2015 au 15/09/2015, comme indiqué dans l'offre d'emploi.

ASTUCE

Pour être sûr qu'il s'agit du futur simple, vous pouvez changer le « je » en « nous ». Si la terminaison avec « nous » est « -rons », alors la terminaison est « -rai » avec « je ».

Exemple : *Je viendr**ai** demain (nous viendr**ons** demain).*

RÈGLE

• Quand l'action qui va se produire est considérée comme certaine, on utilise le **futur simple** (*il reviendra l'an prochain*). Pour une action associée à une condition au présent, on utilise aussi le futur simple (*si tu veux, nous irons au cinéma*).

• Pour **construire** un verbe au futur simple, on conserve en général l'**infinitif** du verbe et on y ajoute la terminaison : -**ai** ; -**as** ; -**a** ; -**ons** ; -**ez** ; -**ont**.

Exemples : *je finirai, je marcherai.*

Quelques verbes irréguliers à la 3e personne du singulier

Il aura (avoir), il sera (être), il fera (faire), il saura (savoir), il devra (devoir), il percevra (percevoir), il ira (aller), il pourra (pouvoir), il courra (courir), il viendra (venir)...

⚠ « Je ser**ais** » (« ais ») est au **conditionnel présent**, il est utilisé dans d'autres cas.

EXEMPLES

• Quand nous **serons** là-bas, je **nagerai** avec des dauphins.
• Je **recevrai** mes résultats mardi prochain.
• Si tu arrives à midi, je **déjeunerai** avec toi.

Cf. fiches 67, 96

EXERCICES

QUIZ

1. Parmi ces trois verbes, lequel est au conditionnel ?

○ A. comprendrais ○ B. saura ○ C. partirons

2. Parmi ces trois verbes, lequel est au futur ?

○ A. pourrions ○ B. irions ○ C. commettrez

3. Parmi ces deux propositions, laquelle peut compléter la phrase suivante ?
Si vous me donnez votre numéro, je...

○ A. pourrais vous appeler ○ B. pourrai vous appeler

4. Parmi ces deux propositions, laquelle peut compléter la phrase suivante ?
Quand nous aurons notre emploi du temps...

○ A. je fixerai notre rendez-vous ○ B. je prendrais rendez-vous

Conjuguez les verbes suivants au futur ou au conditionnel (« -ai » ou « -ais »).

1. J'**aimer**___ chanter dans une chorale, mais je chante faux.
2. Si tu viens demain, je te **montrer**___ mon nouvel ordinateur.
3. Quand nous aurons plus de temps, je te **fer**___ lire mon mémoire.
4. Si j'avais pris des chaussures de marche, je t'**aur**___ accompagné en forêt.
5. Lorsque le ciel se couvrira, je **ser**___ déjà rentrée chez moi.
6. Si je retrouve mon appareil, je **fer**___ des photos du mariage.
7. Quand vous le souhaiterez, je **pourr**___ vous envoyer les détails de la cure.
8. Si j'avais fait des économies, j'**aur**___ pu partir en vacances avec eux.
9. Je **pourr**___ peut-être t'appeler en fin d'après-midi.
10. Je n'**aimer**___ pas apprendre que mes collègues disent du mal de moi !

Conjuguez les verbes en gras au futur simple.

1. Nous **apprenons** à nager à nos enfants.
2. Je **pense** à lui tous les jours.
3. Tu **vas** au cinéma chaque semaine.
4. Bernard **peut** aller se faire vacciner avant son départ.
5. Je **cours** le long de la rivière en automne.
6. Il **faut** que tu me donnes ton adresse postale.
7. Nous nous **méfions** des vendeurs de lunettes.
8. Je **mets** mes vêtements dans la penderie.
9. Je **suis** présente à la réunion des actionnaires.
10. Je **jette** l'argent par les fenêtres.

CORRIGÉS P. 246

94 IL FAUDRAIT QU'IL SOIX

Il faudrait que ce stagiaire soix formé aux premiers secours pour travailler ici.
soit

L'AVIS D'UN RECRUTEUR

« C'est une grosse faute de conjugaison. Lors d'une lecture d'un CV ou d'une lettre de motivation, le candidat perdra forcément des "points" si je tombe sur une telle erreur. Il faudra que le reste soit irréprochable, pour que j'en arrive à l'hypothèse d'une faute de frappe pardonnable et que j'étudie malgré tout sa candidature. »

Cécile Richard, responsable hébergement d'un hôtel 4 étoiles

RÈGLE

- Lorsque le verbe de la principale exprime la volonté, le désir, le refus, la crainte, le doute, le verbe de la subordonnée introduite par « QUE » est au **subjonctif**.
- Certaines conjonctions sont suivies du subjonctif.

Exemples : *bien que, pour que, afin que, avant que...*

- Pour former le subjonctif présent, on prend en général la **3e personne du pluriel de l'indicatif présent**, on enlève la terminaison « -ent » et on ajoute les terminaisons : -e ; -es ; -e ; -ions ; -iez ; -ent.

Exemples : *que je prenne, qu'il mette, que tu coures.*

Exception : le verbe « être » au subjonctif présent
Que je sois, que tu sois, qu'il soit, que nous soyons, que vous soyez, qu'ils soient.

EXEMPLES

- Je doute qu'il **soit** au courant de votre projet de restructuration.
- Tu voudrais qu'il **soit** présent lors de ta remise de diplôme.
- Il faut absolument que je **sois** parti à 19 heures.

Cf. fiches 61, 72, 100

EXERCICES

QUIZ

1. Parmi ces mots, lequel n'est pas l'auxiliaire « être » conjugué ?

○ A. sois ○ B. soit ○ C. soie

2. Parmi ces trois verbes, lequel est au subjonctif présent ?

○ A. était ○ B. serais ○ C. sois

3. Parmi ces trois mots, lequel peut compléter la phrase suivante ?
J'aimerais qu'il ... d'accord.

○ A. soie ○ B. soye ○ C. soit

Repérez les erreurs éventuelles dans les phrases suivantes.

1. J'aimerais qu'il soie de bonne humeur tous les matins, mais ce n'est pas le cas.
2. Il faudrait que Lucas soit assis plus près du tableau.
3. Vous voulez que Béatrice sois remontée à quelle heure ?
4. Tes parents souhaitent que tu soies sage toute la semaine.
5. Demain, j'aimerais que Kevin soit sérieux et attentif pendant le cours.
6. Je rêve que Géraldine soit reçue par le directeur.
7. Nous aimerions qu'il soye interdit de fumer sur les terrasses des cafés.
8. Ne voudriez-vous pas qu'elle soit présente à la réunion ?
9. Si tu souhaites que nous soyons bien placés, il faudra partir plus tôt.
10. Le chemisier en soie que tu m'as offert me plaît énormément.

Retrouvez l'auxiliaire « être » dans les phrases suivantes.

1. Il faut toujours qu'il soit le premier dans toutes les matières.
2. Ma femme et moi nous sommes rencontrés à la piscine.
3. Vous leur êtes reconnaissants pour tout ce qu'ils ont fait pour vous.
4. Vous étiez assis à ma place depuis deux heures.
5. Emma a été extrêmement attentive pendant la leçon.
6. Bien qu'il ne soit pas concerné par les changements d'horaire, il a donné son avis.
7. Notre dîner sera servi dans la grande salle de réception.
8. Je sais qu'il est reconnu par les plus grands spécialistes de la littérature.
9. Il est important de profiter des bons moments avant qu'il ne soit trop tard.
10. Notre sœur a apprécié le foulard de soie que nous lui avons montré.

CORRIGÉS P. 247

95 JE LE SOUHAITAI~~T~~

Je souhaitai~~t~~ donc vous rencontrer pour vous exposer mon projet.
souhaitais

LE SAVIEZ-VOUS ?

52 % des salariés travaillant dans les RH se renseignent en ligne sur les candidats postulant dans leur organisation et pour 71 % d'entre eux, la présence de fautes sur les réseaux sociaux joue en défaveur des candidats. (*Question RH : la grande enquête, épisode 4 : État des lieux du recrutement sur les réseaux sociaux*. Enquête effectuée en ligne sur les sites du réseau RegionsJob et auprès des inscrits aux sites Exclusive RH et Focus RH du lundi 17 juin au dimanche 21 juillet 2013. Échantillon de 354 répondants travaillant dans les ressources humaines.)

RÈGLE

• Le verbe « **souhaitais** » est à l'imparfait à la **1re ou à la 2e personne du singulier**. Le sujet est « tu » ou « je ». L'imparfait est un temps qui sert à marquer dans le passé une action simultanée par rapport à une autre, une répétition/habitude, une action en cours dans le passé ou une supposition.

Exemples :
– *C'est moi qui* ***donnais*** *les instructions avant.*
– *Tu ne* ***voulais*** *pas mentir.*

• Terminaisons de l'imparfait : -**ais**, -**ais**, -**ait**, -**ions**, -**iez**, -**aient**.

• Conjugaison de « souhaiter » à l'imparfait : je souhait**ais**, tu souhait**ais**, il souhait**ait**, nous souhait**ions**, vous souhait**iez**, ils souhait**aient**.

⚠ « **Souhaitait** » est le verbe « souhaiter » à l'imparfait **à la 3e personne du singulier**. Son sujet peut être remplacé par « il », « elle », « on », « ceci », ou « cela ».

Exemples :
– *Cette réunion* ***était*** *nécessaire.*
– *Elle* ***était*** *là avant nous.*

EXEMPLES

- Je ne **pensais** pas que tu t'inscrirais à ce cours de chant.
- C'est bien moi qui (= je) **avais** gardé tes clés.
- Et si tu **venais** plus souvent ?

EXERCICES

QUIZ

1. Parmi ces trois verbes, lequel est à la 3e personne du singulier ?

○ A. avais ○ B. finit ○ C. chanterai

2. Parmi ces trois verbes, lequel est à l'imparfait ?

○ A. vendrais ○ B. venais ○ C. allai

3. Parmi ces trois phrases, laquelle est écrite correctement ?

○ A. Je lui parlait. ○ B. Il me parlais. ○ C. Je leur parlais.

Conjuguez les verbes en gras à l'imparfait.

1. Nous ne **comprenons** jamais ses explications.
2. Cet employé n'**est** pas très agréable avec ses collègues.
3. D'après lui, je ne **viens** pas assez souvent le voir.
4. Je lui **donne** ma place la plupart du temps.
5. Je **veux** obtenir des renseignements sur cette technique.
6. Il me **croit** capable de réussir cet examen.
7. Je ne lui **dis** pas bonjour le matin.
8. Tu **as** de la chance de le fréquenter.
9. Comment **puis**-je savoir cela ?
10. Te **rends**-tu compte de tes dépenses ?

Repérez les erreurs éventuelles dans les phrases suivantes.

1. Si j'était là, je pourrais te montrer le film que nous avons réalisé.
2. Elle te croyait aux Canaries...
3. Je ne le côtoyait pas avant cet été.
4. Si mon père m'avait soutenue, j'aurais fait une carrière artistique.
5. Je ne reconnaissais pas les enfants de ma cousine...
6. Avant, je ne voyageait jamais seule.
7. Si tu passais par Berlin, tu verrais Klaus.
8. Si j'était lui, je ne nagerais pas dans cet étang rempli de sangsues.
9. Comment devait-je procéder pour éviter de tomber dans les pièges ?
10. S'il t'accompagnait à la fête, nous pourrions enfin le rencontrer !

CORRIGÉS P. 247

96 JE SOUHAITERAI

Je souhaiterai donc intégrer votre établissement à la rentrée scolaire 2023.
souhaiterais

ASTUCE

Remplacez « JE » par « NOUS » pour entendre la différence entre le conditionnel présent et le futur.

Exemple : *nous « souhaiterons » (**futur**) ou nous « souhaiterions » (**conditionnel**) ?*
→ *Je souhaiterai (**futur**) ou « je souhaiterais » (**conditionnel**) ?*

RÈGLE

Dans cette phrase, le verbe doit être au conditionnel présent. Le mode conditionnel est utilisé dans quatre cas :

- Dans les formules de politesse.

Exemple : *Pourrais-je entrer ?*

- « Si + condition à l'imparfait » suivi d'un verbe au conditionnel.

Exemple : *Si tu travaillais plus, tu réussirais tes examens.*

- Il est aussi le futur d'une narration au passé.

Exemple : *Il m'avait dit qu'elle serait là à midi.*

- Pour exprimer une hypothèse, une information incertaine ou une éventualité.

Exemple : *Un homme armé serait actuellement dans la banque.*

Pour construire un verbe au conditionnel présent, on conserve en général* l'infinitif du verbe (jusqu'au « R ») et on y ajoute les mêmes terminaisons que celles de l'imparfait : -**ais** ; -**ais** ; -**ait** ; -**ions** ; -**iez** ; -**aient**.

Exemples : *je **lancer**-ais, tu **prendr**-ais, il **confier**-ait, nous **jouer**-ions, vous **mettr**-iez, ils **répondr**-aient.*

***Exceptions (verbes à la 3e personne du singulier)**
Il aurait (avoir), il serait (être), il ferait (faire), il irait (aller), il saurait (savoir), il devrait (devoir), il percevrait (percevoir), il recevrait (recevoir), il pourrait (pouvoir), il courrait (courir), il viendrait (venir)...

EXEMPLES

- Je **souhaiterais** rencontrer M. Verdeau.
- Si j'avais de l'argent, j'**irais** en vacances aux Bahamas.
- L'homme lui demanda si elle **viendrait** le lendemain.
- D'après ce que j'ai compris, il **vivrait** dans ce pays.

Cf. fiche 93

EXERCICES

QUIZ

1. Parmi ces trois verbes, lequel est au conditionnel ?

○ A. sourirai ○ B. ira ○ C. finirais

2. Parmi ces trois verbes, lequel est au futur ?

○ A. courrons ○ B. courrions ○ C. viendrais

3. Parmi ces trois verbes, lequel peut compléter la phrase suivante ?
Quand vous arriverez tout à l'heure, je vous...

○ A. ferez un café. ○ B. ferais un café. ○ C. ferai un café.

4. Parmi ces trois verbes, lequel peut compléter la phrase suivante ?
Si les clients le souhaitaient, je leur...

○ A. enverrais une brochure. ○ B. enverrai une brochure
○ C. envoie une brochure.

Conjuguez les verbes suivants au futur ou au conditionnel (« -ai » ou « -ais »).

1. Je **voudr**___ bien venir, mais je ne peux pas.
2. J'**aur**___ préféré être là, mais cela n'a pas été possible.
3. Je **viendr**___ uniquement si j'ai fini mon rapport.
4. Je **viendr**___ si j'avais fini de rédiger mon rapport, bien entendu.
5. Demain, j'**arriver**___ à 16 heures à la gare de Cabourg.
6. Je **souhaiter**___ prendre un rendez-vous avec ce médecin.
7. Je t'ai déjà dit que je **pourr**___ récupérer les clés de cet appartement quand il serait prêt.
8. **Pourr**___-je lire ton livre ? Je suis intriguée...
9. Je ne **pourr**___ plus jamais te croire maintenant que je sais que tu as menti.
10. J'**ir**___ à la piscine demain et je **ser**___ ravie que tu m'accompagnes.

Conjuguez les verbes en gras au conditionnel présent.

1. Nous **comprenons** que tu ne veuilles pas rentrer trop tard.
2. Cet employé n'**est** pas très agréable avec ses collègues.
3. D'après lui, la justice **rendra** sa décision aujourd'hui.
4. Dans ce cas, je **donne** ma place, bien entendu.
5. Je **veux** obtenir des renseignements sur cette technique.
6. Nous **allons** probablement en Italie.
7. Il m'a dit qu'il **finira** rapidement ce courrier.
8. Je **dis** que c'est un tableau de Picasso.
9. Pourquoi ne **puis**-je pas changer le mot de passe ?
10. **Faites**-vous attention à ce genre de détails ?

CORRIGÉS P. 247

97

JE VOUS SOUMET

Mon profil correspond à celui que vous avez défini dans vos critères, c'est pourquoi je vous soumet ma candidature.
soumets

RÈGLE

• Le présent de l'indicatif est le temps le plus utilisé. Il est utilisé pour des habitudes actuelles (*il fait du vélo tous les jours*), des faits qui sont en train de se dérouler (*je travaille, je ne peux pas te parler*) ou parfois pour des faits passés (*hier... il arrive, il me voit*) ou à venir (*j'arrive demain*).

• Les terminaisons du présent sont très irrégulières.

– Les verbes « **METTRE** » et « **BATTRE** » (et leurs composés) ont pour terminaisons : -**ts** ; -**ts** ; -**t** ; -**ttons** ; -**ttez** ; -**ttent**.

– Le verbe « **VÊTIR** » a pour terminaison : -**ts** ; -**ts** ; -**t** ; -**tons** ; -**tez** ; -**tent**.

EXEMPLES

- Je **remets** ce document au service comptabilité.
- Il **combat** les injustices sociales.
- Tu **admets** facilement ses erreurs.
- Je ne **mets** pas ses capacités en doute.
- Il ne **commet** en général aucune erreur.
- Ce projet **revêt** une dimension internationale.

Cf. fiches 66, 90

EXERCICES

QUIZ

1. Parmi ces trois verbes, lequel comporte une erreur ?

○ A. je met ○ B. tu mets ○ C. il met

2. Parmi ces trois verbes, lequel comporte une erreur ?

○ A. je revêts ○ B. tu bats ○ C. elle se dévêts

Reliez les deux parties du tableau entre elles (plusieurs solutions possibles).

1. C'est moi qui	A. commets des délits.
2. Alice, tu	B. admet cette erreur.
3. La patiente	C. nous rebats les oreilles de cet exploit.
4. Souvent, tu	D. se dévêt.
5. Mon frère	E. soumets un projet.
6. Je	F. remet son devoir.
7. C'est toi qui	G. combats l'équipe adverse.
8. Je sais qu'il	H. revêt l'uniforme.
9. C'est elle qui	I. bats Josiane aux cartes.
10. Tu	J. mets ce bijou au coffre.

Conjuguez les verbes entre parenthèses au présent de l'indicatif.

1. Nous ***(combattre)*** les préjugés.
2. Je vous ***(remettre)*** la Légion d'honneur.
3. Vous ***(débattre)*** de sujets sérieux.
4. Il te ***(mettre)*** ton manteau sur le dos.
5. Tu te ***(dévêtir)*** pour entrer dans le hammam.
6. Il ***(abattre)*** trois arbres dans son jardin.
7. Je ne ***(battre)*** jamais ma sœur à ce jeu d'adresse.
8. Je ***(admettre)*** facilement mes erreurs.
9. Ce projet ***(revêtir)*** une grande importance.
10. Je ***(rabattre)*** le capot de la voiture.

CORRIGÉS P. 248

98 A-T-IL REÇU ?

Votre service a-t'il reçu ma lettre de candidature ainsi que mon curriculum vitae ?
a-t-il

RÈGLE

- Dans une phrase interrogative (forme soutenue) on inverse le sujet et le verbe :

Verbe + trait d'union + SUJET + complément + ?

Exemples :
- *Viendras-tu ?*
- *Veut-il un café ?*

- Pour des raisons de sonorité, un « **t de liaison** » (ou « t » **euphonique**) entre deux traits d'union apparaît entre le verbe (se terminant par une voyelle : « e » ou « a ») et le pronom (débutant par une voyelle : « elle », « on », « il »).

Exemple : *Aime-t-elle les crêpes ?*

⚠ Le « **t'** » est un pronom (mis pour « tu » ou « te »). L'apostrophe remplace une lettre manquante.

Exemples :
- ***T'****arrives quand ? (= « tu » en langage familier)*
- *Julie* ***t'****attend. (= « te »)*
- *Va-****t'****en ! (= « te » = « toi »)*

EXEMPLES

- À quelle heure mange-t-on ce soir ?
- Fera-t-il beau demain ?
- Aura-t-elle terminé ses devoirs à 19 heures ?

EXERCICES

QUIZ

1. Parmi ces trois mots en gras, lequel n'est pas un pronom ?

○ A. Elle **t'**écoute. ○ B. A-**t**-elle raison ? ○ C. **T'**es là ?

2. Parmi ces trois phrases, laquelle est correctement orthographiée ?

○ A. Y a t'il un piège ? ○ B. Y a-t-il un piège ? ○ C. Y-a-t-il un piège ?

Repérez les erreurs éventuelles dans les phrases suivantes.

1. Ma sœur a t'elle pris le temps de t'expliquer les règles du jeu ?
2. Ta collègue t'a t-elle rapporté l'agrafeuse qu'elle t'a empruntée ?
3. Mettront-t-ils des éclairages plus respectueux de l'environnement ?
4. Samuel épluche-t-il tous les légumes en ce moment ?
5. La directrice de l'agence nous donnera t'elle les clés de la maison ?
6. A t-il volé tous les bijoux ? Il ne reste plus rien dans le coffre-fort !
7. Perrine avait-t-elle demandé la permission d'aller au parc ?
8. Les Lemarchand arriveront-ils à temps pour le déjeuner ?
9. Nora n'a-t-elle jamais songé à se reconvertir ?
10. La gazelle échappera t'elle au lion ?

Mettez les phrases suivantes à la forme interrogative.

1. Je suis pressée, après tout.
2. Nous avons du retard pour la livraison.
3. Je peux venir demain pour terminer les travaux.
4. Il me demande de l'aider à peindre les murs de sa maison.
5. Il a beaucoup d'amis à l'école.
6. Irène a beaucoup changé ces derniers temps.
7. J'ai toujours préféré les vacances à la mer.
8. Il y a des embouteillages dans cette ville.
9. Ils viennent à l'heure cette fois.
10. On aura intérêt à se garer près du cinéma.

CORRIGÉS P. 248

99 ELLE EST VENU

VIDÉO 1 VIDÉO 19

Nous savons que votre directrice est venu vous rendre visite ce matin.
venue

L'AVIS D'UN RECRUTEUR

« Les fautes d'accord sont malheureusement courantes, et il peut s'agir la plupart du temps d'erreurs d'inattention. Les postulants font parfois des copier-coller pour leur lettre de motivation, et selon qu'ils adressent leur candidature à un homme ou une femme, ils peuvent passer à côté de certains accords… Je suis généralement indulgente dans ce cas, mais si l'erreur est récurrente, cela révèle de vraies lacunes en français. »

Cécile Richard, responsable hébergement d'un hôtel 4 étoiles

RÈGLE

Règles d'accord du participe passé avec l'auxiliaire « être »

Quand on utilise l'auxiliaire « **être** », le participe passé s'accorde en genre et en nombre **avec le sujet**.

Exemples : *il est **arrivé**, elle est **arrivée**, ils sont **arrivés**, elles sont **arrivées**.*

Différentes utilisations du participe passé avec « être »

- Dans un temps composé.

Exemple : *Hier, elle **est partie** tôt.*

- À la voix passive (le sujet subit l'action).

Exemple : *Les suspects **sont arrêtés** par la police.*

- Comme un adjectif.

Exemple : *Elle **est** très **épanouie** depuis qu'elle vit ici.*

- Dans les verbes essentiellement pronominaux*.

Exemple : *Mélanie **s'est évanouie**.*

* Les verbes essentiellement pronominaux sont des verbes qui sont toujours précédés d'un pronom (*je **me**, tu **te**, ils **se**, nous **nous***).

Exemples : ***s'**enfuir, **s'**évanouir, **se** méfier.*

⚠ Cette règle ne s'applique pas pour tous les verbes occasionnellement pronominaux.

EXEMPLES

- Mes amis <u>sont</u> **arrivés** à 18 heures et <u>sont</u> **repartis** à minuit.
- Tes collègues se <u>sont</u> **méfiés** du nouveau directeur dès le premier jour.
- Nous <u>sommes</u> **poursuivis** par les moustiques depuis notre arrivée !

Cf. fiches 63, 70, 91

EXERCICES

QUIZ

1. Parmi ces verbes conjugués, lequel n'est pas l'auxiliaire « être » ?

○ A. sommes ○ B. ait ○ C. es

2. Parmi ces trois phrases, laquelle est à la voix passive ?

○ A. Elle est venue. ○ B. Elle a été embauchée.

○ C. Elle est partie.

3. Parmi ces trois phrases, laquelle est mal orthographiée ?

○ A. Nous sommes venues. ○ B. Vous êtes parti.

○ C. Elle a été reçu.

Retrouvez les participes passés dans les phrases suivantes.

1. Mes parents et moi sommes revenus plus tôt du Mali.
2. Mon employé et sa femme se sont rencontrés l'an dernier.
3. Nous ne leur avons pas donné assez de temps pour finir l'inventaire.
4. Vous avez été reçu par le ministre.
5. En deux ans, j'ai fait deux fois le tour du monde.
6. Karim n'a pas pris le bus pour venir, il s'est perdu.
7. Nos enfants ont été surpris de nous voir à cette soirée.
8. La qualité de nos échanges a été assez exceptionnelle pendant longtemps.
9. Ils sont poursuivis pour détournement de fonds publics.
10. Notre fille a remis son titre en jeu dans cette compétition de gymnastique.

Repérez les erreurs éventuelles dans les phrases suivantes.

1. Les cours ne sont pas terminé, vous ne pouvez pas quitter l'établissement.
2. Quelques collègues et moi sommes venues t'accueillir à la gare.
3. Ta voiture est en panne, elle a été déplacé.
4. Ma fille est tombée alors qu'elle courait vers moi.
5. Quelques personnes sont sortis avant la fin, ce film est particulier.
6. Myriam, tu es arrivée après moi et tu repars avant moi.
7. Plusieurs spectateurs se sont évanoui à cause de la foule, de la chaleur et du bruit.
8. Les filles, vous n'êtes pas sorties depuis quelque temps, allez-y !
9. Nous sommes montée la voir pour lui souhaiter un bon rétablissement.
10. Louise, c'est toi qui es allé dans le garage en dernier, y as-tu vu mon vélo ?

CORRIGÉS P. 249

100 AVANT QUE L'ON NE SE VOI~~T~~

VIDÉO 20

Je pense que je vais vous envoyer mon dossier de présentation avant que l'on ne se voi~~t~~.
voie

RÈGLE

• Lorsque le verbe de la principale exprime la volonté, le désir, le refus, la crainte, le doute, le verbe de la subordonnée introduite par « QUE » est au **subjonctif**.

• Pour former le subjonctif présent, on prend la **3e personne du pluriel de l'indicatif présent**, on enlève la terminaison « **-ent** » et on ajoute les terminaisons : -**e** ; -**es** ; -**e** ; -**ions** ; -**iez** ; -**ent**.

Exemples : *que je prenne, qu'il mette, que tu coures.*

À noter : la 1re et la 2e personne du pluriel sont identiques à l'imparfait.

Exemples :
– *Nous **marchions**/il faudrait que nous **marchions**.*
– *Vous **veniez**/J'aimerais que vous **veniez**.*

Neuf verbes irréguliers (exemples avec « il »)
Aller (qu'il aille), avoir (qu'il ait), être (qu'il soit), faire (qu'il fasse), falloir (qu'il faille), pouvoir (qu'il puisse), savoir (qu'il sache), valoir (qu'il vaille), vouloir (qu'il veuille).

EXEMPLES

• Je doute qu'il **comprenne** ce qu'on essaie de lui expliquer.
• Nous voudrions que tu **voies** ce spectacle avant la fin des vacances.
• Il faut absolument que je **mette** mon manteau d'hiver.

Cf. fiches 61, 72, 94

EXERCICES

QUIZ

1. Parmi ces trois verbes, lequel est au subjonctif présent ?

○ A. croit ○ B. aille ○ C. envoyons

2. Parmi ces trois verbes, lequel peut compléter la phrase suivante ?
J'aimerais qu'il me...

○ A. croit ○ B. croie ○ C. crois

3. Parmi ces trois verbes, lequel peut compléter la phrase suivante ?
Je sais qu'elle te...

○ A. vois souvent ○ B. voie souvent ○ C. voit souvent

Conjuguez les verbes entre parenthèses au subjonctif présent.

1. Je souhaite vivement que tu ***(résoudre)*** ce problème de batterie.
2. Je ne pense pas qu'il ***(falloir)*** prévoir à manger pour dix personnes, ce serait trop.
3. Il craint que tu ne ***(venir)*** pas à la réunion.
4. Il est nécessaire que nous ***(faire)*** un point sur les dépenses de l'association.
5. Il faudrait que tu ***(remettre)*** les documents à notre responsable directement.
6. Arnaud veut que je ***(prendre)*** plus de responsabilités au sein du groupe.
7. Les inspecteurs veulent que nous ***(pouvoir)*** répondre à leurs questions.
8. Il faut que Lise ***(voir)*** mieux pour être pilote.
9. Je ne suis pas certaine que mes parents ***(vouloir)*** que je sorte ce soir.
10. Je doute qu'elle ***(aller)*** loin dans les études.

Reliez les deux parties du tableau entre elles (plusieurs solutions possibles).

1. Je ne sais pas si	A. tu vois ton associé régulièrement.
2. Je crois que	B. se mette à étudier sérieusement.
3. Je ne voudrais pas que	C. nous nous remettions en question.
4. Penses-tu qu'il	D. ne croie pas en votre projet.
5. Il est nécessaire que	E. nous serons à la hauteur.
6. Nous ne doutons pas que	F. tu viennes plus tôt.
7. Vous craignez qu'il	G. Karine ne sera pas là.
8. Je rêve qu'il	H. nous soyons unis face à la menace.
9. Il sait que	I. faille écouter ses conseils ?
10. Il souhaite que	J. Laurent soit le plus qualifié pour ce poste.

CORRIGÉS P. 249

D'AUTRES ERREURS FRÉQUENTES

Ne pas écrire	Mais la forme correcte	EXPLICATIONS
Au jour d'aujourd'hui	**De nos jours, aujourd'hui**	« Aujourd'hui » signifie « au jour de ce jour » (car « hui » signifiait déjà « le jour où l'on est »), donc « au jour d'aujourd'hui » est un pléonasme* à éviter. * **Pléonasme :** répétition dans un même énoncé de mots ayant le même sens.
En peut de temps	**En peu de temps**	« Peu » est un adverbe signifiant « en faible quantité » à ne pas confondre avec « peut », qui est le **verbe** « pouvoir » conjugué.
Plutôt j'irai, mieux ce sera	**Plus tôt**	Si le contraire est « plus tard », « plus tôt » s'écrit en deux mots. **Ex. :** *Il arrivera plus tôt pour t'aider.*
Plus tôt	**Plutôt**	« Plutôt » est un adverbe qui signifie « de préférence » ou « assez ». On ne peut pas le remplacer par « plus tard ». **Ex. :** *Choisis plutôt ce jus, il est frais.*
Hormi	**Hormis**	Vient de « mis hors ». Il s'écrit avec un « s ». **Ex. :** *Il y avait tout le monde, hormis ton frère.*
Parmis	**Parmi**	« Parmi » est une préposition venant de « par » et « mi » (moitié) qui signifie « au milieu de, dans ». **Ex. :** *Parmi les sélectionnés pour le prix, il n'y a que deux femmes.* **VIDÉO 11**
Voire	**Voir**	C'est le **verbe** (« percevoir les images par le sens de la vue »).
Voir	**Voire**	« Voire » est un adverbe signifiant « même, et même ». Il ajoute un degré supérieur à l'adjectif ou au verbe. **Ex. :** *Elle est intelligente, voire surdouée.*
Je suis sensé partir	**Censé**	Adjectif qui signifie « qui est supposé, réputé ». **Ex. :** *Elle est censée être bien renseignée, or elle a écrit des choses fausses dans son article.*
Intelligent et censé	**Sensé**	Adjectif qui signifie « qui a du bon **sens**, qui est conforme à la raison ». **Ex. :** *Voici une idée très sensée !*
Certe	**Certes**	Vient du latin *certus*. Signifie « certainement », ou marque une concession. **Ex. :** *Certes, il a raison.*
Magazin	**Magasin**	**Ex. :** *Le magasin de bonbons est fermé.*
Magasine	**Magazine**	**Ex. :** *C'est un magazine de mode* **(origine anglaise)**.

Ne pas écrire	Mais la forme correcte	EXPLICATIONS
Connection	**Connexion**	On écrit « se connecter », mais une « connexion » qui est le fait d'être connecté ou « connexe* » (*qui a des rapports étroits avec autre chose). Ex. : *Nous n'avons pas une bonne connexion Internet dans ce village.*
Régler un différent	**Différend**	C'est un nom commun qui signifie « conflit, désaccord ». Ex. : *J'ai un différend avec mon voisin.*
Ils sont différends	**Différent**	Adjectif qui signifie « qui diffère, qui n'est pas semblable ». Au féminin : différente. Ex. : *Ces deux tableaux sont très différents l'un de l'autre.*
Pallier à	**Pallier**	Le verbe « pallier » s'utilise **sans préposition**, il est suivi d'un **COD**. Il vient du bas latin *palliare* (couvrir d'un manteau). Ex. : *Il pallie la baisse des ventes en diminuant les coûts de production.*
À l'intention de	**À l'attention de**	Formule administrative pour préciser le destinataire d'un envoi. Ex. : *À l'attention de M. Bernard.*
À l'attention de	**À l'intention de**	Une intention est « l'acte, le fait de se proposer un certain but ». **À l'intention de** : pour quelqu'un, en son honneur. Ex. : *Nous organisons une fête à l'intention de notre collègue.*
Accompte	**Acompte**	Paiement partiel (est formé de « a » + « compte »). Ex. : *Avez-vous réglé l'acompte pour la formation ?*
Un espèce de	**Une espèce de**	Le nom « espèce » est **féminin**, même s'il est suivi d'un nom masculin, il ne change pas de genre. Ex. : *J'ai attrapé **une** espèce de **virus** rare en Inde.*
Tâche de rousseur	**Tache**	Une tache est un changement de coloration, une marque ou un défaut. Ex. : *Il y a une **tache** sur la nappe.*
Tache (travail)	**Tâche**	Vient du latin médiéval *taxa* : « travail à effectuer ou conduite dont on se fait une obligation ». Ex. : *Voici une tâche qui n'est pas aisée.* Dans le langage informatique, « tâche » vient de *task* en anglais. C'est un programme ou un bout de programme contenu en mémoire et qui s'exécute sans perturber le fonctionnement des autres tâches.
Je vous serais gré	**Je vous saurais gré**	L'expression est « savoir gré » (« avoir de la reconnaissance »). Ex. : *Je vous **saurais** gré de bien vouloir m'envoyer votre règlement avant le 31 mars.*

Ne pas écrire	Mais la forme correcte	EXPLICATIONS
Je vous saurais reconnaissant	**Je vous serais reconnaissant**	L'expression est « être reconnaissant ». **Ex. :** *Je vous serais reconnaissant(e) de me recevoir.*
Comme même	**Quand même**	On dit « quand même », cela signifie « malgré cela ». **Ex. :** *On me l'a interdit, je le ferai quand même.*
Combien même	**Quand bien même**	On dit « quand bien même » (« en admettant que »), il est suivi du conditionnel. **Ex. :** *Quand bien même tu l'inviterais, il ne viendrait pas.*
Je suis près à m'investir	**Prêt**	« Prêt/prête » est un adjectif qui signifie « être en état, capable de ». Ne pas confondre avec « près de » (voir fiche 48). **Ex. :** *Il est prêt à décoller, veuillez attacher vos ceintures.*
Elle n'est pas prête de	**Près de**	Vient du latin *pressus* (« serré ») et signifie « à côté de », « sur le point de ». On l'utilise aussi pour une quantité presque atteinte. **Ex. :** *Elle n'est pas près de changer.*
Rénumérer	**Rémunérer**	Ce verbe vient du latin *munus, muneris*. Il signifie « payer un service ou quelqu'un pour un travail ». **Ex. :** *Il a été bien rémunéré pour cette mission.*
S'avérer vrai	**S'avérer**	« S'avérer vrai » est un pléonasme*. « S'avérer » vient de *ad* et *verus* (« vrai »), donc il signifie « être reconnu vrai ». **Ex. :** *Ce comportement s'avère dangereux.* * **Pléonasme :** répétition dans un même énoncé de mots ayant le même sens.
Cauchemard	**Cauchemar**	Le nom « cauchemar » s'écrit sans « d » alors que le verbe et l'adjectif issus de ce mot sont « cauchemarder » et « cauchemardesque ». **Ex. :** *Il a fait un cauchemar cette nuit.*

CORRIGÉS DES EXERCICES

CORRIGÉS DES EXERCICES

FICHE 1. DE VOUS APPELLER

QUIZ

1. B. **jettes** **2.** C. **appelé** **3.** A. **appellé** : *appelé* **4.** C. **appellerons**

Conjuguez les verbes entre parenthèses.

1. **avons appelé** – **2.** vous **rappellera** – **3.** **rejetaient** – **4.** **achètera** – **5.** **ont feuilleté** – **6.** que la police **interpelle** – **7.** Je vous **rappelle** – **8.** Sophie **a jeté** – **9.** **cisèlent** – **10.** Mélanie et moi leur **rappelons**

Repérez les erreurs éventuelles dans les phrases suivantes.

2. Ils ont été **rejetés** à cause de cette proposition.
3. Quelques étudiants ont **feuilleté** le manuel avant de se lancer.
5. Nous vous **appellerons** quand le travail sera achevé.
8. Les élèves de la classe **épellent** chaque mot de la phrase au professeur.
9. Béatrice a **rappelé** à Jeanne qu'elle était invitée à sa fête.

FICHE 2. EN VOUS REMERÇIANT

QUIZ

1. A. **balance** (pas de cédille avec le « e »)
2. B. **apercevoir** (pas de cédille avec le « e »)
3. A. **amarçé** : *amarcé* (pas de cédille avec le « é »)

Repérez les erreurs éventuelles dans les phrases suivantes.

1. La **façade** de l'immeuble – **4.** Un escalier en **colimaçon** – **5.** L'agence **commerciale** – **6.** nous vous **recevrons** – **9.** Alors qu'ils **avançaient**

Complétez par « c » ou « ç ».

la perception	un limaçon	ils aperçoivent
nous devançons	il relançait	un aperçu
invincible	un morceau	ci-dessous
le glaçage	un garçon	un cintre
un remerciement	un berceau	un pinceau
émancipé	un Niçois	vous avanciez

FICHE 3. AU CLIENTS

QUIZ

1. C. **délais** **2.** B. **parc** (singulier) **3.** B. **bisous** **4.** B. **cheveux** (pluriel)

Reliez les deux parties de phrases.

1. Nous avons vendu notre maison **au** fils aîné des Lambert.
2. Vous pensez souvent **aux** filles de votre sœur.
3. Vous devriez goûter les macarons **au** café, ils sont délicieux.
4. Il faudrait éviter de trop réfléchir **au** départ de votre amie.
5. Depuis un an, nous ne parlons plus **aux** voisins du dessus.
6. La semaine prochaine, je pars **aux** États-Unis avec Hélène.
7. Il va probablement déménager **au** mois de juin.
8. Je suis certain qu'il ne croit pas **aux** rumeurs qui circulent sur elle.
9. Ce pâtissier nous a promis un dessert **aux** deux chocolats.
10. Je ne pensais pas que tout le monde serait **au** courant de cette affaire.

Choisissez « au » ou « aux » en fonction du nom entre parenthèses.

1. **aux** pommes – **2.** **au** candidat – **3.** **au** père Noël – **4.** **aux** amateurs – **5.** jusqu'**au** prochain rond-point – **6.** **au** cinéma – **7.** **au** restaurant – **8.** **aux** Canaries – **9.** **aux** voisins ? – **10.** au retour

FICHE 4. ÇA QUALITÉ

QUIZ

1. A. **son** **2.** A. **ces** **3.** A. **sa** **4.** 1. **sien :** B. pronom possessif
2. **ceci :** A. pronom démonstratif
3. **ses :** C. déterminant possessif

Reliez les trois parties de phrases.

1. Nous attendons impatiemment **sa** venue ce soir.
2. Il faudrait absolument que **ça** lui convienne.
3. Je ne suis pas sûre de comprendre **sa** façon de penser.
4. Pourrais-tu me dire si **sa** mère compte venir demain ?
5. Jeanne ne vous a-t-elle pas envoyé **ça** la semaine dernière ?
6. Quand tu l'as vu, n'as-tu pas trouvé **ça** étrange qu'il ne te reconnaisse pas ?
7. S'il le souhaite, il pourra apporter **sa** boîte à outils pour monter le meuble.
8. Combien de fois faut-il que **ça** apparaisse sur le tableau ?
9. Vous ne pourrez pas lui demander **sa** permission avant demain.
10. Bertrand peut ranger ses affaires ici, **ça** ne me dérange pas du tout.

Repérez les erreurs éventuelles dans ces phrases.

2. Quelle que soit **sa** décision, nous nous tenons prêts à l'aider.
4. **Sa** mère a été hospitalisée cette nuit, mais ce matin, elle va très bien.
6. Est-il étonnant que **ça** ne fonctionne pas comme ils le souhaitent ?

8. Nous te préviendrons jeudi, si **ça** te convient, de notre heure d'arrivée.
9. Chaque personne a trouvé **sa** place dans la salle, nous pouvons commencer.

FICHE 5. DEUX CENTS HUIT EMPLOYÉS

QUIZ

1. C. **centaine** **2.** C. **trois** **3.** A. trois **cent** personnes : *trois cents* (trois centaines + nom)

Repérez les erreurs éventuelles dans les phrases suivantes.

1. Mille deux **cents** personnes ont manifesté devant la préfecture ce matin.
2. Il a invité cent **vingt** clients à cet événement, il espère qu'ils viendront.
5. Les **cent** familles accueillies par des bénévoles ont trouvé un logement.
6. Il faut ajouter ensuite deux **cent** cinquante grammes de farine et remuer énergiquement.
7. Nous avons fourni quatre-**vingt**-dix catalogues aux clients.
9. Alors que les **vingt** candidats se préparaient à passer devant le jury, l'alarme s'est déclenchée.

Écrivez en toutes lettres les nombres suivants.

1. Quatre cent cinquante-deux – **2.** Mille trois cents – **3.** Cinq cent vingt-huit – **4.** Cent quatre-vingts – **5.** Quatre-vingt-neuf – **6.** Quatre-vingt-seize – **7.** Six mille cinq cent douze – **8.** Deux cent quatre-vingt-cinq – **9.** Six cent quatre-vingts – **10.** Quarante-cinq mille cent

* *Les corrigés ne tiennent pas compte de la règle des traits d'union présente dans les rectifications de l'orthographe de 1990.*

FICHE 6. CES ÉQUIPES À LUI

QUIZ

1. B. **son** **2.** A. **nôtre** **3.** B. **mes**

Repérez les déterminants possessifs dans les phrases suivantes.

1. notre entreprise – **3. ses** enfants – **4. leur** colis – **5. leurs** revenus – **6. leur** salle de classe – **7. ses** raisons ; **son** équipe – **8. notre** projet – **10. sa** décision

Repérez les erreurs éventuelles dans les phrases suivantes.

1. Quelles que soient **ses** convictions, il doit les garder pour lui et ne pas tenter d'influencer les autres membres de l'association.
3. Ces personnes demandent si l'apéritif sera servi dans la grande salle.
4. Marie n'a pas vu **ses** enfants cet été, ils lui manquent.
5. Je ne comprends pas **ces** livres-là, je ne maîtrise pas suffisamment cette langue.
7. Jérôme a cherché longuement dans **ses** tiroirs, impossible de remettre la main sur ses papiers.
10. Chacun prend **ses** dispositions pour arriver à l'heure à la réunion.

FICHE 7. CETTE EMPLOI

QUIZ

1. B. **élan** **2.** C. **ourlet** **3.** A. **ces** **4.** B. **chacun**

Reliez les trois parties de phrases.

1. Il faudrait que nous investissions dans **cet** immeuble délabré pour le rénover.
2. Vous avez rapporté du Japon **cette** statuette très fine.
3. Nous aurions dû éviter d'emprunter **cette** autoroute, nous serions déjà arrivés.
4. Laetitia et moi aimerions nous rendre à **cet** important vernissage.
5. Les Lemarchand ont pris leur retraite **cette** année, à 65 ans.
6. Quelle bonne idée tu as eue d'offrir **cet** excellent ouvrage à Juliette !
7. Le boulanger a presque terminé **cet** énorme pain au lait pour le concours.
8. L'avocat des Morin a mené **cette** affaire de main de maître.
9. De nombreux visiteurs ont trouvé **cette** œuvre très déconcertante.
10. Les ouvriers auront sûrement achevé **cet** étage quand nous rentrerons.

Repérez les erreurs éventuelles dans les phrases suivantes.

2. Mme Louvet a oublié **cette** étole lors de sa visite au château.
3. Plusieurs de mes amis ont installé **cette** application sur leur téléphone.
6. Je voudrais bien que **cet** épisode ne se termine pas aussi mal que le précédent.
8. Les enfants de mon collègue iront visiter **cet** immeuble original à Barcelone.
10. Si cet aigle est bien dressé, il pourra atterrir sur **cette** esplanade sans difficulté.

FICHE 8. CHAQUE CHALLENGES

QUIZ

1. B. **chaque** **2.** A. **beaucoup de** **3.** B. **chaque détails :** *chaque détail*

Repérez les déterminants dans les phrases suivantes.

1. **les** efforts ; **notre** patrimoine – **2.** **notre** plateau ; **chaque** soirée – **3.** **Chaque** nuit ; **leur** voisin ; **les** chats – **4.** **Le** critique ; **aucun** film ; **ces** dernières semaines – **5.** **le** registre – **6.** **aucun** risque ; **cette** pièce ; **chaque** spectacle – **7.** **chaque** été ; **notre** école de commerce ; **des** étudiants étrangers – **8.** **Toute** personne ; **son** aide ; **l'**association – **9.** **Chaque** élève ; **son** rapport de stage ; **le** 30 juin – **10.** **ses** interventions ; **un** succès

Repérez les erreurs éventuelles dans les phrases suivantes.

1. Une entreprise allemande a mis au point un insecticide pour traiter chaque **tournesol**.
2. Chacun **était occupé** à poursuivre les braqueurs de la banque qui s'étaient enfuis.
4. Chacun des travailleurs **n'a** pas le droit de grève et les syndicats indépendants sont interdits dans ce pays.
5. Bien qu'il rencontre encore de nombreuses difficultés chaque **jour**, il est heureux d'avoir surmonté ses complexes.

7. Chacune d'entre elles **aime** ce film très original et très juste.

9. Chaque nouveau robot installé en usine **pourrait** créer « deux ou trois emplois supplémentaires », d'après la fédération.

FICHE 9. LEUR~~S~~ ADRESSE

QUIZ

1. B. **Leurs** amis sont là **2.** B. **carte** **3.** A. **intérêts**

Repérez les déterminants possessifs dans les phrases suivantes.

1. **Mes** parents – **2.** **Mon** fils ; **son** visage ; **ses** mains – **3.** **leur** mère – **4.** **Mes** chiens ; **leurs** pattes – **5.** **leurs** journaux préférés ; **leurs** journées – **6.** tous **tes** bonbons ; **tes** camarades de classe – **8.** **Son** ami ; **ses** nouvelles – **9.** **Leur** avocat

Repérez les erreurs éventuelles dans les phrases suivantes.

2. Je remplace **leur** nourrice momentanément.

5. Il leur manque quelques points pour avoir **leur** bac.

7. Les agents ont apporté **leur** proposition.

9. Ils ont invité leur **fille** pour les fêtes de fin d'année.

10. Nous n'avons jamais reçu **leur** lettre de démission.

FICHE 10. TOUS LES LUNDI

QUIZ

1. A. **aujourd'hui** **2.** C. les **lundi** : *les lundis* **3.** A. **les mercredis soir**

Repérez les noms communs dans les phrases suivantes.

1. En **hiver**, nous quittons très souvent Paris.

2. Chaque **jeudi**, il sort de chez lui et va se promener en **forêt**.

3. Tous les **lundis**, elle va chanter.

4. Tous les **étés** sont chauds dans cette **région**.

5. Les **lundis** d'**octobre**, nous préparerons le **concert**.

6. Vous vous inscrivez donc pour les **cours** du **vendredi** ?

7. Tous les **mercredis**, je garde les **enfants**.

8. Les **enfants** iront à la **piscine** tous les **mardis** à partir du 16 **septembre**.

9. Il adore le **vendredi** !

10. Je ne serai malheureusement pas là **dimanche** prochain.

Repérez les erreurs éventuelles dans les phrases suivantes.

1. tous les **jeudis** soir – **2.** chaque **mercredi** – **4.** le **lundi** soir – **7.** tous les mardis **matin** – **10.** tous les **dimanches**

FICHE 11. MES QUALITÉS D'ORGANISATION~~S~~

QUIZ

1. B. J'ai un fer **à cheval**
2. C. un tas de **farine(s)**
3. B. des erreurs de **conjugaisons** (*des erreurs de conjugaison*)
4. C. La valise **de ma sœur** est là.

Repérez les compléments du nom dans les phrases suivantes.

1. Les coureurs **de fond** – **2.** trois grands plateaux **de fruits de mer** – **3.** son carnet **d'adresses** – **4.** la collection **de trains à vapeur** – **5.** quelques fautes **de frappe** – **6.** les jeux **de logique** – **7.** un moteur **à explosion** – **8.** Les livres **de philosophie** – **9.** mes pantalons **en lin** – **10.** des hommes **de talent** ; ce poste **à responsabilités**

Repérez les erreurs éventuelles dans les phrases suivantes.

1. les factures **d'électricité** et de gaz – **3.** des carreaux de **faïence** – **4.** des problèmes de **voisinage** – **6.** différents jeux de **société** – **9.** le poêle à **charbon**

FICHE 12. LES QUATRE~~S~~ MISSIONS

QUIZ

1. A. **mille**
2. B. **huit**
3. A. cent **quatres** : *cent quatre* (« quatre » est invariable)

Repérez les erreurs éventuelles dans les phrases suivantes.

2. Les photos des **soixante** plus beaux monuments du monde – **4.** les **mille** bouteilles d'eau – **7.** les **quarante** bougies – **8.** cent **neuf** draps de soie – **9.** l'accord de vos **quatre** associés

Écrivez en toutes lettres les nombres suivants.

1. deux cent vingt-huit – **2.** cent trente – **3.** trente-cinq – **4.** dix-sept – **5.** quarante-quatre – **6.** cinquante-neuf – **7.** vingt-trois – **8.** soixante-six – **9.** soixante-dix-huit – **10.** soixante-douze

** Les corrigés ne tiennent pas compte de la règle des traits d'union présente dans les rectifications de l'orthographe de 1990.*

FICHE 13. ~~S~~E DOMAINE

QUIZ

1. A. **ces**
2. B. **se**
3. C. **ce**

Repérez les déterminants démonstratifs dans les phrases suivantes.

1. **Ce** jeune chef d'entreprise – **2.** **ce** soir – **3.** **cet** acteur – **5.** **ce** prêt – **7.** **ce** personnage, **cette** image – **9.** **ce** dessert

Repérez les erreurs éventuelles dans les phrases suivantes.

2. Que **se** passe-t-il ce matin ? – **5.** **ce** livre – **6.** **Ce** carton – **8.** Mes collègues **se** déguisent – **10.** **ce** parfum

FICHE 14. SON~~T~~ SECTEUR

QUIZ

1. B. **son** **2.** A. **siens** **3.** B. **mes**

Repérez les déterminants possessifs dans les phrases suivantes.

1. **son** contrat – **2.** **Ses** enfants ; **son** départ – **3.** **leur** appel – **5.** **Son** œuvre – **6.** **son** choix ; **ses** études – **7.** **vos** bottes – **8.** **notre** série – **9.** Tous **ses** bijoux précieux – **10.** **ses** preuves

Repérez les erreurs éventuelles dans les phrases suivantes.

2. Les ouvriers qui **sont** les plus qualifiés trouveront du travail facilement.

4. J'ai su que **son** médecin lui avait conseillé de faire une cure.

5. Le jardinier doit arroser les plantes de **son** jardin.

8. Des représentants **sont** passés chez moi pour me présenter cet aspirateur.

10. Où **sont** rangées les assiettes de notre grand-mère ?

FICHE 15. TOU~~T~~ MES REMERCIEMENTS

QUIZ

1. C. **Tout** appel sera facturé **2.** A. **tout** mes amis : *tous mes amis*
3. A. **le temps**

Repérez les déterminants dans les phrases suivantes.

1. **le** voyage ; **une** réussite – **2.** **Notre** fille ; **toutes les** semaines ; **son** linge sale – **3.** **tout son** matériel – **4.** **Tout** homme ; **ses** engagements ; **les** projets – **5.** **toute** tentative de changement depuis **un** an – **6.** **notre** revue – **7.** **Tous les** jours ; **ce** café ; **notre** séjour – **8.** **toute une** année ; **ce** prototype – **9.** **Quelques** commentaires sur **le** film ; **la** page de **l'**événement – **10.** **tout leur** temps

Repérez les erreurs éventuelles dans les phrases suivantes.

2. **tous** les lampadaires – **3.** **toutes** ses journées – **6.** **tout** ce que tu me dis – **7.** **Tous** mes amis – **8.** **tous** leurs bijoux – **10.** **tout** ce que tu as fait pour elles

FICHE 16. V~~Ô~~TRE DISPOSITION

QUIZ

1. B. **son** **2.** A. **nôtre** **3.** A. **notre**

Repérez les déterminants possessifs dans les phrases suivantes.

1. **Notre** élève – **2.** **son** uniforme – **3.** **son** père – **4.** **notre** démarche – **5.** **Leur** film ; **sa** sortie – **6.** **leur** convocation – **7.** **ses** idées – **8.** **notre** voyage au Mali – **9.** **sa** candidature – **10.** **Ses** amis ; **son** succès

Repérez les erreurs éventuelles dans les phrases suivantes.

2. **Notre** parti – **3.** est-ce la **vôtre** ? – **6.** **Notre** chat – **8.** Votre ordinateur est bien plus performant et rapide que le **nôtre** – **10.** **votre** fille

FICHE 17. VOTRE ACCUEIL

QUIZ

1. A. **orgueil** : *orgueil* **2.** B. **portaille** : *portail*
3. B. **travaille** **4.** A. **merveille**

Repérez les erreurs éventuelles dans les phrases suivantes.

3. L'**émail** de ses dents – **4.** l'atelier d'**éveil** musical – **7.** Benjamin vous **conseille** de négocier votre taux d'emprunt – **8.** J'ai attendu longuement à l'**accueil** – **9.** Le boulanger **ravitaille** les membres de l'association quotidiennement

Complétez par -ille/-il/-euil/-euille/-eil/-eille/-aille/-ail/-ueil/-ueille.

Le travail ; l'écureuil ; un fauteuil ; le seuil de la porte ; on fouille ; l'appareil ; je travaille ; l'éventail ; un recueil de poésie ; l'émail des dents ; une merveille ; un portefeuille ; il se réveille ; j'ai sommeil

FICHE 18. EN VOUS COMMUNICANT

QUIZ

1. A. **nageant** **2.** A. **élégant**

Trouvez l'adjectif ou le nom correspondant au participe présent.

Participe présent	Adjectif/Nom
adhérant	adhérent
intriguant	intrigant
communiquant	communicant
convainquant	convaincant
choquant	choquant
craquant	craquant
piquant	piquant
provoquant	provocant

Repérez les erreurs éventuelles dans les phrases suivantes.

1. les **adhérents** – **3.** Les retraités **adhérant** à cette association – **4.** en vous **fatiguant** beaucoup – **5.** ces grands **communicants** – **7.** une attitude **provocante** – **8.** Ces deux frères sont très **différents** – **9.** le personnel **navigant** commercial

FICHE 19. TOUS ENSEMBLES

QUIZ

1. C. **vite** **2.** B. **abaissement** **3.** B. **debout**

Cochez la case correspondante.

Mot	Adjectif/Nom	Adverbe
Elles arrivent **ensemble**.		✗
J'ai acheté un **ensemble**.	✗	
Elles parlent **fort**.		✗
Cet athlète est **fort**.	✗	
Tu chantes **juste**.		✗
Cette femme est sévère, mais **juste**.	✗	
Il est **haut** placé.		✗
Le mur est **haut** de deux mètres.	✗	
Nous sommes à l'**arrière** du train.	✗	
Le feu **arrière** est cassé.	✗ (invariable)	

Repérez les erreurs éventuelles dans les phrases suivantes.

1. Les filles, pour ne pas perturber la séance, se sont assises **derrière**.
3. Les élèves se sont mis **debout** pour accueillir le nouveau proviseur.
4. Vous avez trouvé ces ouvrages très **bien**, très complets.
6. Nous les aidons pour qu'ils touchent au plus **juste** leur cible et qu'ils développent leur activité.
7. Ils ne sont plus **ensemble** depuis trois mois, il lui manque.
9. Les enfants chantent trop **fort**, nous ne pouvons plus discuter.

FICHE 20. J'AI ÉXERCÉ

QUIZ

1. B. **véxé** : *vexé* **2.** A. **eclairage** : *éclairage* **3.** A. **cesser**

Repérez les erreurs éventuelles (d'accent) dans les phrases suivantes.

1. Elle a **éclaté** de rire tellement fort qu'il en a eu honte pendant trois jours.
3. Quelques **spectateurs** se sont engouffrés dans le théâtre déjà bondé.
5. Ce plongeur a été **terrorisé** par l'approche d'un requin.

6. Nous pensions avant de l'embaucher qu'il avait de **l'expérience** dans ce domaine.
9. Il s'est **excusé** longuement pour son comportement lors de la soirée.
10. L'**inspecteur** est entré dans la cuisine et a vérifié les installations.

Placez tous les accents manquants sur les mots suivants.

1. écrouler – **2.** intéresser – **3.** vestiaire – **4.** antenne – **5.** ouvertement – **6.** décrire – **7.** exécuter – **8.** ébruiter – **9.** une fresque – **10.** une indienne – **11.** écrasement – **12.** certitude – **13.** messager – **14.** examiner – **15.** personnage – **16.** éblouissement – **17.** exercer – **18.** excitation – **19.** amertume – **20.** description – **21.** éclater

FICHE 21. LES EXIGE~~A~~NCES

QUIZ

1. A. **négligeant** (c'est un participe présent invariable, l'adjectif s'écrit : *négligent*)
2. A. **engageant** **3.** A. **intransigence** : *intransigeance*

Trouvez des mots de la même famille.

Adjectif/Verbe	Nom commun féminin
désobliger	désobligeance
émerger	émergence
transiger	intransigeance
intelligent	intelligence
négliger	négligence
obliger	obligeance
urgent	urgence
venger	vengeance

Remplissez la grille suivante à l'aide des définitions.

						7					
						O					
						B					
						L				6	
				1		I		5		É	
				V		G		U		M	
				E		E		R		E	
				N		A		G		R	
2	E	X	I	G	E	N	C	E		G	
				E		T		N		E	
				A				C		N	
3	A	G	E	N	C	È	R	E	N	T	
				C							
4	I	N	T	E	L	L	I	G	E	N	T

FICHE 22. UN FABRI~~QU~~ANT

QUIZ

1. A. **communiquant** **2.** B. **choquant**
3. A. un **communiquant** : *un communicant*

Trouvez des mots de la même famille.

Verbe	Nom/Adjectif
communiquer	communicant
convaincre	convaincant
craquer	craquant
fabriquer	fabricant
manquer	manquant
piquer	piquant
pratiquer	pratiquant
provoquer	provocant
vaquer	vacant

Repérez les erreurs éventuelles dans les phrases suivantes.

1. un excellent **communicant** – **2.** Le poste est resté **vacant** – **4.** Les **fabricants** de chaussures de luxe – **5.** Ce **pratiquant** de canyoning – **8.** Le texte de cet auteur était vraiment très **provocant**, il a été hué – **10.** J'ai trouvé cet homme politique très **convaincant**, je vais lire son programme.

FICHE 23. MALGRÉ ~~QUE~~

QUIZ

1. A. **malgré** **2.** B. **malgré qu'il pleuve**

Trouvez les synonymes des prépositions suivantes.

- malgré cela : en dépit de – bien que – au mépris de – nonobstant
- malgré lui : n'en déplaise à – à contrecœur
- malgré tout : pourtant – quand même

Transformez les phrases suivantes selon le modèle.

1. Malgré notre retard – **2.** Bien qu'il ait insisté – **3.** Malgré leur appel – **4.** Bien qu'ils se soient disputés – **5.** Malgré les critiques – **6.** Bien que l'alerte météo ait été donnée – **7.** Malgré votre conseil de ne pas lire ce livre – **8.** Bien qu'il ait eu le hoquet – **9.** Malgré votre méconnaissance de la région – **10.** Bien que nous ayons souhaité annuler la réunion

FICHE 24. M~~R~~ DURAND

Corrigez les erreurs éventuelles contenues dans cette lettre.

Mme Jeanne Dubois
14, rue de l'Église
92160 Antony

Antony, le 24/11/2015

M. Luc Lebrun
88, avenue de la République
75011 Paris

<u>PJ</u> : Curriculum vitae
<u>Objet</u> : Candidature au poste de secrétaire médicale

Madame, Monsieur,

Je vous contacte de la part de Mlle Dormin qui travaille chez vous.
Étant actuellement à la recherche d'un emploi, je me permets de vous proposer ma candidature au poste de secrétaire médicale au sein de votre cabinet.

En effet, mon profil correspond à la description recherchée sur l'offre d'emploi.

Ma formation m'a permis d'acquérir de nombreuses compétences parmi celles que vous recherchez. Je possède tous les atouts qui me permettront de réussir dans le rôle que vous voudrez bien me confier. Motivation, rigueur et écoute sont les maîtres mots de mon comportement professionnel.

Mon expérience en tant que secrétaire médicale du Dr Servais m'a permis d'acquérir toutes les connaissances nécessaires à la bonne exécution des tâches du poste à pourvoir. Régulièrement confrontée aux aléas du métier, je suis capable de répondre aux imprévus en toute autonomie.

Intégrer votre cabinet représente pour moi un réel enjeu d'avenir dans lequel mon travail et mon honnêteté pourront s'exprimer pleinement.

Restant à votre disposition pour toutes informations complémentaires, je suis disponible pour rencontrer le Dr Blédois lors d'un entretien à sa convenance.

Veuillez agréer, Madame, Monsieur, l'expression de mes sincères salutations.

Jeanne Dubois

FICHE 25. PRÉCÉD~~A~~MMENT

QUIZ

1. C. **vraiment** **2.** A. **conscient** **3.** B. **abondamment**

Trouvez l'adverbe correspondant aux adjectifs.

apparent	apparemment
élégant	élégamment
prudent	prudemment
joli	joliment
gentil	gentiment
aisé	aisément
conforme	conformément
indu	indûment/indument
immense	immensément
bruyant	bruyamment

Repérez les erreurs éventuelles dans les phrases suivantes.

1. **indéfiniment** – **3.** **Évidemment** – **4.** **Apparemment** – **7.** **récemment** – **9.** **violemment**

FICHE 26. LES QUALITÉ~~E~~S

QUIZ

1. A. **acidité** **2.** B. une **difficultée** : *une difficulté* **3.** C. **apogée**

Trouvez des mots de la même famille.

Adjectif/Verbe	Nom commun féminin
vrai	la vérité
égal	l'égalité
actif	l'activité
amical	l'amitié
pitoyable	la pitié
dicter	la dictée
porter	la portée
difficile	la difficulté
jeter	la jetée
pelleter	la pelletée
étrange	l'étrangeté

Repérez les erreurs éventuelles dans les phrases suivantes.

2. de nombreuses **qualités** – **3.** des **difficultés** – **5.** le long de la **jetée** – **6.** l'**activité** physique – **8.** les **libertés** individuelles – **9.** la double **nationalité**

FICHE 27. LES UNIFORMES BLEU~~X~~ FONCÉ

QUIZ

1. C. **bleu ciel** **2.** B. des robes **roses pâles** : *des robes rose pâle*

Repérez les erreurs éventuelles dans les phrases suivantes.

2. les dossiers **rose** framboise – **3.** Elle a changé de lunettes, elle a pris les bleu **clair** – **4.** les serviettes **jaune** citron – **6.** des rideaux **rouge** bordeaux – **7.** La voiture gris **clair** – **9.** des fleurs **rouge cerise**

Mettez au pluriel les groupes nominaux suivants.

Singulier	Pluriel
un chemisier bleu-vert	des chemisiers bleu-vert
une lampe rose foncé	des lampes rose foncé
une jupe jaune	des jupes jaunes
une boîte jaune d'or	des boîtes jaune d'or
une écharpe noir de jais	des écharpes noir de jais
un ensemble marron clair	des ensembles marron clair
un foulard orangé	des foulards orangés
un drap bleu clair	des draps bleu clair
un coussin vert pomme	des coussins vert pomme
un bureau vert	des bureaux verts

FICHE 28. UNE DEMI~~E~~-JOURNÉE

QUIZ

1. A. sa **demie-sœur** : *sa demi-sœur* **2.** C. des **demis-tours** : *des demi-tours*

Repérez les erreurs éventuelles dans les phrases suivantes.

1. sa **demi**-sœur – **3.** une **demi**-douzaine de lettres – **4.** Les **demi**-finalistes – **5.** Dans trois heures et **demie** environ – **7.** des **demi**-tarifs – **10.** trois **demi**-siècles

Composez les noms.

trois + demi + frère	trois demi-frères
deux + jour + et + demi	deux jours et demi
une + heure + et + demi	une heure et demie
quatre + demi + baguette	quatre demi-baguettes
elle est à + demi + ouverte	elle est à demi ouverte
du lait + demi + écrémé	du lait demi-écrémé
des demi + cercles	des demi-cercles

FICHE 29. LES CONTACTS HUMAIN

QUIZ

1. B. **beauté** **2.** A. **immense** **3.** A. **bonheur**

Reliez les deux parties du tableau entre elles.

les relations	professionnelles
de nombreuses remarques	intéressantes
quelques lampadaires	onéreux
un jardinier	actif
ces gens	habiles
mes lunettes	neuves
un geste	amical
plusieurs personnes	muettes
chaque idée	géniale
des livres	originaux

Accordez les adjectifs suivants.

Il est…	Elle est… (+ E)	Ils sont… (+S/X)
nouveau	nouvelle	nouveaux
gentil	gentille	gentils
gros	grosse	gros
gris	grise	gris
éternel	éternelle	éternels
léger	légère	légers
original	originale	originaux
naïf	naïve	naïfs
jaloux	jalouse	jaloux
roux	rousse	roux
doux	douce	doux
beau	belle	beaux
long	longue	longs
public	publique	publics

FICHE 30. CI-JOINT~~E~~ LA LETTRE

QUIZ

1. A. **inclus** **2.** A. **ci annexé** : *ci-annexé*

Complétez si nécessaire par « -e », « -s » ou « -es » les mots en gras.

1. Je vous renvoie les propositions **ci-annexées**.

2. Nous avons trouvé **ci-inclus** photocopie de la lettre de menace.

3. Veuillez trouver **ci-joint** ma lettre de motivation.
4. **Ci-inclus** la programmation de la salle de théâtre.
5. Je vous transmets **ci-joint** deux copies du projet.
6. Veuillez trouver **ci-annexé** ma demande d'emploi.
7. Vous trouverez **ci-inclus** la liste de nos publications, pour avis.
8. La liste d'invités **ci-jointe** n'est qu'une proposition.
9. Les notes **ci-jointes** vous seront utiles pour mieux comprendre notre projet.
10. Les pièces que vous trouverez **ci-incluses** doivent nous être retournées.

Repérez les erreurs éventuelles dans les phrases suivantes.

1. Vous trouverez les pièces du dossier manquantes **ci-jointes** à notre courrier.
2. Vous trouverez **ci-joint** photocopie de votre acte de naissance.
4. Les documents **ci-joints** sont confidentiels.
5. **Ci-joint** votre facture, qu'il est conseillé d'imprimer.
8. Les listes **ci-annexées** sont à afficher sur la porte de l'établissement.
9. **Ci-inclus** la liste des services qu'offre l'hôtel.

FICHE 31. DES CHEMISES ORANGE~~S~~

QUIZ

1. A. **turquoise** **2.** B. **orange** **3.** B. des pantalons **marrons** : *marron*

Repérez les erreurs éventuelles dans les phrases suivantes.

1. ces chaises **orange** – **4.** les serviettes **mauves** – **5.** En Suède, les maisons sont colorées, on en voit des **jaunes** et des rouges – **6.** des rideaux **pourpres** – **7.** La voiture **vermeille** – **9.** des fleurs **violettes**

Mettez au pluriel les groupes nominaux suivants.

Singulier	Pluriel
un chemisier bleu	des chemisiers bleus
une lampe rose	des lampes roses
une jupe prune	des jupes prune
une boîte émeraude	des boîtes émeraude
une écharpe mauve	des écharpes mauves
un ensemble marron	des ensembles marron
un foulard pourpre	des foulards pourpres
un drap cerise	des draps cerise
un coussin écarlate	des coussins écarlates
un feu rouge	des feux rouges

FICHE 32. TOUT~~E~~ ENTIÈRE

QUIZ

1. A. **patiemment** **2.** A. **prudent** **3.** B. **honteuse**

Repérez les adverbes dans les phrases suivantes.

1. Nous les avons vus **hier**, tous sont venus nous saluer.
2. Les filles sont **vraiment** ravies de s'être inscrites à ce cours.
3. Sa voiture est **toute** neuve, elle sort de l'usine.
4. Je **n'**ai **pas** retrouvé tout le monde après la fête.
5. Ils se sont tous réunis pour célébrer **joyeusement** son anniversaire.
6. Les filles semblent **tout** étonnées de nous voir **ici**.
7. Son blouson est **tout** taché, il a renversé un verre de vin.
8. Elle avait les joues **toutes** rouges à cause du soleil.
9. Mes collègues ne sont pas toutes **aussi** rapides pour le courrier.
10. Vous parlez **trop fort** quand vous êtes au téléphone.

Repérez les erreurs éventuelles dans les phrases suivantes.

2. ces endroits **tout** étroits – **3.** les **toutes** petites lunettes rouges – **4.** la pièce **tout** entière – **6.** des rideaux **tout** neufs – **7.** La rose est **tout** épanouie sous le soleil

FICHE 33. CONTINUER ~~À~~

QUIZ

1. B. **sur** **2.** C. **a** **3.** A. **a**

Reliez les deux parties de phrases.

1. Nous avons acheté notre appartement **à** des amis proches.
2. Pour le réveillon, le mari de ma tante **a** mis un beau costume neuf.
3. Vous souhaitez partir vivre **à** Londres d'ici un mois.
4. Tes parents aimeraient bien savoir qui **a** utilisé la machine à café.
5. Pourrions-nous savoir combien vous **a** coûté cette maison ?
6. Mes collègues ont envoyé un courrier **à** tous les abonnés.
7. Certaines personnes utilisent le fer **à** friser au lieu d'aller chez le coiffeur.
8. Nous avons visité des maisons **à** colombages en Normandie.
9. Michel espère que chacun **a** pris ses dispositions pour ce soir.
10. La conférence sur la médecine chinoise **a** rencontré un franc succès.

Repérez les erreurs éventuelles dans les phrases suivantes.

1. Nous n'avons pas pensé **à** calculer le montant de notre retraite.
2. M. Lallemand **a** appris à nager à tous les enfants de la famille.
6. Olivier a été condamné **à** trois mois de prison pour conduite dangereuse.
7. Audrey, quant **à** elle, n'a pas encore pris ses billets pour l'Italie.
8. Nous avons réussi **à** convaincre nos parents de nous laisser partir seuls à l'étranger.
10. Comme prévu, vous ne croyez pas **à** notre projet pourtant très prometteur.

FICHE 34. ELLE ~~C~~'EST RÉVÉLÉE

QUIZ

1. C. **se** **2.** B. **ce** **3.** B. **se**

Repérez les pronoms personnels dans les phrases suivantes.

1. Si votre entreprise est en faillite, la nôtre **se** porte bien.
2. Ce sont mes amis depuis plus de dix ans.
3. **Ils se** connaissent depuis dix ans au moins.
4. Damien va **s'**assurer que les enfants sont bien arrivés.
5. Élise ne **se** rend pas compte de sa force.
6. Les élèves **se** sont rendus au musée du Louvre.
7. C'est très gentil de prendre des nouvelles de ta grand-mère aussi souvent.
8. Si mon projet **vous** plaît, **nous nous** reverrons pour **en** parler.
9. Tout le monde **se** retrouve dans ce café pour la réunion de quartier.
10. Marie **s'**est fait mal en tombant de sa chaise.

Repérez les erreurs éventuelles dans les phrases suivantes.

1. Qui sont les élèves qui **se** sont retrouvés là hier ?
2. Ce ne sont pas les lunettes d'Andrés, **ce** sont celles d'Inès.
3. Notre fille **s'**est bien entendue avec les enfants du cours de théâtre.
7. Jérémy **s'**est rendu à la cérémonie de remise des prix samedi dernier.
9. Ses résultats ne **se** sont pas améliorés depuis le dernier trimestre.

FICHE 35. ~~DANS~~ PARLER

QUIZ

1. B. **me** **2.** A. **dans** **3.** C. **en**

Repérez les pronoms personnels dans les phrases suivantes.

1. Si votre entreprise dépose le bilan, Christophe **la** rachètera.
2. La musique classique est reposante, mes amis **en** écoutent souvent.
3. **J'**ai décidé de **me** présenter aux élections municipales.
4. **Il** ne **t'**a pas vue à la réunion, y étais-**tu** ?
5. **Nous** n'avons pas de voiture et **nous** n'**en** voulons pas.
6. Que **se** passera-t-**il** si **nous** arrivons en retard ?
7. **En** apportes-**tu** demain pour le dessert ?
8. **Il** faudrait **en** donner à chaque employé.
9. Si **elle** voit Régis, pourra-t-**elle le** remercier de ma part pour la relecture ?
10. Si **vous** souhaitez être informée sur les cours, envoyez-**nous** un courriel.

Repérez les erreurs éventuelles dans les phrases suivantes.

1. Les élèves n'avaient pas fini leurs devoirs, le professeur vient **d'en** rajouter.
4. C'est très gentil de votre part **d'en** avoir pris un pour moi.

7. **Dans** un sens, le directeur n'a pas tort, il y a trop d'absentéisme.
8. Il est très important **d'en** jouer jeune pour être un musicien professionnel.

FICHE 36. LE DIAGNOSTI~~QUE~~

QUIZ

1. A. **génétique** **2.** A. **explique** **3.** A. **music** : *musique*

Complétez par « -ique » ou « -ic » les noms suivants.

1. du jardin **public** – **2.** Le **trafic** – **3.** de la **musique** – **4.** son **diagnostic** – **5.** des **lombrics** – **6.** un **déclic** – **7.** du **basilic** – **8.** Cette usine basée en France **fabrique** des canapés et des fauteuils – **9.** Ce sac est **unique** – **10.** cette **clinique**

Remplissez la grille suivante à l'aide des définitions.

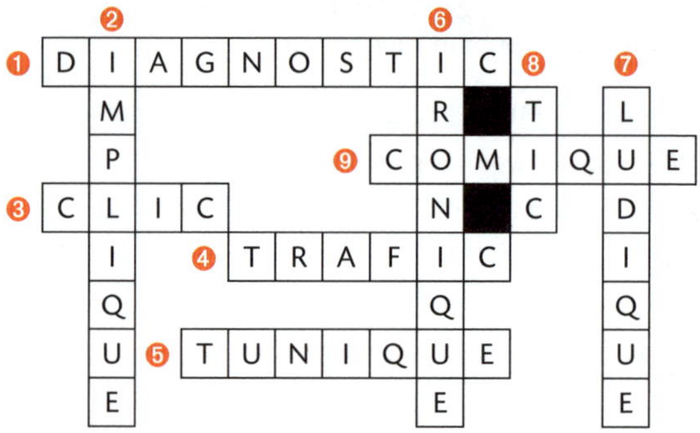

FICHE 37. UN EMPLOI~~E~~

QUIZ

1. A. **emplois** **2.** B. **aboie** **3.** A. **portailles** : *portail(s)*

Complétez par « -oi » ou « -oie » les noms suivants.

1. Le **convoi** exceptionnel – **2.** au **tournoi** de pétanque – **3.** Notre chien **aboie** – **4.** Notre directeur nous **octroie** – **5.** L'aigle **tournoie** – **6.** un **emploi** – **7.** aux **abois** – **8.** Cette usine **emploie** – **9.** l'**octroi** des aides – **10.** Il **envoie**

Repérez les erreurs éventuelles dans les phrases suivantes.

1. Il faudrait qu'il **envoie** son dossier le plus rapidement possible.
2. Suite à son **renvoi**, Vincent a décidé de monter sa propre entreprise.
4. Votre camion **convoie** des marchandises à travers toute l'Europe.
6. Lors de notre voyage en Tunisie, nous avons assisté au passage de grands **convois**.
7. Madame Blanchard **renvoie** les élèves qui n'ont pas leurs affaires.
10. En ce moment, il **nettoie** tous ses tapis pour accueillir les enfants.

FICHE 38. UN ENTRETIEN~~X~~

QUIZ

1. A. **soutien** **2.** B. **soutient** **3.** B. **l'entretient** : *l'entretien*

Complétez par « -ient » ou « -ien » les noms suivants.

1. Mon mari **entretient** des relations amicales – **2.** le **soutien** de tous nos collaborateurs – **3.** Guillaume se **souvient** – **4.** Le **musicien** – **5.** il **retient** tout – **6.** un **entretien** – **7.** le prix de **revient** – **8.** Elle nous **soutient** – **9.** L'**ancien** directeur de cet établissement – **10.** le **maintien**

Remplissez la grille suivante à l'aide des définitions.

												8	
												M	
				4								A	
	1	E	N	T	R	E	T	I	E	N		I	
	M			I								N	
	E	3	R	E	V	I	E	N	T			T	
	U			N			9			6		I	
5	S	O	U	T	I	E	N			T		E	
	I					7	A	D	V	I	E	N	T
	E									E			
	N									N			
	2												

FICHE 39. INDÉPENDANT ~~EST~~ CRÉATIF

QUIZ

1. A. **est** **2.** B. **est**

Reliez les trois parties de phrases.

1. Je recevrai prochainement des brochures **et** j'en saurai plus sur ces placements.
2. Je sais que cet homme **est** capable de diriger l'entreprise.
3. Vous accompagnerez les enfants **et** vous leur montrerez les animaux.
4. Le cuisinier ne sait pas si son gratin **est** apprécié par le critique.
5. Depuis deux ans, mon fils **et** sa femme vivent ensemble.
6. Aurélie est certaine que ce jardin **est** le lieu idéal pour la fête.
7. Laure vous prête sa robe **et** ses bijoux pour le bal.
8. Si tu le veux, mon menuisier **est** disponible pour réparer ta fenêtre.
9. Ce rouge te va très bien **et** te donne bonne mine.
10. Tu dois être persuadée que Francis **est** l'homme de la situation.

Repérez les erreurs éventuelles dans les phrases suivantes.

1. Est-ce bien ce colis qui **est** arrivé sans le nom de l'expéditeur ?
3. Ce plombier peut réparer les fuites **et** faire toute ton installation.
6. Le théâtre **est** situé à trois kilomètres d'ici, dans une petite ville dynamique.
7. Nous allons apprendre de nouvelles techniques **et** nous pourrons ainsi changer notre façon de travailler.
8. Elle n'est pas convaincue que ses frères **et** lui s'entendent bien.

FICHE 40. ~~HORS~~ J'AI LU

QUIZ

1. A. **or** **2.** B. **hors**

Repérez les erreurs éventuelles dans les phrases suivantes.

1. La façade de l'immeuble va être repeinte, **or** le ravalement a été fait il y a deux ans.
3. Vous n'avez pas répondu à nos questions simples, **or** vous connaissiez les réponses.
6. Je pensais qu'il allait se perdre, **or** il savait exactement où il était.
7. Le devis a été établi, le total indiqué est, bien entendu, **hors** taxes.
9. Il voudrait gagner à ce jeu, il en rêve, **or** il ne joue jamais.

Reliez les trois parties de phrases.

1. De tels avis me mettent **hors** de moi.
2. Il nous a recommandé le saumon, **or** nous n'aimons que la viande.
3. Je trouve votre question **hors** de propos.
4. Je voudrais un livre d'Oscar Wilde, **or** vous ne vendez que des livres français.
5. Je suppose que le prix qui est affiché est **hors** taxes.
6. Ne penses-tu pas qu'il a des qualités **hors** du commun ?
7. Je refuse de partir loin, **or** j'ai des billets d'avion à moitié prix.
8. Florian a gagné une voiture, **or** il n'a pas le permis de conduire.
9. Tout votre devoir de philosophie est **hors** sujet.
10. Je cherche un seau, **or** il n'y a aucun commerce à moins d'une heure d'ici.

FICHE 41. FAVORISANT PAR L~~A~~

Repérez les erreurs éventuelles dans les phrases suivantes.

1. il sera **là** demain – **2.** Vous devriez **la** recevoir – **4.** Ces gens-**là** – **6.** Igor ne **la** reçoit pas – **9.** Que voulez-vous dire par **là** ?

FICHE 42. VOUS L~~À~~ RECEVREZ

Choisissez entre « là » et « la » dans les phrases.

1. j'aimerais bien **la** rencontrer – **2.** vous installer **là** – **3.** Quelques personnes **la** croient partie – **4.** Nous ne pouvons pas **la** recevoir – **5.** Ces tableaux-**là** –

6. Karine n'a pas pu **la** terminer – **7.** Que vient-il faire **là** ? – **8.** nous ne **la** recevrons pas – **9.** Celle-**là** – **10.** que tu **la** rendes

FICHE 43. LEUR~~S~~ APPORTER

QUIZ

1. B. **lui** **2.** B. **tes** **3.** C. Il **me** parle.

Reliez les trois parties de phrases.

1. J'aimerais vraiment que nous **leur** demandions un devis pour les travaux.
2. Vous avez oublié de rapporter **leur** courrier urgent ce matin.
3. Nous aurions dû emprunter **leurs** chaussures de marche.
4. Penses-tu qu'il faille absolument **leur** dire la vérité sur ce client ?
5. Les Lemarchand ont donné **leur** démission hier.
6. Quelle bonne idée tu as eue de **leur** offrir un nouvel ordinateur !
7. Ludivine est ravie de **leur** avoir fait partager sa passion.
8. Quelles que soient tes raisons, tu **leur** dois une explication.
9. De nombreux spectateurs ont trouvé **leurs** dialogues un peu osés.
10. Nos voisins nous ont présenté **leurs** enfants Pierre et Caroline.

Repérez les erreurs éventuelles dans les phrases suivantes.

2. Leur mère oublie souvent de **leur** rapporter un souvenir.
3. Plusieurs de nos amis n'ont pas rencontré **leurs** frères.
6. Je pense que vous pourriez **leur** chanter un air d'opéra.
7. Les participants auront tout **leur** temps pour leur poser des questions.
9. Si vous ne **leur** donnez pas leur chance, comment vont-ils évoluer ?
10. Quelle que soit **leur** décision, nous les soutiendrons.

FICHE 44. VOUS ~~NI~~ VOYEZ

QUIZ

1. A. **ni** **2.** A. **ne** **3.** B. **y**

Repérez les pronoms dans les phrases suivantes.

1. Claire a apporté sa valise dimanche, **elle y** a pensé !
2. Si **vous** connaissez les réponses, ne **les** donnez pas aux autres.
3. **Vous l'**avez accusée, mais **vous** n'aviez ni témoignage ni preuve contre **elle**.
4. **Je** trouve cette idée excellente, mais **je** n'**y** crois pas.
5. Si **vous** n'**y** voyez pas d'inconvénient, **nous** allons devoir reporter notre rendez-vous.
6. Line pourra-t-**elle vous** accompagner à l'aéroport jeudi ?
7. Les voisins ont apporté leur contribution, **nous les y** avions incités.
8. Jean-Jacques voudrait gagner à ce jeu, **il en** rêve souvent.
9. **Vous** prenez des vacances cette année ? **Je** n'**y** ai pas encore pensé personnellement.
10. Notre directrice ne viendra ni jeudi ni vendredi, **elle** viendra la semaine prochaine.

Reliez les trois parties de phrases.

1. Les critiques, en général, nous **n'y** faisons pas attention.
2. Il ne veut pas que tu viennes **ni** que tu l'appelles.
3. Je pense que cet homme **n'y** a jamais fait allusion.
4. Je ne crois ni aux fantômes **ni** aux sorcières.
5. Je suppose que les enfants **n'y** vont jamais seuls.
6. Ne penses-tu pas qu'ils **n'y** dormiront pas ?
7. Je n'aime pas cette région, je **n'y** vais jamais d'ailleurs.
8. Justine a bien conscience que les élèves **n'y** mettront pas du leur.
9. Cet exercice n'est ni obligatoire **ni** éliminatoire.
10. Je vais chercher une lampe, nous **n'y** voyons plus rien.

FICHE 45. ON~~T~~ DIT DE MOI

QUIZ

1. C. **on** **2.** C. **ont** **3.** A. **a pris les clés**

Repérez les pronoms personnels sujets dans les phrases suivantes.

1. Voulez-**vous** que **je** vous apporte un café dans votre bureau ?
2. Ont-**elles** trouvé un appartement à partager ?
3. Mes chiens se mettent à aboyer et viennent me chercher en courant quand **je** rentre du travail.
4. **Je** voudrais que l'**on** fasse un point sur les différents projets de l'agence.
5. **Tu** distribues des bons points à tous les élèves, **ils** te sont reconnaissants.
6. Marie-Françoise a adoré la pièce qu'**on** lui avait conseillée.
7. Les meubles qu'ont achetés nos voisins sont très modernes.
8. **Nous** leur avons donné de nombreuses idées pour leur thèse.
9. Demain à l'aube, **on** nous emmènera à la gare pour prendre le train de 7 h.
10. Chacun est libre de s'exprimer dans cette entreprise, **on** nous y incite d'ailleurs.

Par quel mot ou groupe de mots pourrait être remplacé « on » dans les phrases ? (Plusieurs réponses possibles.)

1. C, D – **2.** F, G – **3.** A, E – **4.** B – **5.** D, E – **6.** A, E, H – **7.** A, E, H – **8.** G

FICHE 46. LE CENTRE O~~U~~ SONT

Repérez les erreurs éventuelles dans les phrases suivantes.

2. Le quartier **où** nous nous installons est très vivant.
3. Tu trouveras la mallette sur la table **ou** dans le placard.
4. **Où** se sont retrouvées ces quelques personnes ?
5. Mes amis savent **où** acheter du bon vin.
8. Nous allons savoir **où** est située son école.

FICHE 47. LA GESTION OÙ L'ACCUEIL

Repérez les erreurs éventuelles dans les phrases suivantes.

1. Tu préfères aller en vacances à la mer **ou** à la montagne ?
4. D'**où** viennent ces touristes ?
5. Quelqu'un m'a dit **où** était caché le trésor.
6. Il prendra le train **ou** l'avion pour venir nous voir.
7. Vous irez **où** bon vous semble.
8. Elle pense à l'année **où** ils se sont rencontrés.

FICHE 48. JE SUIS PRÈS À

QUIZ

1. A. **près** **2.** B. **près** **3.** C. **il est prêt à partir**

Repérez les adjectifs qualificatifs dans les phrases suivantes.

1. le montant **exact** de nos impôts – **2.** une notion **essentielle** ; il est **prêt** – **3.** Plusieurs propriétaires **responsables** ; leurs fenêtres **vétustes** – **4.** un jeu **original** – **5.** le terrain **vague** – **6.** une conduite **dangereuse** – **7.** son véhicule **encombrant** – **8.** partir **seuls** à l'étranger – **9.** sa **meilleure** amie – **10.** notre projet pourtant très **prometteur**

Repérez les erreurs éventuelles dans les phrases suivantes.

1. Les enfants ne sont pas **prêts**, nous ne pouvons pas partir.
2. M. Jacquot se rendra **près** de Barcelone la semaine prochaine.
6. Olivier a été condamné à verser **près** de trois mille euros d'amende.
9. Es-tu **prêt** à changer toute la décoration de ton bureau sur ses conseils ?
10. Mon oncle semble **près** de réaliser son projet.

FICHE 49. QUAND À MOI

Choisissez entre « quand » et « quant » dans les phrases.

1. J'attends Juan, **quant** à Julie, je ne sais pas si elle sera présente.
2. Vous viendrez **quand** vous serez prêts.
3. Je ne sais rien **quant** aux dépenses de l'association.
4. Quelques personnes savent **quand** le film se termine.
5. **Quand** il arrive, nous sommes soulagés.
6. Ces tableaux, **quant** à eux, doivent être rangés dans l'entrepôt.
7. Savez-vous **quand** on part ?
8. Je mets les couverts dans le tiroir, **quant** aux assiettes, je les laisse sur la table.
9. Je suis à l'heure, **quant** aux enfants, impossible de compter sur eux...
10. **Quand** on arrivera, on préparera la salle de formation.

FICHE 50. QUAN~~T~~ VOUS

Repérez les erreurs éventuelles dans les phrases.

2. Vous ne sortirez que **quand** vous aurez terminé votre travail.
4. **Quand** il saura ce qu'il veut, je viendrai prendre la commande.
6. Cet homme, **quant** à lui, ne nous répond pas.
7. Sais-tu **quand** le train pourra redémarrer ?
8. **Quand** on le cherche, on le trouve.
10. **Quant** à Flora, elle n'est pas prête à changer d'école.

FICHE 51. ~~S~~'EST AVEC

QUIZ

1. B. **ceci** **2.** B. **se** **3.** B. **S'est parfait** : *c'est parfait*

Repérez les pronoms démonstratifs dans les phrases suivantes.

1. **ceux** qui ne sont pas venus – **2.** **ce** serait plus intéressant – **3.** C'est **celui** qui a inventé la carte de visite électronique – **5.** **Ce** sera sûrement annulé – **7.** **Celles** qui sont arrivées en premier – **8.** Si **ce** que tu dis est vrai, **cela** va déclencher une grève – **10.** **Ce** sont mes meubles

Repérez les erreurs éventuelles dans les phrases suivantes.

2. Que **se** passe-t-il ce matin ? – **3.** **Ce** n'est pas si facile de danser – **5.** que **ce** soit prêt – **6.** personne ne sait **ce** qu'il signifie – **8.** **Ce** sont mes meilleurs amis

FICHE 52. POUR ~~S~~E FAIRE

QUIZ

1. B. **ceci** **2.** B. **se** **3.** C. **Se** faisant, il a réussi : *ce faisant*

Repérez les pronoms démonstratifs dans les phrases suivantes.

1. **ceux** qui ont participé – **2.** **ce** serait utile – **3.** **Celui** qui a invité Mélanie – **4.** et **ce**, sans s'être fait aider – **5.** **Ce** sera sûrement annulé – **6.** **ce** faisant – **7.** **Ceux** qui sont arrivés ce matin – **8.** **ce** me semble – **9.** sur **ce**, je vous quitte – **10.** **Ce** sont mes enfants

Repérez les erreurs éventuelles dans les phrases suivantes.

2. Vous n'êtes guère enthousiaste, **ce** qui est dommage.
3. Sur **ce**, il est temps de passer à l'examen de l'ordre du jour.
6. On m'a confié ce poste et, **ce** faisant, je suis devenu expert en gestion de conflits.
7. Pour **se** faire remarquer, il s'est mis à chanter dans le réfectoire.
10. Pour **ce** faire, je vous envoie en pièce jointe mon numéro de compte.

FICHE 53. DE ~~SI~~ ATTARDER

QUIZ

1. C. **si** **2.** C. **se** **3.** B. **y**

Repérez les pronoms dans les phrases suivantes.

1. Laurence **s'**est souvenue de ma fête, **elle** est arrivée tôt pour **m'**aider.
2. Si **vous vous** connaissez, **vous** pouvez **vous** asseoir à côté.
3. **Vous les** avez écoutés et appréciés, **ce** sont de bons chanteurs.
4. **Il** aime beaucoup l'Alsace, or **il** ne **s'y** rend pas souvent.
5. Si **vous** n'**y** croyez pas, ne découragez pas les autres.
6. Liliane pourra **me** remplacer jeudi, **elle s'y** connaît en informatique.
7. Les voisins ne **se** sont pas présentés lorsqu'**ils** sont arrivés en juin.
8. Si nos amis **s'y** installent, **nous les** aiderons à décorer cette grande maison.
9. **Je** ne sais pas encore si Marianne va **s'y** attarder.
10. Notre directrice ne **se** sent pas capable d'animer une réunion.

Reliez les trois parties de phrases.

1. Je ne viendrai que **si** Karine vient aussi.
2. Il ne souhaite pas **s'y** rendre aujourd'hui.
3. Je sais que cet homme **s'y** intéresse de près.
4. Nous ne savons pas **si** Mélanie va vouloir continuer la danse.
5. Je vendrais cette maison **si** les enfants ne venaient pas si souvent.
6. Ne penses-tu pas qu'ils **s'y** adonneront sérieusement ?
7. Combien serons-nous à la réunion **si** Sylvia ne vient pas ?
8. Justine sait qu'elle aurait échoué **si** elle n'avait pas autant travaillé.
9. Cet exercice n'est obligatoire que **si** vous n'avez pas fait d'exposé cette année.
10. Je ne crois pas que les voisins **s'y** feront un jour, c'est trop bruyant.

FICHE 54. IL EST S~~U~~R

Choisissez entre « sur » et « sûr ».

1. Il est **sûr** d'avoir obtenu la meilleure note – **2.** **sur** la nappe – **3.** **sur** ce livre – **4.** un goût très **sûr** – **5.** bien **sûr** – **6.** **Sur** votre gauche – **7.** regarder **sur** la carte – **8.** Il serait plus **sûr** – **9.** **sur** les reptiles – **10.** Ce qui est **sûr**

FICHE 55. REVENIR S~~Û~~R

Repérez les erreurs éventuelles dans les phrases suivantes.

1. **sur** elle – **4.** **Sûr** de son succès – **5.** **sur** cette attaque – **6.** bien **sûr** – **9.** **sûr** de son choix – **10.** **sur** son nouveau collègue

FICHE 56. MON TRAVAIL~~LE~~

QUIZ

1. B. **merveille** **2.** B. **écailles :** *écailler*
3. A. **portailles :** *portail(s)* **4.** C. **retrouvailles** (nom)

Complétez par « -ille » ou « -il » les noms suivants.

1. ce **travail** – **2.** le **portefeuille** – **3.** un **écureuil** – **4.** Quel **fauteuil** – **5.** le **seuil** de la porte – **6.** L'**émail** des dents – **7.** Matéo a **sommeil** – **8.** cet **appareil** – **9.** une **merveille** – **10.** une **entaille** au doigt

Repérez les erreurs éventuelles dans les phrases suivantes.

1. Nous n'avons pas fermé le **portail** – **2.** M. Robert ne **travaille** pas – **5.** Hélène **éveille** les soupçons – **7.** Je te **conseille** – **9.** Vous avez trouvé votre **éventail**

FICHE 57. DE VIVE VOI~~E~~

Repérez les erreurs éventuelles dans les phrases suivantes.

2. Tu n'as vraiment pas choisi la **voie** la plus facile pour t'y rendre.
3. Combien de **voix** a-t-il obtenues ?
4. Ces gens n'ont pas eu **voix** au chapitre.
6. La grosse **voix** de la directrice couvrait celles des enfants.
7. C'est une **voie** sans issue.

FICHE 58. LA VOI~~X~~ PROFESSIONNELLE

Choisissez entre « voie » et « voix ».

1. Elle a une magnifique **voix** de soprane.
2. Cette **voix** est insupportable, je me bouche les oreilles.
3. Nous avons besoin de 88 **voix** supplémentaires pour être élus.
4. Suite à une coupure d'électricité, notre train est arrêté en pleine **voie**.
5. Nous avons entendu des éclats de **voix** à travers la porte.
6. J'aime entendre sa douce **voix** au téléphone.
7. Vous devez envoyer votre autorisation par **voie** postale.
8. Une petite **voix** me dit de ne pas répondre à ces attaques.
9. Nous l'avons mis sur la **voie** en lui donnant des indices.
10. Ce médicament doit être pris par **voie** orale.

FICHE 59. ELLE ~~À~~ ÉVEILLÉ

QUIZ

1. C. à **2.** A. à **3.** B. **Elle t'à réveillé :** *Elle t'a réveillé*

Retrouvez les prépositions dans les phrases suivantes.

1. **vers** midi – **2.** Le fer **à** repasser – **3.** **de** son installation prochaine – **4.** l'étagère **sur** le mur – **5.** **pour** lui dire la vérité – **6.** **à** son fils – **7.** Les sacs **en** plastique ; une source **de** pollution – **8.** **à** sa voisine ; **pour** les vacances – **9.** **depuis** l'été dernier – **10.** des vacances **en** mai

Repérez les erreurs éventuelles dans les phrases suivantes.

1. Ma mère **a** envoyé une lettre de recommandation à son propos.
3. Je ne comprends plus rien **à** ce contrat, trop de clauses ont été ajoutées !
4. Tiphaine t'**a** surpris en t'annonçant qu'elle attendait des triplés.
6. Il **a** tout pris en partant, il ne reste plus rien dans les armoires.
7. Cécile **a**-t-elle demandé la permission d'emprunter son ordinateur ?
9. Magali ne pense jamais **à** son travail quand elle est en vacances.

FICHE 60. L'ATTENTION QUE VOUS AVEZ ACCORDÉ

QUIZ

1. B. C'est le plat **que** je préfère **2.** B. le lieu **que** tu choisis
3. B. **la fille dont j'ai parlée :** *la fille dont j'ai parlé*

Retrouvez les pronoms COD dans les phrases suivantes.

1. la couleur **que** tu as choisie – **2.** Ils **m'**ont suivie – **3.** où **l'**avez-vous rencontré ? – **5.** qu'elle ne **les** appelle pour les critiquer – **7.** Lucie **m'**a ramenée ; la fête **que** tu avais organisée – **8.** Frédéric ne **nous** a pas attendus – **9.** la personne **que** tu as embauchée.

Repérez les erreurs éventuelles dans les phrases suivantes.

1. Les fleurs que nous lui avons envoyées semblent lui avoir **plu**.
2. Je ne crois pas que les articles que tu as **lus** soient les plus intéressants sur le sujet.
4. Les quelques nouvelles que tu as **publiées** étaient bien écrites.
5. Ce ne sont pas les vacances dont tu as **rêvé**, mais tu t'amuses quand même.
7. J'ai beaucoup aimé les livres que tu m'avais **conseillés**.
8. Marion, que Jules **a rencontrée** la semaine dernière, souhaite le revoir.
10. Je ne trouve pas les lettres dont tu m'as **parlé**.

FICHE 61. BIEN QUE J'~~AI~~ EU

QUIZ

1. C. **es** **2.** C. **ai** **3.** A. **aie**

Retrouvez les verbes au subjonctif dans les phrases suivantes.

1. que j'**aie** le dernier mot – **3.** qu'il **soit** reçu – **4.** Que tu **aies** la bonne réponse – **5.** que nous **ayons** assez de courage – **6.** Bien qu'il n'**ait** pas son tablier – **8.** que j'**aie** fini – **9.** que tu ne **sois** obligée – **10.** les enfants nous **fassent** la surprise

Repérez les erreurs éventuelles dans les phrases suivantes.

2. Il faudrait que j'**aie** – **3.** Vous voulez que j'**aie** fini – **4.** Mes parents souhaitent que j'**aie** – **9.** Si tu souhaites que j'**aie** – **10.** Tu sais que j'**ai** commencé

FICHE 62. IL ~~AIT~~ ENTRÉ

QUIZ

1. B. **ait** **2.** C. **aie** **3.** C. **est**

Retrouvez l'auxiliaire « être » dans les phrases suivantes.

1. qu'il **est** le favori – **2.** Nos collègues **sont** venus – **3.** Nous leur **sommes** reconnaissants – **5.** que nous **soyons** tous présents – **7.** Notre cuisinier **sera** parmi les finalistes – **8.** qu'il **est** reconnu – **9.** qu'il **était** haut placé – **10.** que **nous** soyons à la gare

Repérez les erreurs éventuelles dans les phrases suivantes.

1. Je souhaite qu'il **ait** de meilleurs résultats l'an prochain.
3. Vous voulez qu'elle **ait** rendu son rapport demain.
5. Il **est** strictement interdit de manger dans le laboratoire.
6. Je crains que Juliette ne nous **ait** pas dit toute la vérité.
7. Ce responsable des achats **est** entré en contact avec notre société.
8. Ce serait merveilleux que l'on **ait** cette subvention pour notre projet en Inde.

FICHE 63. J'AI ÉTÉ AMEN~~ER~~

QUIZ

1. A. **ont** **2.** B. **dîner** **3.** B. **surpris**

Soulignez les verbes à la voix passive dans les phrases suivantes.

1. Mes collègues et moi **sommes reçus** – **2.** Les recherches **ont été menées** – **5.** Ils **sont invités** – **7.** Nos enfants **ont été surpris** – **8.** Leur intervention **a été interrompue** – **9.** Ils **sont poursuivis**

Repérez les erreurs éventuelles dans les phrases suivantes.

1. Une ordonnance m'a été **envoyée** par mon spécialiste.
2. Barbara t'a **confié** qu'elle était enceinte de son deuxième enfant.
3. Un chapitre sera **ajouté** à l'essai de ce brillant étudiant.
9. Aude aura été **récompensée** deux fois pour ses travaux de recherche.

FICHE 64. ELLES M'ONT APPORTÉ~~ES~~

QUIZ

1. C. **serais** **2.** C. Il **les** attend
3. B. Elle t'a **rendue** ta clé : *Elle t'a rendu ta clé*

Retrouvez les pronoms COI dans les phrases suivantes.

1. Mes parents et moi **vous** apportons – **2.** Mon employé et sa femme **nous** ont présenté – **3.** Ils **leur** ont proposé – **5.** que nous **vous** rapportions – **6.** qu'ils ne **leur** aient pas permis – **9.** Je ne **lui** ai pas téléphoné – **10.** Notre sœur **nous** a dit

Repérez les erreurs éventuelles dans les phrases suivantes.

1. Ma cousine vous a **envoyé** une carte postale de Miami.
2. Ses collègues lui ont **offert** des carnets de croquis pour qu'elle se mette au dessin.
3. Ma fille t'a **surprise** en train de danser seule dans ta chambre.
4. Des personnes de l'immeuble leur ont **montré** les véhicules vandalisés.
7. Certaines m'ont **prêté** de quoi écrire pendant le colloque.

FICHE 65. IL LES APPORTE~~S~~

QUIZ

1. B. **parle** **2.** A. Elle **les** attend. **3.** C. Je les **lances** : *Je les lance.*

Repérez les erreurs éventuelles dans les phrases suivantes.

1. Ma cousine nous les **donne** dès qu'elle peut.
4. Mes amis ne les **croient** pas capables de réussir cet examen.
5. Leur sœur nous **rejoindra** pour le dessert.
8. Ingrid aime ces œuvres, elle vous en **parle** fréquemment.
10. Je ne les **écoute** pas suffisamment, ils s'en plaignent.

Retrouvez les pronoms COD dans les phrases suivantes.

1. Mes parents et moi allons **en** demander – **2.** Tes cousins nous **les** confient – **3.** et **les** accompagnent – **4.** **Les** convaincrez-vous – **5.** ils **en** prennent – **6.** je **les** invite – **7.** Notre professeur **l'**abordera – **8.** L'avocate **les** reçoit ; **les** conseille – **9.** Il ne **me** force jamais – **10.** Notre sœur **les** préfère

FICHE 66. J'ATTEND_

QUIZ

1. A. je **prend** : *je prends* **2.** C. elle **fonds** : *elle fond*

Reliez les deux parties du tableau entre elles (plusieurs solutions possibles).

1. D, E, F, G, J – **2.** C, D, E, F, G, J – **3.** A, B, H, I – **4.** C, F, J – **5.** A, B, H, I – **6.** D, E, F, G, J – **7.** C, D, E, F, G, J – **8.** A, B, H, I – **9.** A, B, H, I – **10.** C, D, E, F, G, J .

Conjuguez les verbes en gras au présent de l'indicatif.

1. Nous **prenons** – **2.** Je vous **réponds** – **3.** Vous **étendez** – **4.** Il te **comprend** – **5.** Tu me **reprends** – **6.** Il **apprend** – **7.** Je ne **recouds** jamais – **8.** Je **mouds** – **9.** Ce projet vous **surprend** – **10.** Je **suspends**

FICHE 67. JE CONCLU~~E~~RAI

QUIZ

1. B. ira **2.** A. il édifiera **3.** A. il conclura

Repérez les verbes au futur dans les phrases suivantes.

3. nous **aurons** ; je te **ferai** – **5.** il **pleuvra** ; je **pourrai** – **6.** je te **remettrai** – **7.** Je ne **pourrai** pas – **8.** Ce peuple n'**exclura** – **10.** Il ne **repeindra** jamais

Conjuguez les verbes en gras au futur simple.

1. Nous **lirons** – **2.** Je **conduirai** – **3.** Tu **remettras** – **4.** Jean-Marc **conclura** – **5.** Je **percevrai** – **6.** Il se **méfiera** – **7.** Vous nous **écrirez** – **8.** Je ne **crierai** jamais – **9.** Je me **fierai** – **10.** Je **jetterai**

FICHE 68. JE LES AI CONTACT~~É~~

QUIZ

1. B. Je **les** emmène. **2.** B. Le lieu **que** tu choisis.
3. A. Je les ai **rencontré** : *je les ai rencontrés*

Retrouvez les pronoms COD dans les phrases suivantes.

1. pouvez-vous **le** recevoir ? – **2.** Ils **les** ont suivies – **4.** que tu **le** donnes – **5.** qu'elle ne **nous** appelle pas – **6.** Tu **en** regardes – **8.** Mickaël ne **vous** a pas attendus – **9.** Je ne **l'**ai pas reconnu – **10.** Il ne **t'**a pas crue

Repérez les erreurs éventuelles dans les phrases suivantes.

1. Les livres qu'il lui a offerts lui ont **plu**.
3. Vous avez rencontré les gardiens et les avez **salués**.
5. Tu as longuement regardé les photos et tu en as **commandé** trois.
6. Laura ne vous a pas **vues** quand vous êtes arrivées.
7. J'ai attendu les enfants et je les ai **regardés**.
10. Je ne retrouve pas mes clés, les as-tu **vues** sur le piano ?

FICHE 69. IL ME CONVI~~T~~

QUIZ

1. B. tu **conclues** : *tu conclus* **2.** C. il **exclue** : *il exclut*

Reliez les deux parties du tableau entre elles (plusieurs solutions possibles).

1. B, D, E, G, H, J – **2.** A, F – **3.** B, D, E, G, H, I, J – **4.** C, H – **5.** B, D, E, G, H, I, J – **6.** B, D, H – **7.** B, D, E, G, H, I, J – **8.** D, E, G, H, I, J – **9.** A, F – **10.** B, C, D, E, G, H, I, J

Conjuguez les verbes entre parenthèses au présent de l'indicatif.

1. Nous **louons** – **2.** Je vous **joue** – **3.** Elle **bégaie/bégaye** – **4.** Cet événement **défraie /défraye** – **5.** Tu **effraies/effrayes** – **6.** Il **essuie** – **7.** Je ne m'**ennuie** jamais – **8.** Je **nettoie** – **9.** Il **secoue** – **10.** Elle **remue**

FICHE 70. ELLE M'A ÉTÉ CONFIÉ

QUIZ

1. B. **ont** **2.** B. **Elle a été embauchée.** **3.** C. Elle a été **reçu :** *Elle a été reçue*

Soulignez les verbes à la voix passive dans les phrases suivantes.

2. Mon collègue et sa femme **ont été félicités** – **7.** Nos enfants **ont été surpris** – **8.** Leurs échanges **ont été interrompus** – **9.** Ils **sont poursuivis**

Repérez les erreurs éventuelles dans les phrases suivantes.

1. Ces tableaux ne sont pas encore **achevés**, vous ne pouvez pas les exposer.

3. Ta voiture est en panne, elle a été **déplacée**.

4. Ma fille a été **invitée** au mariage de son cousin éloigné.

6. Myriam, tu nous as été **présentée** par ton frère qui étudie ici.

9. Nous sommes **allé(e)s** la voir pour lui souhaiter un bon anniversaire.

FICHE 71. NOUS AVONS DÛ

QUIZ

1. B. **du** **2.** A. **du** **3.** C. **dû**

Repérez les erreurs éventuelles dans les phrases suivantes.

3. Nos sœurs ont **dû** croire – **5.** La somme est **due** – **7.** a-t-elle **dû** remplir – **8.** Les dégâts sont **dus** à – **9.** Florence avait **dû** venir

Retrouvez les participes passés des temps composés dans les phrases.

1. Mes parents et moi sommes **allés** – **2.** Mathias est à nouveau **tombé** – **3.** Mon ami a **dû** ; il a **appris** – **5.** vous aviez **dit** – **6.** qu'il ait **dû** faire demi-tour – **7.** J'ai **fait** une erreur – **8.** Pascal n'a pas **fini** – **9.** Il ne lui a pas **écrit** ; y a **passé** deux mois – **10.** Son frère a **dû** nous informer

FICHE 72. BIEN QU'IL M'EST

QUIZ

1. C. **est** **2.** B. **soit** **3.** B. **ait**

Retrouvez l'auxiliaire « avoir » dans les phrases suivantes.

1. Il faut toujours qu'il **ait** raison sur tout.

2. Nos gardiens nous **ont** présenté leurs vœux.

3. Nous les **avons** remerciés pour toute l'aide qu'ils nous **ont** apportée.

4. Je crains qu'il n'**ait** raté son train une fois de plus.

5. Il faudrait que nous **ayons** plus de temps pour examiner cet enfant.

6. Bien que nous n'**ayons** pas compris la leçon, nous **avons** commencé les exercices.

7. Notre cuisinier n'**aura** pas le temps de faire un dessert.

9. Je n'**avais** pas compris qu'il était en prison pour dix ans.

10. Notre sœur **aurait** aimé que nous **ayons** prévu un repas pour la famille.

Repérez les erreurs éventuelles dans les phrases suivantes.

1. qu'il **ait** de meilleurs résultats – **4.** que mon frère **n'ait** mal lu – **5.** Il **est** strictement interdit – **7.** pour qu'il **ait** une bonne place – **8.** que l'on **ait** le temps – **10.** on **est** surpris

FICHE 73. JE VOUS ~~EST~~ CONTACTÉS

QUIZ

1. C. **est** **2.** C. **ai** **3.** C. **ai**

Retrouvez l'auxiliaire « avoir » dans les phrases suivantes.

1. t'**ont** invitée – **2.** Je les **ai** attendus – **4.** Il faudrait que j'**aie** – **5.** que j'**aie** confiance – **6.** Bien que nous n'**ayons** pas ; j'**ai** commencé – **7.** n'**a** pas pu se libérer – **9.** Je n'**avais** pas compris qu'elle n'**aurait** pas le bon matériel – **10.** J'**ai** préféré ; qu'il **a** réalisé

Repérez les erreurs éventuelles dans les phrases suivantes.

1. Tu sais que je n'**ai** pas de chance à ce jeu.

4. Je n'**ai** pas lu les instructions.

6. Elle pense que je n'**ai** pas été très diplomate avec elle.

7. J'ai tout fait pour qu'il **ait** son bac avec mention, je lui ai conseillé des livres.

9. Je vous **ai** appelé pour vous prévenir de mon arrivée, mais je me retrouve à la porte.

FICHE 74. CE POSTE ~~ET~~ POUR MOI

QUIZ

1. A. **et** **2.** B. **soit** **3.** A. **ètes** : *êtes*

4. **1.** verbe : C. est
2. nom : A. haie
3. conjonction : B. et

Reliez les deux parties de phrases.

1. Sabine a fait ses bagages **et** elle a quitté le pays.

2. Je pense que cette personne **est** au courant de notre projet.

3. Vous accompagnerez le responsable **et** vous lui montrerez les planches.

4. L'équipe ne sait pas quelle **est** la procédure habituelle.

5. Depuis l'année dernière, notre gardien **et** sa femme sont installés ici.

6. La plupart du temps, nous chantons **et** nous dansons à la fin du repas.

7. Muriel nous demande si sa proposition **est** intéressante.

8. Si vous le souhaitez, Béatrice **et** sa mère viendront vous chercher.

9. Ce pâtissier semble ravi, il **est** cité dans un grand magazine.

10. Je suis certaine qu'Éléonore **est** venue pour nous faire une surprise.

Repérez les erreurs éventuelles dans les phrases suivantes.

1. Est-ce bien Thomas qui **est** parti sans laisser son adresse ?
3. Cet antiquaire vend des meubles **et** il les restaure.
6. Le fils de ma sœur **est** rentré très tard, on ne l'a pas vu.
8. Je suis certaine que Vanessa **et** sa sœur viendront demain à la fête.
9. Sabrina **est** actuellement à l'étranger, elle ne rentre que dans une semaine.

FICHE 75. ELLE A ÉT~~AIT~~

QUIZ

1. C. **est** **2.** A. **cousait** **3.** B. **été**

Retrouvez les participes passés dans les phrases suivantes.

1. Nous avons **essayé** – **2.** La machine à coudre est **tombée** en panne – **3.** leur a **parlé** – **4.** S'il était **venu** ; il aurait sûrement **adoré** – **5.** Qu'avez-vous **dit** – **6.** qu'il ait **permis** – **7.** J'ai **préféré** – **8.** il a **conduit** – **9.** Il lui a **été** reconnaissant – **10.** nous a **informés**

Repérez les erreurs éventuelles dans les phrases suivantes.

2. Ce médecin t'a **été** recommandé – **4.** le dossier qui **était** sur le bureau – **5.** elle a **été** insolente – **7.** Il ne vous a pas **été** demandé – **9.** Mélissa pense avoir **été** très sérieuse

FICHE 76. JE SOUHAITE VOUS EXPOSE~~Z~~

QUIZ

1. B. **mettez** **2.** C. **ranger**

Retrouvez les verbes à l'infinitif dans les phrases suivantes.

1. nous **raconter** des histoires – **2.** **quitter** Paris – **3.** Vous parlez d'**appeler** ; pour **transformer** votre appartement – **4.** **rester** seul ; **fêter** leur victoire – **5.** Lisa va **finir** par se **lasser** – **6.** sans **laisser** d'adresse – **7.** vous **inviter** à **prendre** un café – **8.** ne pas **utiliser** ce distributeur – **9.** Vous devez **demander** ; avant de **commencer** – **10.** pour **critiquer** ces artistes ; pour les **encourager**

Classez les verbes en italique et en gras dans les deux colonnes du tableau.

Deuxième personne du pluriel	Infinitif
pouvez – avez – prévoyez – avez – dites – risquez – allez – soyez – allez – savez – allez – pensez – êtes – allez	entrer – préparer – apporter – raconter – vexer – continuer – recevoir – parler – aider – baigner – présenter – tromper

FICHE 77. J'AI FAI~~S~~

QUIZ

1. C. **à** **2.** B. **mis** **3.** A. **remis**

Retrouvez les participes passés dans les phrases suivantes.

1. avons **contredit** – **2.** je n'ai pas **compris** – **3.** Mon ami leur a **remis** – **4.** Vous avez **appris** ; ne serait pas **retenu** – **5.** Si vous lui aviez **dit** ; il ne serait pas **venu** – **6.** qu'il ait **permis** – **7.** Je pense avoir **pris** – **8.** Mathieu n'a pas **fini** – **9.** Il ne leur a pas **écrit** ; quand il est **parti** – **10.** Son fils a été **inscrit**

Repérez les erreurs éventuelles dans les phrases suivantes.

2. Karina t'a **remis** les documents pour la réunion.

3. As-tu **écrit** au directeur de l'établissement pour lui parler de tes recherches ?

4. Mon collègue a **soumis** ses idées sur l'environnement au conseil.

6. Je n'ai pas **fait** de sport depuis un mois.

9. Tu as **éteint** l'ordinateur avant que les modifications ne soient enregistrées.

FICHE 78. NOUS FONCTIONNON~~T~~

QUIZ

1. B. **elle et moi** **2.** B. **viendrions** **3.** B. **les nôtres**

Soulignez les sujets à la première personne du pluriel.

1. <u>Mes parents et moi</u> sommes partis – **3.** <u>Nous</u> ne leur avons pas donné – **5.** <u>nous</u> nous connaissons – **6.** <u>toi et moi</u> aurons beaucoup de succès – **8.** <u>Nous</u> vous avions déjà parlé – **9.** <u>Ses amis et moi</u> lui préparons

Repérez les erreurs éventuelles dans les phrases suivantes.

1. Ils ne nous **comprendront** jamais, j'en ai bien peur.

2. Quelques collègues et moi **viendrons** t'accueillir à l'aéroport.

5. Il faudrait que nous **apportions** notre contribution.

7. Les ouvriers et moi les **recevrons** pour leur faire visiter l'usine.

8. La plupart du temps, nous les **attendons** devant chez eux.

9. Léa, Charlotte et moi, tous les jours de la semaine, **dormirons** à l'internat.

FICHE 79. N'HÉSIT~~E~~ PAS

QUIZ

1. C. **donné** **2.** C. **faites**

Retrouvez les verbes à l'impératif dans les phrases suivantes.

1. **venez** donc nous rendre visite – **4.** **apporte**-moi le dossier – **6.** Ne **dites** pas à vos amis – **10.** **Aie** confiance en lui

Classez les verbes en italique et en gras dans les trois colonnes du tableau.

Participe passé	Impératif présent	Indicatif présent
lavé – allé – travaillé – failli – fait	prévoyez – dites – soyez – prévenez – hésitez – découragez	êtes – emmène – êtes – atteignez – prévenez – faites – allez – avez – savez – avez – avez – connaissons – êtes

FICHE 80. IL ~~L'A~~ DEMANDE

QUIZ

1. A. **a** **2.** B. Il **l'**écoute **3.** B. Il **l'a** voit : *Il la voit*

Retrouvez les pronoms COD dans les phrases suivantes.

1. **la** chercher à l'aéroport – **2.** Tes cousins nous **le** confieront – **3.** **les** accompagnent – **4.** Quand l'avez-vous appelé – **5.** ils **le** font souvent – **6.** je **l'**invite chez moi – **7.** ne **la** remarque pas – **8.** L'avocate **les** reçoit ; **les** conseille – **9.** Il ne **me** force jamais – **10.** ne **l'**a pas séduit ; il ne **la** trouve pas drôle

Repérez les erreurs éventuelles dans les phrases suivantes.

2. Il ne **l'a** pas remerciée assez souvent pour son investissement.

3. Tu veux cette voiture, ton frère te **la** donne.

5. Leur assistante ne **l'a** pas corrigé avant la réunion.

8. Éléonore n'aime plus cette œuvre et **la** revend sur ce site.

10. Sandra ne **la** voit pas souvent au cours de danse.

FICHE 81. ELLE ~~LA~~ APPORTÉ

QUIZ

1. A. **a cru** **2.** B. Il **l'**écoute **3.** A. Elle l'a accompagné

Repérez les erreurs éventuelles dans les phrases suivantes.

2. Ton cousin **l'a** remise à son gardien.

5. Il a demandé une augmentation et **l'a** obtenue.

7. Notre professeur ne **l'a** pas entendu quand il a posé cette question.

9. Il ne **la** force pas à venir à sa fête si elle n'en a pas envie.

10. Notre idée ne l'a pas séduit, il ne **l'a** pas trouvée assez originale.

Repérez les pronoms personnels compléments d'objet directs (COD).

1. nous **l'**apportera – **2.** Il ne **l'**a pas remerciée – **3.** ton frère va te **la** prêter – **4.** ne **l'**apprécient pas – **5.** Mon assistante **l'**a retrouvé – **6.** On **l'**a entamé hier – **8.** **les** a reçus – **9.** L'hôtesse **les** a accompagnées

FICHE 82. POUR LES METTRE~~S~~

QUIZ

1. A. **prendre** **2.** B. Il va **les** voir **3.** B. Tu veux les **mettres** : *Tu veux les mettre*

Repérez les erreurs éventuelles dans les phrases suivantes.

1. les **lire** – **3.** les **écrire** – **4.** les **convaincre** – **6.** leur **apprendre** – **8.** les **croire** – **9.** les **remettre**

Remplacez les groupes COD ou COI soulignés par des pronoms.

1. Quelques amis viennent les voir.
2. La sœur de Muriel veut le soutenir.
3. Il va s'en inspirer pour ses travaux.
4. Je ne peux pas le comprendre.
5. J'ai pris mes affaires et je vais le lui rendre.
6. Ils pensent leur répondre.
7. Ses élèves vont en utiliser pour leur mémoire.
8. Notre responsable pense les convaincre.
9. Julie ne sait pas si elle doit les croire.
10. Je compte y faire référence.

FICHE 83. LES QUALITÉS QU'IL NÉCESSITE~~NT~~

QUIZ

1. B. **parle** **2.** A. Elle **les** attend.
3. B. **les robes qu'elle portent** : *les robes qu'elle porte*

Repérez les erreurs éventuelles dans les phrases suivantes.

1. Ma collègue vous les **donne** rapidement.
2. Elle ne leur **prête** pas ses affaires, elle n'a pas confiance en eux.
4. Les cours que je **donne** sont gratuits.
5. Leur sœur nous **ramène** après le spectacle.
7. Les travaux que l'ouvrier **effectue** sont dangereux.
9. Les conseils qu'elle nous **donne** sont judicieux.

Retrouvez les sujets des verbes soulignés dans les phrases suivantes.

1. **Mes parents** (*ils*) – **2.** **Son cousin** (*il*) – **3.** **mon responsable** (*il*) – **4.** **vous** – **5.** **La directrice** de l'établissement (*elle*) – **6.** **Jean-Jacques** (*il*) – **7.** **Notre professeur** (*il*) – **8.** **L'avocate** (*elle*) – **9.** **Il** – **10.** **Notre amie** (*elle*)

FICHE 84. J'AI BIEN NOT~~ER~~

QUIZ

1. C. **à** **2.** B. **dîner** **3.** A. **changé**

Retrouvez les participes passés des temps composés dans les phrases suivantes.

1. Mes parents et moi sommes **allés** – **2.** La machine à laver est **tombée** en panne – **3.** Mon ami leur a **parlé** – **5.** Son grand-père a **vécu** – **6.** Je ne crois pas qu'il ait **permis** – **8.** Jessica n'a pas **fini** – **9.** Il ne lui a pas **écrit** – **10.** Son frère nous a **informés**

Repérez les erreurs éventuelles dans les phrases suivantes.

2. Stéphanie t'a confié qu'elle allait bientôt **démissionner**.

3. Un chapitre a été **ajouté** au roman d'Ingrid, je vais le lire au plus vite.

5. La directrice nous a **renvoyés**, car nous avions été insolents.

6. Il avait **transformé** tout l'appartement avant notre retour pour nous étonner.

8. Ta colocataire pourrait-elle **demander** la permission d'emprunter ma robe ?

9. Laurence ne pense jamais à fermer les fenêtres après avoir **fumé**.

FICHE 85. ILS ~~ON~~ SOUHAITÉ

QUIZ

1. C. **on** **2.** C. **ont** **3.** B. Ils **ont** téléphoné

Repérez le verbe « avoir » dans les phrases suivantes.

1. **Ont**-ils reçu – **2.** Des chiens **ont** aboyé ; on **a** couru – **4.** Les élèves t'**ont** juré qu'ils n'**avaient** pas cassé la vitre – **5.** n'**a** pas aimé ; qu'on lui **avait** conseillée – **6.** qu'**ont** achetés – **7.** **Ont**-elles trouvé – **8.** Nous leur **avons** donné – **10.** Chacun **a** le droit

Repérez les erreurs dans les phrases suivantes.

1. Si l'**on** ne fait pas attention – **2.** tes amis t'**ont** donné le code – **4.** **On** ne pense pas – **6.** Les fleurs qu'ils **ont** offertes – **9.** **On** sera prié – **10.** Mes parents l'**ont** retrouvé

FICHE 86. QUI ME PERMETTRON~~S~~

QUIZ

1. B. **Ces enfants-là** **2.** C. **partiront** **3.** A. **ces personnes**

Soulignez les sujets à la troisième personne du pluriel.

1. Mes parents et lui – **3.** Mon fils et sa fiancée – **4.** Elles – **5.** Mes amis anglais – **7.** Leurs collaborateurs – **8.** Certains – **9.** Plusieurs élèves – **10.** Notre fille et Hugo

Repérez les erreurs éventuelles dans les phrases suivantes.

2. Les parents et moi **viendrons** te chercher à la gare.

4. Leurs bons résultats à l'examen leur **redonneront** confiance en eux.

6. Jean comme Luc nous **appelleront** après la réunion pour nous rassurer.

7. Tes amis et moi vous **attendrons** pour souffler les bougies.

9. Les filles et moi, tous les jours de la semaine, **irons** nager là-bas.

FICHE 87. JE PEUX

QUIZ

1. C. il **peux** : *il peut* 2. A. je **vaut** : *je vaux*

Reliez les deux parties du tableau entre elles (plusieurs solutions possibles).

1. A, C, E – 2. A, C, D, E – 3. B, I – 4. H – 5. J – 6. A, C, E – 7. A, C, D, E – 8. B, F, G, I, J – 9. B, F, I, J – 10. F

Conjuguez les verbes entre parenthèses au présent de l'indicatif.

1. Nous **voulons** – 2. Je ne **peux** pas – 3. Cela **vaut** le détour – 4. Il **veut** – 5. C'est toi qui **peux** – 6. Il **vaut** mieux ; si l'on **veut** – 7. Vous ne **valez** pas – 8. C'est moi qui **peux** – 9. Ce projet **peut** – 10. Je **veux**

FICHE 88. CE QUE VOUS PROPOSER

QUIZ

1. B. **dites** 2. A. **dire** 3. C. **Vous leur parlez**

Repérez les erreurs éventuelles dans les phrases suivantes.

2. C'est Alexandre et toi qui **allez** demander une augmentation.
3. Mes collaborateurs vont vous **donner** une brochure.
4. Merci de bien vouloir vous **présenter** à l'accueil en arrivant.
5. Marion, vous **souhaitez** le rencontrer ?
7. Le poste que vous me **proposez** est très intéressant.

Classez les verbes en italique et en gras dans les deux colonnes du tableau.

Deuxième personne du pluriel	Infinitif
devriez – prévoyez – aviez – faites – serez – iriez – aviez – soyez – allez – connaissez – utilisez – soutenez – pensez – êtes	entrer – avoir – danser – prêter – gâcher – réussir – apporter – présenter

FICHE 89. JE VOUS RAPPEL

QUIZ

1. B. **rappel** 2. A. **interpelle** 3. B. **appèles** : *appelles*

Complétez par « -el », « -elle », ou « -èle » les noms suivants.

1. Le **rappel** des règles – 2. Le responsable **martèle** – 3. Matthieu **appelle** – 4. Notre directeur nous **rappelle** – 5. J'ai reçu cet **appel** – 6. notre société **recèle** – 7. Mon maître de stage me **harcèle** – 8. le retour du **gel** – 9. Je **congèle** – 10. La police **interpelle**

Repérez les erreurs éventuelles dans les phrases suivantes.

1. Il faudrait qu'il **rappelle** le numéro de son dossier à ce conseiller.
4. Votre assistant **pèle** les légumes pendant que vous surveillez le four.
6. Lors de ces séjours, elle assiste souvent au **dégel**.
7. Ma voisine me **rappelle** ma tante Lucie, elle a la même voix.
8. Je l'**appelle** dans une semaine, quand je reçois les résultats de ses examens sanguins.
9. Une enquête pour **recel** de bijoux a été immédiatement lancée.

FICHE 90. JE REJOINDS

QUIZ

1. C. il **éteind** : il *éteint* **2.** A. je **comprend** : je *comprends*

Reliez les deux parties du tableau entre elles (plusieurs solutions possibles).

1. B, D, F, G, H – **2.** A, B, D, F, G, H – **3.** E – **4.** A, B, F, G, H – **5.** C, I, J – **6.** B, F, G, H – **7.** C, E, I, J – **8.** C, E, I, J – **9.** A, B, D, F, G, H – **10.** A, B, D, F, G, H

Conjuguez les verbes entre parenthèses au présent de l'indicatif.

1. Nous **rejoignons** – **2.** Je vous **contrains** – **3.** Vous **atteignez** – **4.** Le soleil **point** – **5.** Tu **crains** – **6.** Il **résout** – **7.** Je ne **recouds** jamais – **8.** Je **corresponds** – **9.** C'est moi qui **reprends** – **10.** Je ne **teins** pas

FICHE 91. NOUS NOUS SOMMES RENCONTRÉ

QUIZ

1. C. Il **les** attend. **2.** A. Elles **se** parlent.
3. C. Ils se sont **embrassé** : *Ils se sont embrassés.*

Retrouvez les pronoms COD dans les phrases suivantes.

2. Vous **vous** aimez, cela se sent.
3. Ils **se** sont proposés pour **les** aider à déménager.
4. Combien de temps **s'**est-elle formée à cette technique ?
6. Il faudrait que nous **nous** voyions plus souvent.
8. Elle **se** confie à son frère concernant ses doutes.
10. Mes meilleurs amis **se** marient en août.

Repérez les erreurs éventuelles dans les phrases suivantes.

2. Ses collègues se sont **offert** un séjour au ski.
3. Ma fille s'est **trompée** de direction, je dois aller la chercher au terminus.
5. Les ouvriers se sont **excusés** pour le retard pris pour les travaux.
7. Ils se sont **promenés** en forêt toute la matinée.
10. Nous nous sommes **préparé(e)s** pour cet entretien.

FICHE 92. VOTRE OFFRE A RETENU~~E~~ MON ATTENTION

QUIZ

1. C. **serais** **2.** B. **fini** **3.** A. Nous avons **reçus** : *Nous avons reçu.*

Retrouvez l'auxiliaire « avoir » dans les phrases suivantes.

1. Mes parents et moi **aurions** aimé réserver nous-mêmes.
2. Mon employé et sa femme nous **ont** présenté leur fils.
3. Nous leur **avons** apporté notre soutien quand ils **ont** été licenciés.
4. Vous **avez** perdu votre chat et votre voisin l'**a** retrouvé chez lui.
5. Il faudrait que nous **ayons** le temps de faire le tour de la ville.
6. Bien qu'il n'**ait** pas pris sa voiture pour venir, il **a** été en retard.
7. Notre jardinier **aura** fini de bêcher notre potager à 18 heures.
8. La qualité de ce restaurant **a** été reconnue par les plus grands critiques.
9. Je n'**avais** pas compris qu'il fallait se déguiser pour la fête.
10. Notre sœur **aurait** préféré qu'on lui offre une belle écharpe.

Repérez les erreurs éventuelles dans les phrases suivantes.

3. Ma fille a **failli** s'évanouir quand elle a su que son idole serait là.
4. Des personnes de l'immeuble ont **monté** une association qui vient en aide aux sans-abri.
6. Lou a **cru** que le facteur passait le matin, elle a **attendu** pour rien.
7. Certaines ont **fini** d'écrire leur texte avant la fin de l'examen.
8. Les filles, vous n'aviez pas demandé la permission de sortir, donc nous avons **crié**.
10. Juliette, il faut que tu aies **déposé** Inès à la garderie avant 9 heures.

FICHE 93. JE SERAI~~S~~ DISPONIBLE

QUIZ

1. A. **comprendrais** **2.** C. **commettrez**
3. B. **pourrai vous appeler** **4.** A. **je fixerai notre rendez-vous**

Conjuguez les verbes suivants au futur ou au conditionnel (« -ai » ou « -ais »).

1. J'**aimerais** – **2.** je te **montrerai** – **3.** je te **ferai** – **4.** je t'**aurais** – **5.** je **serai** – **6.** je **ferai** – **7.** je **pourrai** – **8.** j'**aurais** – **9.** Je **pourrai** – **10.** Je n'**aimerais** pas

Conjuguez les verbes en gras au futur simple.

1. Nous **apprendrons** – **2.** Je **penserai** – **3.** Tu **iras** – **4.** Bernard **pourra** – **5.** Je **courrai** – **6.** Il **faudra** – **7.** Nous nous **méfierons** – **8.** Je **mettrai** – **9.** Je **serai** – **10.** Je **jetterai**

FICHE 94. IL FAUDRAIT QU'IL SOI~~E~~

QUIZ

1. C. **soie** **2.** C. **sois** **3.** C. **soit**

Repérez les erreurs éventuelles dans les phrases suivantes.

1. J'aimerais qu'il **soit** de bonne humeur tous les matins, mais ce n'est pas le cas.
3. Vous voulez que Béatrice **soit** remontée à quelle heure ?
4. Tes parents souhaitent que tu **sois** sage toute la semaine.
7. Nous aimerions qu'il **soit** interdit de fumer sur les terrasses des cafés.

Retrouvez l'auxiliaire « être » dans les phrases suivantes.

1. qu'il **soit** le premier – **2.** nous **sommes** rencontrés – **3.** Vous leur **êtes** reconnaissants – **4.** Vous **étiez** assis – **5.** Emma **a été** extrêmement attentive – **6.** Bien qu'il ne **soit** pas concerné – **7.** Notre dîner **sera** servi – **8.** qu'il **est** reconnu – **9.** Il **est** important ; qu'il ne **soit** trop tard

FICHE 95. JE LE SOUHAITAI~~T~~

QUIZ

1. B. **finit** **2.** B. **venais** **3.** C. **Je leur parlais.**

Conjuguez les verbes en gras à l'imparfait.

1. Nous ne **comprenions** jamais – **2.** Cet employé n'**était** pas – **3.** je ne **venais** pas – **4.** Je lui **donnais** – **5.** Je **voulais** obtenir – **6.** Il me **croyait** capable – **7.** Je ne lui **disais** pas – **8.** Tu **avais** de la chance – **9.** **pouvais**-je savoir – **10.** Te **rendais**-tu compte

Repérez les erreurs éventuelles dans les phrases suivantes.

1. Si j'**étais** là, je pourrais te montrer le film que nous avons réalisé.
3. Je ne le **côtoyais** pas avant cet été.
6. Avant, je ne **voyageais** jamais seule.
8. Si j'**étais** lui, je ne nagerais pas dans cet étang rempli de sangsues.
9. Comment **devais**-je procéder pour éviter de tomber dans les pièges ?

FICHE 96. JE SOUHAITERAI_

QUIZ

1. C. **finirais** **2.** A. **courrons**
3. C. **ferai un café** **4.** A. **enverrais une brochure**

Conjuguez les verbes suivants au futur ou au conditionnel (« -ai » ou « -ais »).

1. Je **voudrais** – **2.** J'**aurais** préféré – **3.** Je **viendrai** – **4.** Je **viendrais** – **5.** j'**arriverai** – **6.** Je **souhaiterais** – **7.** je **pourrais** – **8.** **Pourrais/ai**-je – **9.** Je ne **pourrai** plus – **10.** J'**irai** ; je **serais**

Conjuguez les verbes en gras au conditionnel présent.

1. Nous **comprendrions** – **2.** Cet employé ne **serait** pas – **3.** la justice **rendrait** – **4.** je **donnerais** – **5.** Je **voudrais** obtenir – **6.** Nous **irions** – **7.** qu'il **finirait** – **8.** Je **dirais** – **9.** ne **pourrais**-je pas – **10.** **Feriez**-vous

FICHE 97. JE VOUS SOUMET

QUIZ

1. A. **je met :** *je mets* **2.** C. **elle se dévêts :** *elle se dévêt*

Reliez les deux parties du tableau entre elles (plusieurs solutions possibles).

1. A, E, G, I, J – **2.** A, C, E, G, I, J – **3.** B, D, H – **4.** A, C, E, G, I, J – **5.** B, D, F, H – **6.** A, E, G, I, J – **7.** A, C, E, G, I, J – **8.** B, D, F, H – **9.** B, D, F, H – **10.** A, C, E, G, I, J

Conjuguez les verbes entre parenthèses au présent de l'indicatif.

1. Nous **combattons** – **2.** Je vous **remets** – **3.** Vous **débattez** – **4.** Il te **met** – **5.** Tu te **dévêts** – **6.** Il **abat** – **7.** Je ne **bats** jamais – **8.** J'**admets** – **9.** Ce projet **revêt** – **10.** Je **rabats**

FICHE 98. A-T'IL REÇU ?

QUIZ

1. B. A-**t**-elle raison ? **2.** B. **Y a-t-il** un piège ?

Repérez les erreurs éventuelles dans les phrases suivantes.

1. Ma sœur **a-t-elle** pris le temps de t'expliquer les règles du jeu ?
2. Ta collègue **t'a-t-elle** rapporté l'agrafeuse qu'elle t'a empruntée ?
3. **Mettront-ils** des éclairages plus respectueux de l'environnement ?
5. La directrice de l'agence nous donnera-**t-elle** les clés de la maison ?
6. **A-t-il** volé tous les bijoux ? Il ne reste plus rien dans le coffre-fort !
7. Perrine **avait-elle** demandé la permission d'aller au parc ?
10. La gazelle échappera-**t**-elle au lion ?

Mettez les phrases suivantes à la forme interrogative.

1. Suis-je pressée, après tout ? – **2.** Avons-nous du retard...? – **3.** Puis-je venir... ? – **4.** Me demande-t-il... ? – **5.** A-t-il ... ? – **6.** Irène a-t-elle ... ? – **7.** Ai-je toujours préféré... ? – **8.** Y a-t-il... ? – **9.** Viennent-ils... ? – **10.** Aura-t-on intérêt... ?

FICHE 99. ELLE EST VENU

QUIZ

1. B. **ait** **2.** B. **Elle a été embauchée.** **3.** C. Elle a été **reçu :** *Elle a été reçue.*

Retrouvez les participes passés dans les phrases suivantes.

1. sommes **revenus** – **2.** se sont **rencontrés** – **3.** Nous ne leur avons pas **donné** – **4.** Vous avez **été reçu** – **5.** j'ai **fait** – **6.** Karim n'a pas **pris** ; il s'est **perdu** – **7.** ont **été surpris** – **8.** a **été** – **9.** Ils sont **poursuivis** – **10.** Notre fille a **remis**

Repérez les erreurs éventuelles dans les phrases suivantes.

1. Les cours ne sont pas **terminés**, vous ne pouvez pas quitter l'établissement.
3. Ta voiture est en panne, elle a été **déplacée**.
5. Quelques personnes sont **sorties** avant la fin, ce film est particulier.
7. Plusieurs spectateurs se sont **évanouis** à cause de la foule, de la chaleur et du bruit.
9. Nous sommes **monté(e)s** la voir pour lui souhaiter un bon rétablissement.
10. Louise, c'est toi qui es **allée** dans le garage en dernier, y as-tu vu mon vélo ?

FICHE 100. AVANT QUE L'ON NE SE VOIT

QUIZ

1. B. **aille** **2.** B. **croie** **3.** C. **voit souvent**

Conjuguez les verbes entre parenthèses au subjonctif présent.

1. que tu **résolves** – **2.** qu'il **faille** – **3.** que tu ne **viennes** pas – **4.** que nous **fassions** – **5.** que tu **remettes** – **6.** que je **prenne** – **7.** que nous **puissions** – **8.** que Lise **voie** – **9.** que mes parents **veuillent** – **10.** qu'elle **aille**

Reliez les deux parties du tableau entre elles (plusieurs solutions possibles).

1. A, E – **2.** A, E, G – **3.** C, F – **4.** I – **5.** C, F, H – **6.** J – **7.** D – **8.** B – **9.** A, E, G – **10.** C, F, H, J

SUJET D'ANNALES DU CERTIFICAT VOLTAIRE AVEC SA GRILLE CORRIGÉE

CERTIFICAT VOLTAIRE

CERTIFICAT DE NIVEAU EN ORTHOGRAPHE

SUJET D'EXAMEN

– À rendre impérativement à la sortie –

Notice

Vérifiez que le n° sur la couverture du sujet correspond aux n° des deux grilles

<u>La dictée</u> (durée : cinq minutes)

L'épreuve débute par une dictée. Celle-ci est courte et simple, et ne comporte aucun piège.
Une réserve sera apportée au certificat dans l'un des 5 cas suivants :
– le texte n'est pas rédigé ou est incomplet ;
– le texte est illisible et ne permet donc pas d'être corrigé ;
– le texte comporte plus de deux fautes ;
– le texte comporte deux fautes de grammaire (conjugaison, accord...) ;
– le texte comporte une faute ayant une incidence phonétique (on entend autre chose).

Vous devez rédiger le texte dans l'encadré prévu à cet effet sur la page « Mes réponses ».
Les ratures sont autorisées.
Il est impératif que le texte soit lisible.
Il vous est possible d'écrire en lettres capitales (si vous pensez avoir une écriture illisible).
Vous ne devez pas oublier les accents et les cédilles, même sur les lettres majuscules.

<u>Le questionnaire</u> (durée : deux heures)

Il y a 195 phrases groupées dans 2 sujets.

Le sujet 1 compte pour 700 points et concerne des difficultés courantes, notamment en milieu professionnel. Il comporte 135 phrases.

Le sujet 2 compte pour 300 points et concerne des difficultés d'un niveau plus élevé et plus littéraire. Il comporte 60 phrases.

Les erreurs n'enlèvent pas de points. Répondre ne peut que rapporter des points.

<u>Le principe du test</u>

Le principe est d'identifier les fautes au sein de chaque phrase présentée. Exemple :

Les voitures <u>rouges sang</u> qu'il a <u>garé</u> dans la <u>cour</u> sont en panne.
A B C

Les propositions de réponse sont : A (si l'on pense que « rouges sang » est mal orthographié), B (pour « garé »), C (pour « cour ») et D (signifie « il n'y a aucune faute dans cette phrase »).

Il peut y avoir 0, 1, 2 ou 3 erreurs dans chaque phrase.

Pour l'exemple ci-dessus la phrase correcte est :

Les voitures <u>rouge sang</u> qu'il a <u>garées</u> dans la <u>cour</u> sont en panne.

Il fallait donc cocher les cases A et B.

<u>IMPORTANT</u> : si vous ne voyez pas de fautes dans la phrase, il faut impérativement cocher la case D.

Utilisez la grille « Vos réponses » pour cocher les erreurs que vous voyez. Il s'agit bien de cocher les erreurs, pas les expressions correctes.

Remplir la grille de réponses

Il faut remplir complètement les cases que vous désirez cocher.

Voici un exemple de remplissage **correct** :	Voici des exemples de remplissages **incorrects** :
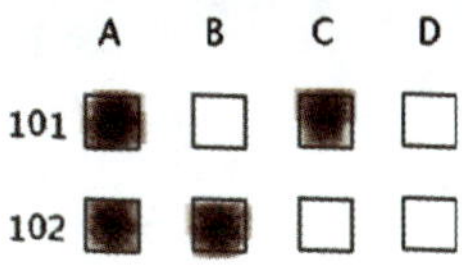	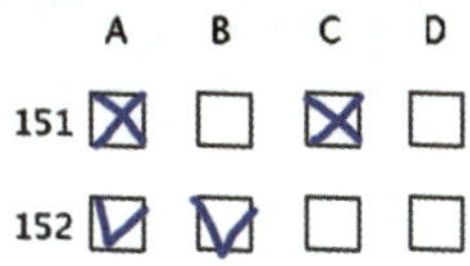

IMPORTANT

N'ÉCRIVEZ RIEN SUR LA GRILLE DE RÉPONSES EN DEHORS DES CASES À REMPLIR.
TOUTE ÉCRITURE EN DEHORS DES CASES PEUT ANNULER VOTRE EXAMEN.
ÉCRIVEZ AU STYLO-BILLE À ENCRE NOIRE.

Modifier sa réponse

Si vous pensez vous être trompé(e), n'essayez pas de barrer ou d'effacer votre réponse, utilisez la grille « Vos corrections » pour en donner une nouvelle.

Si des cases sont cochées pour un numéro de question sur la grille de corrections, c'est toujours la réponse de cette dernière qui sera prise en compte en priorité.

Les erreurs à découvrir

Les erreurs à découvrir concernent des difficultés **grammaticales**, **sémantiques** (ex. : décade ou décennie ? censé ou sensé ? raisonner ou résonner ?), **lexicales** et **syntaxiques**.

IMPORTANT : il n'y a pas d'erreurs à découvrir qui soient liées à la ponctuation ni aux espaces.

Recommandations

Allez vite. Ne restez pas trois minutes sur une phrase. Soit vous connaissez la règle en jeu, soit vous ne la connaissez pas. Faites confiance à vos forces, ne vous attardez pas sur vos faiblesses.

Allez jusqu'au bout du sujet. Le calcul du nombre de règles que vous maîtrisez procède par recoupement de vos réponses ; s'il manque des réponses, votre note va mécaniquement chuter.

Ne copiez pas. Tous les sujets sont différents.

Prenez grand soin des grilles de réponses. Une page cornée, déchirée, ou présentant des annotations sera moins facilement traitée par le scanner, qui saura moins bien reconnaître les bonnes réponses.

Les grilles de réponses et les sujets sont à rendre lors de votre sortie.

	A	B	C	D		A	B	C	D		A	B	C	D		A	B	C	D		A	B	C	D		A	B	C	D		A	B	C	D		A	B	C	D
1	☐	☐	☐	☐	26	☐	☐	☐	☐	51	☐	☐	☐	☐	76	☐	☐	☐	☐	101	☐	☐	☐	☐	126	☐	☐	☐	☐	151	☐	☐	☐	☐	176	☐	☐	☐	☐
2	☐	☐	☐	☐	27	☐	☐	☐	☐	52	☐	☐	☐	☐	77	☐	☐	☐	☐	102	☐	☐	☐	☐	127	☐	☐	☐	☐	152	☐	☐	☐	☐	177	☐	☐	☐	☐
3	☐	☐	☐	☐	28	☐	☐	☐	☐	53	☐	☐	☐	☐	78	☐	☐	☐	☐	103	☐	☐	☐	☐	128	☐	☐	☐	☐	153	☐	☐	☐	☐	178	☐	☐	☐	☐
4	☐	☐	☐	☐	29	☐	☐	☐	☐	54	☐	☐	☐	☐	79	☐	☐	☐	☐	104	☐	☐	☐	☐	129	☐	☐	☐	☐	154	☐	☐	☐	☐	179	☐	☐	☐	☐
5	☐	☐	☐	☐	30	☐	☐	☐	☐	55	☐	☐	☐	☐	80	☐	☐	☐	☐	105	☐	☐	☐	☐	130	☐	☐	☐	☐	155	☐	☐	☐	☐	180	☐	☐	☐	☐
6	☐	☐	☐	☐	31	☐	☐	☐	☐	56	☐	☐	☐	☐	81	☐	☐	☐	☐	106	☐	☐	☐	☐	131	☐	☐	☐	☐	156	☐	☐	☐	☐	181	☐	☐	☐	☐
7	☐	☐	☐	☐	32	☐	☐	☐	☐	57	☐	☐	☐	☐	82	☐	☐	☐	☐	107	☐	☐	☐	☐	132	☐	☐	☐	☐	157	☐	☐	☐	☐	182	☐	☐	☐	☐
8	☐	☐	☐	☐	33	☐	☐	☐	☐	58	☐	☐	☐	☐	83	☐	☐	☐	☐	108	☐	☐	☐	☐	133	☐	☐	☐	☐	158	☐	☐	☐	☐	183	☐	☐	☐	☐
9	☐	☐	☐	☐	34	☐	☐	☐	☐	59	☐	☐	☐	☐	84	☐	☐	☐	☐	109	☐	☐	☐	☐	134	☐	☐	☐	☐	159	☐	☐	☐	☐	184	☐	☐	☐	☐
10	☐	☐	☐	☐	35	☐	☐	☐	☐	60	☐	☐	☐	☐	85	☐	☐	☐	☐	110	☐	☐	☐	☐	135	☐	☐	☐	☐	160	☐	☐	☐	☐	185	☐	☐	☐	☐
11	☐	☐	☐	☐	36	☐	☐	☐	☐	61	☐	☐	☐	☐	86	☐	☐	☐	☐	111	☐	☐	☐	☐	136	☐	☐	☐	☐	161	☐	☐	☐	☐	186	☐	☐	☐	☐
12	☐	☐	☐	☐	37	☐	☐	☐	☐	62	☐	☐	☐	☐	87	☐	☐	☐	☐	112	☐	☐	☐	☐	137	☐	☐	☐	☐	162	☐	☐	☐	☐	187	☐	☐	☐	☐
13	☐	☐	☐	☐	38	☐	☐	☐	☐	63	☐	☐	☐	☐	88	☐	☐	☐	☐	113	☐	☐	☐	☐	138	☐	☐	☐	☐	163	☐	☐	☐	☐	188	☐	☐	☐	☐
14	☐	☐	☐	☐	39	☐	☐	☐	☐	64	☐	☐	☐	☐	89	☐	☐	☐	☐	114	☐	☐	☐	☐	139	☐	☐	☐	☐	164	☐	☐	☐	☐	189	☐	☐	☐	☐
15	☐	☐	☐	☐	40	☐	☐	☐	☐	65	☐	☐	☐	☐	90	☐	☐	☐	☐	115	☐	☐	☐	☐	140	☐	☐	☐	☐	165	☐	☐	☐	☐	190	☐	☐	☐	☐
16	☐	☐	☐	☐	41	☐	☐	☐	☐	66	☐	☐	☐	☐	91	☐	☐	☐	☐	116	☐	☐	☐	☐	141	☐	☐	☐	☐	166	☐	☐	☐	☐	191	☐	☐	☐	☐
17	☐	☐	☐	☐	42	☐	☐	☐	☐	67	☐	☐	☐	☐	92	☐	☐	☐	☐	117	☐	☐	☐	☐	142	☐	☐	☐	☐	167	☐	☐	☐	☐	192	☐	☐	☐	☐
18	☐	☐	☐	☐	43	☐	☐	☐	☐	68	☐	☐	☐	☐	93	☐	☐	☐	☐	118	☐	☐	☐	☐	143	☐	☐	☐	☐	168	☐	☐	☐	☐	193	☐	☐	☐	☐
19	☐	☐	☐	☐	44	☐	☐	☐	☐	69	☐	☐	☐	☐	94	☐	☐	☐	☐	119	☐	☐	☐	☐	144	☐	☐	☐	☐	169	☐	☐	☐	☐	194	☐	☐	☐	☐
20	☐	☐	☐	☐	45	☐	☐	☐	☐	70	☐	☐	☐	☐	95	☐	☐	☐	☐	120	☐	☐	☐	☐	145	☐	☐	☐	☐	170	☐	☐	☐	☐	195	☐	☐	☐	☐
21	☐	☐	☐	☐	46	☐	☐	☐	☐	71	☐	☐	☐	☐	96	☐	☐	☐	☐	121	☐	☐	☐	☐	146	☐	☐	☐	☐	171	☐	☐	☐	☐					
22	☐	☐	☐	☐	47	☐	☐	☐	☐	72	☐	☐	☐	☐	97	☐	☐	☐	☐	122	☐	☐	☐	☐	147	☐	☐	☐	☐	172	☐	☐	☐	☐					
23	☐	☐	☐	☐	48	☐	☐	☐	☐	73	☐	☐	☐	☐	98	☐	☐	☐	☐	123	☐	☐	☐	☐	148	☐	☐	☐	☐	173	☐	☐	☐	☐					
24	☐	☐	☐	☐	49	☐	☐	☐	☐	74	☐	☐	☐	☐	99	☐	☐	☐	☐	124	☐	☐	☐	☐	149	☐	☐	☐	☐	174	☐	☐	☐	☐					
25	☐	☐	☐	☐	50	☐	☐	☐	☐	75	☐	☐	☐	☐	100	☐	☐	☐	☐	125	☐	☐	☐	☐	150	☐	☐	☐	☐	175	☐	☐	☐	☐					

TEST VOLTAIRE

Sujet 1

1 - Si je ne peut [a] pas leurs [b] consentir un tarif préférentiel, ils iront [c] voir nos concurrents.

2 - Après la [a] pause, la formation reprend-t-elle [b] à 14 heure [c] ou plus tard ?

3 - Souhaitez [a] -vous que nous expédiions [b] cette commande avec la votre [c] ?

4 - D'après la charte [a] d'hygiène du fast-food, la cuisine doit être nettoyé [b] à fond tout [c] les jours.

5 - Pour vous entraîner [a], vous avez à votre [b] disposition le livre où [c] l'application.

6 - Toi qui parle [a] anglais couremment [b], peux-tu accueillir notre [c] client américain ?

7 - Ayant commandé cent tabliers kakis [a] au lieu de tabliers blancs [b], elle s'est faite [c] réprimander.

8 - Quand [a] aux embauches, vu le contexte, il est [b] impossible dans [c] prévoir pour l'instant.

9 - L'envoi [a] de denrées périssables ne peut-être [b] effectué par votre transporteur habituel [c].

10 - Quant au coffre-fort, personne, hormi [a] le directeur de l'agence, ni [b] a [c] accès.

11 - Nous sommes prêts [a] de conclure [b] le marché, mais ne vas [c] pas déjà déboucher le champagne.

12 - J'accepterai [a] de travailler le dimanche s'il [b] le fallait, pour garder mon emploi [c].

13 - Pour ce [a] faire, la mise sous [b] vide se fait ici-même [c], dans la cuisine où les plats sont préparés.

14 - C [a] 'est à contrecœur que nous licençions [b] ces quatre-vingts [c] -treize ouvriers.

15 - Si il [a] ne règle [b] pas la facture, je lui enverrais [c] une mise en demeure pour le sommer de payer.

16 - Faut-il que j'envois [a] le colis a [b] un autre service [c] ?

17 - La conférencière que j'ai entendue [a] s'exprimer était [b] presqu' [c] incohérente.

18 - Dites [a] à l'équipe de refaire ses [b] graphiques-là [c] pour la présentation de demain.

19 - Garde [a] à l'esprit que ton mot d'introduction [b] ne doit pas excéder une demie [c] -page.

20 - Cette soi-disant [a] avocate avait rédigée [b] un contrat qui s'est [c] révélé contraire au droit du travail.

21 - Les associés [a] s [b] 'étant querellés, il ne reste que la voix [c] judiciaire pour régler leur conflit.

22 - Séverine s'efforce de pallier à l' [a] absence de son [b] patron et y réussit plus tôt [c] bien.

23 - D'après ce [a] rapport, le manque d'entretien [b] des HLM de la région et [c] criant.

24 - Vu ses compétences, je l'embaucherais [a] tout [b] de suite, si il [c] était disponible.

25 - Regrouper vos commandes [a] en un seul envoie [b] peut être [c] intéressant.

Sujet 1 (suite)

26 - Quelque [a] soit votre problème, un employé [b] est là [c] pour vous répondre.

27 - Vous dites [a] que le directeur est dans son bureau, hors [b] il ne s'y [c] trouve pas.

28 - Renseignements pris, je renvois [a] le bon de commande dûment rempli [b] à [c] l'adresse indiquée.

29 - L'entretient [a] des parties communes et [b] à [c] la charge des copropriétaires.

30 - Tout [a] au plus prend-il [b] une demi-heure pour déjeuner, et il ne finit pas avant 20 heure [c] .

31 - Il n'y [a] a pas de contre-indication notoire, hormi [b] chez les malades [c] diabétiques.

32 - Quand [a] aux [b] rabais, il est conseillé d'en [c] consentir à chaque nouveau client.

33 - La plupart de nos clients ont [a] pour seul [b] cauchemard [c] de perdre leurs données.

34 - Malgré une mise de fonds [a] initiale minime, cette [b] nouvelle société connaît des débuts interressants. [c]

35 - En tant [a] que directeur du théâtre, tu gérait [b] une salle de cinq cents [c] vingt places.

36 - Le nouveau parking du centre-ville est [a] sensé [b] accueillir deux milles [c] voitures.

37 - Si tu négocis [a] , offre-leur les habituels huit [b] badges gratuits pour cent achetés [c] .

38 - Parce qu' [a] il faut finir sur une note positive, il concluera [b] en annonçant la signature de ce contrat [c] .

39 - Est-il intéressant [a] pour mes salariés [b] de cotiser à un fond [c] de pension ?

40 - De soi-disants [a] agents EDF ont [b] cambriolé [c] plusieurs immeubles du quartier.

41 - Privilégier sa famille ou donner la priorité [a] à sont [b] travail, voilà un dilemne [c] encore très féminin.

42 - Quoique vous ne bénéficiez [a] pas des mêmes [b] avantages, votre travail est plus agréable que le notre [c] .

43 - Je comptait [a] stocker les marchandises dans [b] cet entrepôt de trois cents [c] mètres carrés.

44 - Si vous travaillez ensembles [a] , en bonne [b] entente, toute l'équipe sans [c] réjouira.

45 - Avant de louer ces locaux [a] , aie [b] la présence d'esprit de faire établir un diagnostique [c] thermique.

46 - Pour se [a] faire, qu'ils viennent déposer eux-même [b] leur [c] candidature à l'accueil.

47 - Plus de quatre-vingts [a] pour cent des commercants [b] du quartier [c] participent à la braderie.

48 - Les candidats [a] que le recruteur a écouté [b] se présenter étaient presqu' [c] interchangeables.

49 - Les organisateurs du festival [a] sélectionneront dix spectacles parmi [b] ceux qu'on leur aura présentés [c] .

50 - Quand je serai chargé de l'acceuil [a] , je ferai [b] en sorte que les clients [c] attendent moins longtemps.

Sujet 1 (suite)

51 - Nous vous saurions (a) gré de renvoyer pour le 10 décembre les formulaires bleu foncé (b) remplis (c) .

52 - Va (a) vite chercher (b) un informaticien, le disque dur est prêt (c) de flancher.

53 - Des candidats que nous avons reçus (a) , ces deux-là comptent parmis (b) mes favoris (c) .

54 - La société créée (a) par (b) Alice connaît des déboires temporaire (c) .

55 - Le maintient (a) à domicile des personnes âgées est (b) l'activité principale (c) de cette société de services.

56 - Pour l'avoir vu (a) faire une présentation, je peux te dire qu'elle est presque (b) aussi douée (c) que toi.

57 - La marque de meubles en carton crée (a) par ces jeunes (b) designers surfe sur la mode du recyclage (c) .

58 - Tout (a) nos clients (b) sont invités (c) à fêter avec nous les dix ans de l'entreprise.

59 - Quoiqu (a) 'affirment certains fournisseurs d'accès, aucune connexion (b) n'est entièrement sécurisée (c) .

60 - Je ne crois pas que le nouvel (a) infirmier scolaire ait (b) conscience de l'ampleur de la tache (c) .

61 - Quoique (a) suggère la publicité de ce (b) fournisseur d'accès, la connection (c) n'atteint pas un tel débit.

62 - Toi qui sait (a) manier le langage, peux-tu formuler (b) ceci savamment (c) ?

63 - Le syndicat soutiendra l'employer (a) , quelle que (b) soit sa (c) décision.

64 - Toi qui souhaitais (a) ardamment (b) une promotion, te voilà (c) nommé chef d'équipe !

65 - Sur mes conseils (a) , il a repris son courrier et la (b) réécrit dans un langage (c) plus recherché.

66 - La plupart des données ayant été falsifiée (a) , cette étude a été un cauchemard (b) à réaliser (c) .

67 - Se (a) sont des signes positifs (b) , qui prouvent que nous sommes sur la bonne voie (c) .

68 - Sauver sa société en licenciant (a) dix salariés ou mettre la clé sous la porte, tel est sont (b) dilemme (c) .

69 - Cette usine chinoise est censée (a) produire six milles (b) pièces par (c) semaine.

70 - Cette station (a) balnéaire, aucun touriste ni (b) vient en hiver, hormis (c) ce vieil habitué.

71 - Si les pronostics (a) pour l'année à venir sont mauvais, aies (b) le courage d'en faire part (c) au personnel.

72 - Un sérieux différent (a) a longtemps opposer (b) le chef de produit à son (c) équipe.

73 - Tous nos restaurants (a) proposent (b) un menu à neuf euros, boisson inclue (c) .

74 - Tous (a) nos produits sont soigneusement testé (b) avant d'être mis sur (c) le marché.

75 - Pour plus d'informations sur les documents (a) ci-joint (b) , veuillez appeler (c) le service des impôts.

Sujet 1 (suite)

76 - Les organisateurs vous sauraient (a) gré de fixer (b) à votre revers un de ces badges verts vifs (c).

77 - Je me chargerais (a) du receuil (b) des données dès qu'on m'aura donné le feu vert (c).

78 - Les prix indiqués tiennes (a) compte (b) de toutes les taxes, TVA incluse (c).

79 - Cette boisson mondialement connu (a) a été crée (b) à partir de la noix (c) de cola.

80 - Avant la crise, j'avais (a) près de trois cents (b) cinquante salariés (c).

81 - Prévois (a) un réassort en bouteilles d'1,5 litres (b), voir (c) en canettes de 50 centilitres.

82 - Pourquoi Frédéric suspend-t-il (a) la réunion jusqu'à (b) 16 heures (c) ?

83 - Tu spécifies (a) dans ton courrier (b) que tu seras de retour après les quatres (c) mois de ton congé parental.

84 - Pour son (a) premier jour dans l'entreprise, mieux vaut qu'il est (b) des taches (c) simples à accomplir.

85 - Je ne l'incluerai (a) pas dans le devis (b), par ce que (c) cela fera l'objet d'une autre prestation.

86 - Ce licenciement, personne ne si (a) attendait (b), hors (c) il semble avoir été prévu depuis longtemps.

87 - Votre (a) commande d'1,5 kilos (b) de foie gras vous parviendra jeudi, voire (c) avant.

88 - Ci-joints (a) vos identifiants, à rappeller (b) dans (c) toute correspondance.

89 - Quant (a) à la nouvelle (b) campagne publicitaire, c'est au chef de produit dans (c) définir les contours.

90 - Ces (a) erreurs que vous me montrez (b), vous dîtes (c) que le comptable ne les a pas vues ?

91 - Quelque (a) soit son ancienneté, chaque employer (b) touche une prime en fin (c) d'année.

92 - Le ministre adressera (a) un mot d'accueil (b) aux lauréats, puis je prendrais (c) la parole.

93 - Nous nous réjouissons (a) de faire parti (b) des lauréats des victoires (c) de l'innovation.

94 - Peux (a) -tu annuler mon rendez-vous avec ces clients et leurs (b) proposer (c) un autre créneau horaire ?

95 - On n'a pas doubler (a) notre chiffre d'affaires, contrairement aux prévisions de ce (b) soit-disant (c) expert.

96 - Il vous faut réglé (a) ce différend (b) au plus vite, sous (c) peine de nuire à l'ambiance de travail.

97 - Déçu parce que (a) l'équipe de créatifs lui a présenté (b), il exclura (c) toute possibilité de promotion.

98 - Peut (a) -tu éditer la facture et la (b) leur (c) faire parvenir au plus vite ?

99 - Parmis (a) les règles que vous avez revu (b), certaines vous posent (c) -elles encore un problème ?

100 - Mes revenus (a) annuels, primes inclues (b), ne dépasses (c) pas 35 000 euros.

Sujet 1 (suite)

101 - Tu publis [a] ton chiffre d'affaires pour les douzes [b] derniers mois [c] .

102 - Au cas ou [a] le produit serait défectueux, n'hésitez [b] pas à vous adressez [c] à notre service clients.

103 - Ces dix mille [a] euros qu'on m'a [b] prêtés pour créer ma société, suis-je sensé [c] les déclarer ?

104 - Pour ce type [a] de panne, j'envoie [b] toujours un technicien a [c] domicile.

105 - La plupart des plaintes pour harcèlement au travail [a] révèle [b] le cauchemar [c] de salariés brimés.

106 - Les représentants [a] syndicaux n'ont pas été conviés à la réunion, or [b] l'avenir de la société si [c] joue.

107 - Quatre-vingts [a] -cinq pour cent du règlement perçu [b] passe en charges diverses [c] .

108 - Tous les autres [a] distributeurs automatiques proposent le café à 1,20 euro [b] , voir [c] plus.

109 - Assures [a] -toi que la réunion commence [b] à deux heures et demie [c] .

110 - Aies [a] soin de te préparer au pire : le pronostique [b] de l'auditeur sera [c] sans doute défavorable.

111 - Palliez à vos [a] lacunes une bonne fois [b] et apprenez les règles, plutôt [c] que de répondre au hasard !

112 - Acceptez que nous associons [a] notre participation [b] à la vôtre [c] pour le cadeau de la secrétaire.

113 - L'équipe informatique doit pallier les [a] défauts de la [b] dernière version du logiciel au plutôt [c] .

114 - Quoique [a] la dangerosité du Wi-Fi n'ait pas été prouvée, mieux vaut [b] choisir une connection [c] filaire.

115 - Je vous serais [a] gré de me proposer plusieurs maquettes, dont [b] une dans des tons bleus-gris [c] .

116 - Comptes [a] mille euros pour une journée et demi [b] de travail, sans les frais [c] .

117 - Ce logiciel, Bernard et Léa ont [a] appris ensemble [b] à sans [c] servir, lors de la même formation.

118 - S'il refuse d'aller en bus à la commission, dîtes [a] -lui de s'y rendre [b] par ces [c] propres moyens !

119 - Cette lourde tâche [a] a été confiée à [b] Marc, bien qu'il n'est [c] aucune expérience du management.

120 - Notre principal [a] concurrent s'étant désisté, nous espéront [b] en tirer parti [c] pour décrocher le marché.

121 - Un fond [a] d'investissement régional s'interresse [b] à [c] cette start-up.

122 - Lucile va vous présentez [a] en quelques diapositives le site où [b] aura lieu [c] l'événement.

123 - Les spectateurs ayant dû rester debouts [a] au fond de la salle [b] s'en [c] sont plaints.

124 - Le personnel [a] a appris par voix [b] de presse que le repreneur c [c] 'était désisté.

125 - Dans ce conflit [a] avec la direction, nous vous conseillont [b] de ne pas prendre partie [c] .

Sujet 1 (suite)

126 - Les spectateurs ont eux-mêmes (a) recommandé la pièce et, se (b) faisant, en ont (c) fait le succès.

127 - Vas (a) chercher le colis (b), il est prêt (c) à être envoyé.

128 - Collez des étiquettes oranges (a) sur les commandes (b) que j'ai fait (c) préparer, ce sont des colis fragiles.

129 - Les cloisons ocre (a) qu'on a faites (b) poser dans le bureau font un mètre (c) de haut.

130 - La loi sur les trente-cinq heures a engendré (a) de nombreux différents (b) au sein (c) de l'entreprise.

131 - Il se débat dans ce dilemne (a) : trahir les confidences de son (b) collègue ou les révéler à sa direction (c).

132 - Ce code correspondant à une offre (a) d'envoie (b) gratuit ne peut-être (c) appliqué.

133 - Ci-joint (a) les coordonnées de l'avocat à apeller (b) pour la rédaction du (c) contrat.

134 - Ce (a) language (b) de programmation, Arnaud l'a (c) appris seul, dans les livres.

135 - Ayant corrigé (a) toutes les fautes de language (b) du contrat, il la (c) fait signer aux partenaires.

Sujet 2

136 - Ils sont légions [a], aujourd'hui, les couples qui n'organisent [b] aucune fiançaille [c] avant de se marier.

137 - La cassonade tout [a] humide se dissoud [b] facilement [c] dans le mélange beurre-œufs.

138 - Dans le secret [a] du confessionnal, j'absouds [b] ma paroissienne tout [c] honteuse de sa conduite.

139 - Un avis posément [a] exprimé, une opinion sagement argumentée [b] frappent [c] plus qu'un discours tempétueux.

140 - Sa fille, et surtout sa femme, n'ont [a] pas supporté [b] de vivre dans un tel opprobe [c].

141 - Décidé à le rattraper, tu t'élances à toute jambe [a] et le rejoins [b], hors [c] d'haleine.

142 - Il faut absoluement [a] organiser [b] un débat, une discussion qui nous permettent [c] de nous expliquer.

143 - Les quelque [a] cent commandes qu'on m'a données [b] à préparer seront prêtes [c] dans la journée.

144 - Les yeux grand [a] ouverts sous l'effet de l'effroi [b], il voit les phares avant [c] du car arriver sur lui.

145 - La nouvelle [a] commerciale se fait fort [b] de signer le plus de contrats possibles [c].

146 - Face à cet aéropage [a] d'historiens, sa réfutation de l'attaque terroriste [b] ne convainc [c] personne.

147 - Je comprends [a] que tu n'en vois [b] pas le bout, de ces gros dossiers-là [c].

148 - « Nous nous sentons contraints [a] de répondre auxdites [b] attaques [c] … », écrit l'auteur dans son préambule.

149 - Toute [a] humiliée, tu ne te résous [b] pas à te montrer [c] de nouveau en public.

150 - Les emballages des articles [a] s'étant déchiré [b], refaites [c] -les.

151 - Ce harcèlement que tu dépeinds [a], il faut à tout prix [b] le dénoncer [c].

152 - Il a appris à ses dépends [a] que, mal prononcé, ce terme [b] était une insulte en Chinois [c].

153 - En mon fort [a] intérieur, je regrette les cent cinquante euros [b] que cette robe m'a coûtés [c].

154 - Je ne peux prendre de congés, fut [a] -ce une semaine : j'ai quantité [b] de dossiers à traiter [c].

155 - Il craind [a] que son salarié mécontent, par dépit [b], ne monte de toute pièce [c] un dossier contre lui.

156 - Un malheur [a] ne venant jamais seul, l'opprobe [b] ainsi que la ruine s'abattirent [c] sur le pauvre homme.

157 - C'est aujourd'hui [a], à cinquante ans, qu'elle est la [b] plus belle, bien qu'elle croit [c] le contraire.

158 - Ayant subit [a] la crise de plein [b] fouet, la société traverse une période de troubles pécuniers [c].

159 - Jusqu'à ce qu'elle s'enfuit [a], je croyais [b] ma chatte la [c] plus heureuse.

160 - J'ai reçu nombres [a] d'offres [b] de rachat, mais je ne céderai pas ma société, fut [c] -ce pour un milliard.

Sujet 2 (suite)

161 - Ces$_a$ deux séries-là$_b$, il faut absolument que je les vois$_c$.

162 - Mon assistante a reçu$_a$ forces$_b$ trombones, alors que c'était d'agrafes dont$_c$ elle avait besoin.

163 - D'un geste subit$_a$, le prisonnier assomme d'un coup$_b$ de poing la surveillante pénitentière$_c$.

164 - Fut$_a$ -ce grâce$_b$ au correcteur orthographique qu'il repéra nombres$_c$ de fautes dans son courrier ?

165 - Il s'est mis à parler$_a$ un Allemand$_b$ de comédie, amusant ses collègues aux dépens$_c$ du client berlinois.

166 - N'abusez pas des zooms arrières$_a$ si vous ne voulez pas que la scène soit coupée$_b$ nette$_c$ au montage.

167 - Dans les bleus foncés$_a$ du crépuscule, les hirondelles$_b$ pépient à l'envie$_c$.

168 - Il pleure en son fort$_a$ intérieur l'absence de sa femme et les dix ans$_b$ qu'a duré$_c$ leur mariage.

169 - Indique en gras le prix de ce siège de bureau-là$_a$, pour qu'on le voie$_b$ dès$_c$ qu'on ouvre le catalogue.

170 - Même de nos jours$_a$, les déshérités sont légions$_b$ à n'avoir droit à aucunes funérailles$_c$.

171 - Faîtes$_a$ signe aux deux derniers$_b$ candidats qui se sont présentés$_c$ de revenir.

172 - Les trente et une$_a$ mille militantes$_b$ se sont rendues de conserve$_c$ place de la Bastille.

173 - Un aréopage$_a$ de spécialistes de la langue convainc$_b$ de mettre en place une réforme de l'orthographe$_c$.

174 - S'il y a force$_a$ logiciels sur mon ordinateur, c'est du traitement de texte dont$_b$ je me sers$_c$ le plus.

175 - La presse$_a$ comme le public l'a$_b$ couvert d'opprobre$_c$ après la révélation de ses malversations.

176 - Les journalistes ont été légion$_a$ à nous accuser d'avoir transféré$_b$ le détenu sans aucune menotte$_c$.

177 - L'ancien détenu veut que l'administration$_a$ pénitentiaire$_b$ reconnaisse les supplices qu'il a subits$_c$.

178 - Nous, Élisabeth, reine$_a$ d'Angleterre, sommes heureuse$_b$ du mariage du dit$_c$ William.

179 - Le public s'extasia à l'envi$_a$ en découvrant les rouges grenats$_b$ de la nouvelle collection$_c$.

180 - L'équipe dirigeante se fait forte$_a$ de redresser la barre$_b$ en faisant le moins de dégâts possible$_c$.

181 - Faîtes$_a$ -moi un rapide portrait$_b$ des agents qui se sont succédés$_c$ à ce poste.

182 - Les militaires$_a$ haut$_b$ placés s'assoient sur les sièges avants$_c$, les troufions se massant à l'arrière.

183 - C'est avec mon époux$_a$, avant qu'il ne meure$_b$, que j'ai été la$_c$ plus heureuse.

184 - Dans les bleus-gris$_a$ des vagues, les nageurs$_b$ s'ébattent à l'envie$_c$.

185 - Les braqueurs ont dérobé$_a$ de conserve$_b$ quarante et une$_c$ mille livres dans une banque londonienne.

Sujet 2 (suite)

186 - En tant (a) qu'ambassadrice du dit (b) royaume, nous sommes fiers (c) de vous remettre cette décoration.

187 - Un café, un thé, toute boisson fera (a) l'affaire (b), pourvu qu'elle soit offerte poliement (c) au client.

188 - Force (a) conseils pratiques, c'est de cela que (b) notre (c) stagiaire est avide.

189 - Les hébergeurs ont de conserve (a) retiré cette vidéo déjà vue (b) cinquante et un (c) mille fois.

190 - La synthèse qu'on lui a donnée (a) à rédiger sera distribuée (b) aux quelques (c) trente participants.

191 - J'ai compris (a) à mes dépends (b) que le suédois (c) n'était pas une langue facile.

192 - Pleins (a) d'enthousiasme, nos stagiaires se font forts (b) de vendre le plus d'abonnements possibles (c).

193 - Les quelques (a) quarante usines que j'ai eu (b) à inspecter respectaient toutes les normes de sécurité (c).

194 - L'élève sanctionné plaide l'innocence, mais ne convint (a) aucun des professeurs réunis (b) en aéropage (c).

195 - En son for (a) intérieur, le souverain (b) déchu considère sans nostalgie les trois ans qu'il a régnés (c).

N°	A	B	C	D
1	■	■		
2		■	■	
3			■	
4		■	■	
5			■	
6	■	■		
7	■		■	
8	■		■	
9		■		
10	■	■		
11	■		■	
12	■			
13			■	
14		■	■	
15	■		■	
16	■	■		
17			■	
18		■		
19			■	
20		■		
21			■	
22	■		■	
23			■	
24			■	
25		■		
26	■			
27		■		
28	■			
29	■	■		
30			■	
31		■		
32	■			
33			■	
34			■	
35		■	■	
36		■	■	
37	■			
38		■		
39			■	
40	■			
41		■	■	
42	■		■	
43	■			
44	■		■	
45			■	
46	■	■		
47		■		
48		■	■	
49				■
50	■			
51				■
52			■	
53		■		
54			■	
55	■			
56	■			
57	■			
58	■			
59	■			
60			■	
61	■		■	
62	■			
63	■			
64		■		
65		■		
66	■	■		
67	■			
68		■		
69		■		
70		■		
71		■		
72	■	■		
73			■	
74		■		
75		■		
76			■	
77	■	■		
78	■			
79	■	■		
80		■		
81		■	■	
82	■			
83			■	
84		■	■	
85	■		■	
86	■		■	
87		■		
88	■	■		
89			■	
90			■	
91	■	■		
92			■	
93		■		
94		■		
95	■		■	
96	■			
97	■			
98	■			
99	■	■		
100		■	■	
101	■	■		
102	■		■	
103			■	
104			■	
105		■		
106			■	
107	■			
108			■	
109	■			
110	■	■		
111	■			
112	■			
113			■	
114			■	
115	■		■	
116	■	■		
117			■	
118	■		■	
119			■	
120		■		
121	■	■		
122	■			
123	■			
124		■	■	
125		■	■	
126		■		
127	■			
128	■			
129		■		
130		■		
131	■			
132		■	■	
133		■		
134		■		
135		■	■	
136	■		■	
137		■		
138		■	■	
139			■	
140	■		■	
141	■			
142	■		■	
143		■		
144	■			
145			■	
146	■			
147		■	■	
148	■			
149	■			
150		■		
151	■			
152	■		■	
153	■		■	
154	■			
155	■		■	
156		■		
157		■	■	
158	■		■	
159	■			
160	■		■	
161			■	
162		■	■	
163			■	
164			■	
165		■		
166	■		■	
167			■	
168	■			
169	■			
170		■		
171	■			
172	■			
173		■		
174		■		
175		■		
176			■	
177			■	
178			■	
179		■		
180	■			
181	■		■	
182			■	
183			■	
184	■		■	
185		■	■	
186		■	■	
187			■	
188				■
189	■			
190	■		■	
191		■		
192		■	■	
193	■			
194	■		■	
195			■	

Bled Tout-en-un

Pour tous ceux qui, au bureau ou à la maison, cherchent les bonnes réponses aux difficultés que pose la langue française

Toutes les règles d'Orthographe, de Grammaire et de Conjugaison expliquées, commentées et illustrées par de nombreux exemples

L'outil idéal de la rédaction !

Achevé d'imprimer en décembre 2022 en France par CHIRAT - 42540 Saint-Just-la-Pendue - N° 202211.0174
Dépôt légal : Janvier 2023 - Édition 01